표면도

표변도 4
운곡 新무협 판타지 소설

초판 1쇄 찍은 날 § 2002년 11월 15일
초판 1쇄 펴낸 날 § 2002년 11월 25일

지은이 § 운곡
펴낸이 § 서경석

편집장 § 문혜영
편집책임 § 김희정
편집 § 장상수 · 박영주 · 권민정 · 이종민
마케팅 § 정필 · 강양원 · 김규진

펴낸곳 § 도서출판 청어람
등록번호 § 제1081-1-89호
등록일자 § 1999. 5. 31
어람번호 § 제2-0149호

주소 § 경기도 부천시 원미구 심곡1동 350-1 남성B/D 3F (우) 420-011
전화 § 032-656-4452 팩스 § 032-656-4453
http://www.chungeoram.com
E-mail § eoram99@chol.net

ⓒ 운곡, 2002

값 7,500원

ISBN 89-5505-468-8 (SET)
ISBN 89-5505-529-3 04810

운곡 新무협 판타지 소설

표변도

4 괴초난행(怪招亂行)

도서출판
청어람

목

차

제 1 장

흑월회 ―당경 살인을 꿈꾸고, 진충덕 모습을 드러내다

흑월화

당경의 입가엔 미소가 어렸다.

역세모꼴의 얼굴이 갸우뚱거렸다.

당경. 무림맹주의 네 번째 제자이자 사천당문의 버려진 사생아.

'둘 중 나는 무엇이지?'

낭성의 삐뚤게 흔들거리는 머리 속에선 의문이 하나 떠올랐다.

자신은 그저 숨을 쉬고 있었다. 그뿐이었다.

그 외엔 아무것도 아니었다.

'지금쯤 그 작자는 한참 바쁘겠군.'

당표. 사천당문의 가주이자 무림맹 현무당의 당주.

그리고 사생아를 버린 패륜아.

'그 작자는 어떤 것으로 불리기 원할까?'

당경은 자신의 아버지, 아니, 절대 자신이 아버지라고 인정해 본 적이 없는 사람을 떠올리며 또 한 번 입술을 말아 올려 웃었다.

당경 자신은 무림맹주의 네 번째 제자라는 위치도 마음에 들지 않았다.

사천당문의 버려진 사생아란 말은 더 더욱 싫었다.

그저 눈길이 스친 이름 모를 처녀를 강간하고, 능욕하며, 살인한 후, 무림맹주의 네 번째 제자에 어울리는 점잖은 표정으로 돌아가는 것이 가장 좋았고, 또 그것이면 되었다.

그러나 자신의 아버지인 당표는?

사천당문의 문주에 만족하진 않으리라.

아니, 자식인 자신 역시 목에 낀 생선 가시처럼 걸리적거리는 물건 쯤으로 느낄 것이 분명했다.

그럼에도 당표가 자신을 버리지 못하는 것은 당경 자신이 간살을 하고도 언제든 안전하게 돌아가 숨을 수 있는 무림맹주의 제자란 신분이 가져다 주는 이점 때문일 것이다.

당표가 맡고 있는 무림맹 현무당의 당주.

그것도 물론 커다란 자리겠지만 무림맹주를 꿈꾸는 당표에겐 그것 역시 양에 차지 않으리라.

단지 무림맹주가 되는 데 도움이 되지 않았으면 이미 버렸을 자리들.

하지만 설혹 당표가 무림맹주가 된다 한들 그게 그가 진정 꿈꾸던 것일까?

아마 당표 역시 자신있게 그렇다고 말하지 못할 것이다.

그렇기에 당표 역시 무엇 때문에 숨을 쉬고 있는 것인지 자신도 모를 것이리라.

'그래도 그 작자는 되고 싶은 것이라도 있지만……'

당경은 조심스럽게 한숨을 내쉬었다.

왠지 뒷목이 근질거렸다.

살기.

심중에서 요사스럽게 피워 올려진 살인에 대한 충동이 당경의 뒷목을 간질이고 있는 것이다.

그와 동시에 항상 살기와 함께 찾아오는 성욕.

당경은 다리 사이에 있는 물건이 힘을 받아 탄력적으로 꼿꼿하게 굳어지는 것을 느끼며 기분이 좋아졌다.

'진금행!'

성욕과 살인에 대한 욕구 사이에서 혼미해지던 당경의 머리 속에 갑작스런 이름이 떠올랐다.

왜 그 이름이 떠올랐는지는 몰라도 그 이름을 떠올리자 숨이 막혀왔다.

숨 막힐 듯한 아찔한 미녀가 나신으로 누워 자신을 향해 손가락을 까딱거리는 것만큼 자극적인 이름이었다.

'소전대.'

진금행이란 이름 뒤로 진금행이 꾸리고 있는 단체의 이름이 자연스럽게 이어졌다.

당경은 숨이 막혀올 것 같았다.

목에선 타는 듯이 갈증이 났다.

며칠 전 살업에 처음으로 실패했다.

아니, 엄밀하게 말해서 실패는 두 번이지만 그 대상은 하나였기 때문에 살업은 하나였다.

팅팅 붙은 데다 무공이란 가지고 있지 않은 미련스러운 놈.

그놈 하나 때문에 자신의 체면이 구겨졌고, 그 사실이 이상하게 벌레 같은 자신의 몸뚱어리에 활력을 불어넣어 주고 있었다.

'온양.'

자신의 앞을 막았던 사람. 그가 누군지, 실력은 어떻고, 어떤 인생을 살아왔는지는 모르겠지만 자신의 앞을 막은 사람이 그자라는 것은 알 수 있었다.

그리고 그 사실이 자신을 흥분에 빠뜨렸다.

이젠 아예 온몸에 퍼진 신열에 들떴다.

열이 올라 달궈진 자신의 이마에 얼음덩어리를 올려놓자마자 뿌연 수증기와 함께 얼음이 녹아버릴 거라고 생각했다.

너무나 재미있는 사람과 단체.

그저 숨만 붙어 있는, 시체와 다름없는 여자를 강간하고 능욕하며 살인하는 벌레 같은 자신에게 묘한 흥분을 가져다 주었던 사람들.

당경은 이제 온몸이 저릿저릿해지며 흡사 점혈을 당한 듯 손가락 하나 까딱할 수 없을 정도로 흥분해 버렸다.

처음의 살인, 그것도 순진무구한 13살짜리 여아를 간살했을 때보다도 더 큰 흥분이 등줄기의 척추를 타고 짜르르 흘렀다.

암습은 성공할 수 있었다.

사천당문은 그 이름만으로 공포를 안겨주었으며, 당문의 암기는 적들을 쉽게 잠들지 못하게 만들었다.

그렇게 사천의 독물과 암기는 상대가 죽어서도 못 잊을 고통을 안겨 주는 것이었다. 그렇기에 사천당문의 금지된 암기와 독을 다룰 수 있는 당경이 마음만 먹는다면 진금행뿐만 아니라 조천대의 모든 사람을 죽일 수 있었으리라.

'하지만 그건 내가 한 것이 아니지!'

당경은 저도 모르게 제 울대를 쓰윽 쓰다듬었다.

그랬다, 그것은 당경이 한 것이 아니다.

자신을 버린 사천당문의 암기가 한 일이며, 자신이 버린 사천당문의 독이 한 일이다.

'차라리……'

당경은 이상한 충동에 사로잡혔다.

그때 사천당문의 금지된 암기와 독을 썼었다면…….

그러나 당경이 그런 충동에 사로잡힌 것은 살인을 즐기기 위한 것만은 아니었다. 만약 너무도 뚜렷한 족적과 흔적을 남기면 무림인들은 사천당문을 의심할 것이고, 당표의 행동을 의심할 것이고, 결국 당경 자신이 한 일이란 걸 알아내리라.

그렇게 된다면 자신은 모든 무림을 상대로 버려지는 것이다.

철저한 고독, 철저한 배신, 철저한 무관심에서 그야말로 화려한 폭죽처럼 무림에 등장하리라.

무림맹주의 네 번째 제자가 사천낭문의 사생아이자 살수였다는 소식은 전 무림을 흥분에 빠뜨리리라.

그리고 자신은 한 줌 핏물로 잠기리라.

그래서 이 세상에 아무런 흔적조차 남기지 않으리라.

죽음.

당경이 즐기는 것은 철저한 죽음이었다.

비단 다른 사람들을 죽이는 쾌감보다 더욱 온몸을 떨리게 만드는 쾌감은 바로 자신이 죽는다는 것이었다.

그것이 다른 자객과 살수를 만나자 그토록 온몸이 저릿해진 이유였
으리라.

어쩌면 당경은 다른 사람들을 죽이는 살인에서 자신의 죽음을 갈구
하는 쾌감을 언뜻 엿보았는지도 모를 일이었다.

'이교옥, 현통, 주개육, 강구의……'

당경의 뇌리 속으로 사람들의 이름이 흘러갔다.

그중엔 이미 알고 있는 사람도 있었고 나중에 알게 된 사람도 있었
다.

하지만 그중 누구도 무시 못할 사람이란 것은 같았다.

아무리 자신이 무림맹주의 네 번째 제자라 해도 승부를 쉽게 결할
수 없을 정도의 고수.

이젠 입 안 침까지 말라붙어 목구멍으로 삼키지도 못할 정도였다.

당경의 다리 사이 육봉은 더 이상 커질 수 없을 정도로 커진 대가리
를 쳐들고 꺼떡거리기 시작했다.

발바닥이 간질간질하고 짜릿해졌다. 발바닥에서 시작된 짜릿함은
자신의 정수리 위 머리털까지 바짝 서게 만들 정도였다.

'불연, 구잔양, 우문하.'

온몸이 지옥에 빠진 듯 아득해졌다.

지옥 불구덩이 속의 화염이 온몸을 불태우는 것 같았다.

차가운 얼음덩어리 안에 몸을 들이민 듯 온몸이 벌벌 떨려왔다.

죽음.

자신이 목말라하는 죽음의 느낌이 바로 이런 것일까 하는 생각마저
들었다.

이제 자신의 육봉은 객잔의 지붕을 뚫고 하늘마저 뚫어버리겠다는

듯 요사스런 대가리를 당당하게 쳐들고 있었다.

'그리고 묘웅… 묘웅? 으으… 묘웅? 에이, 씨발!'

싸늘하게 식었다. 갑자기 찬물을 머리 위에 퍼부은 듯, 아니, 근육 가닥가닥, 힘줄 줄기마다 얼음 조각들을 박아 넣은 듯 차가워졌다.

하늘로 솟아올라 꺼떡대던 육봉 역시 바람 빠진 풍선처럼 아래로 처져 머리를 허벅지에 누이고는 잠에 빠져들었다.

'묘웅!'

바로 그 이름 하나 때문에.

입 안이 썼다.

갑작스럽게 하늘까지 치솟은 흥분에서 지옥으로 꺼질 듯한 차가움을 한꺼번에 겪은 당경의 온몸은 흡사 불에 달구어졌다 찬물을 퍼부은 그릇처럼 전신에 금이 쩍쩍 가기 시작했다.

'어쩔 수 없군… 오늘도…….'

당경은 품에 감추어둔 녹색의 복면을 만지작거렸다.

그와 동시에 당경의 세모꼴 눈은 이리저리 돌아가다 한 명의 여자에게 멈추어 섰다.

'서 성도라면…….'

당경의 얇은 입가에 미소가 날카롭게 날을 세웠다.

여자.

그리 이쁜 얼굴은 아니다.

하지만 넓고 하얀 이마가 당경의 마음에 들었다.

그 하얗고 넓은 이마에 피 한 방울이 흐르는 상상만 해도 관자놀이의 혈관이 미친 듯 뛰기 시작했다.

작지만 구색을 갖춘 코. 그것도 당경의 마음에 들었다.

강간을 하며 입으로 물어뜯어 버리고 나면 드러날 뻥 뚫린 구멍을 상상하자 이젠 창자까지 꼬여들었다.

그리고 뜯겨져 뻥 뚫린 구멍 속으로 뱉어질 고통의 비음.

당경은 아랫입술을 악물며 앞서 가는 여자의 뒷모습을 감상했다.

"소소(少笑), 그 작은 엉덩이를 흔들며 오늘은 또 어디 가는 거야?"

생긴 것부터 거친 사내가 왼손엔 돼지 뒷다리를, 오른손엔 주인만큼 험상궂게 생긴 도를 들고는 껄껄 웃고 있었다.

소나 돼지를 잡다가 가끔 소 잡는 칼을 휘둘러 사람도 잡는 춘류(春流:소고기를 뜻하는 은어) 패거리가 분명했다.

소소라 불린 여자는 작은 콧노래와 함께 사내에겐 시선도 던지지 않고 쌀쌀맞은 태도로 걷고 있었다.

'요망한 년!'

당경은 식도로 무언가 쏴한 것이 넘어가는 듯한 기분을 맛보았다.

소소가 저 거칠게 생긴 춘류 패거리에게 마음이 없다면 왜 엉덩이를 저리 요란스럽게 씰룩인단 말인가.

발정난 암캐처럼 씰룩대는 엉덩이를 노려보는 당경의 세모꼴 녹색 복면은 파르르 떨리고 있었다.

"어이, 소소. 뭐 좋은 일이라도 있어? 좋은 일이 있으면 이 원가와 함께하자구!"

팔짱을 낀 채 벽에 기대서 있던 근육덩어리가 휘파람을 불고는 한마디 건넸다.

하지만 소소는 역시 도톰한 콧대를 하늘 높이 쳐들고는 한번 눈길도 주지 않은 채 도도하게 스쳐 지나갈 뿐이다.

그러나 당경은 그런 소소의 엉덩이가 더욱더 크게 좌우로 움직이는 것을 똑똑히 볼 수 있었다.

당경은 미칠 것 같았다.

저년의 머리채를 휘어잡아 자신 앞에 무릎을 꿇게 만들리라.

저년은 비명도 지르지 못할 것이다.

왜냐하면 저년 입엔 그 무언가가 가득 담겨져 있을 테니.

그 누구도 눈치 채지 못하게, 은밀하게 한 발 한 발 다가가는 당경의 머리 속을 가득 채우는 상상이었다.

"흥흥~"

소소는 콧노래와 함께 작은 동경 안을 들여다보며 삼단 같은 머리카락을 다듬고 있었다.

작은 방, 싸구려 물건들.

당경은 자신이 몸을 숨긴 주위를 찬찬히 눈여겨보기 시작했다.

'싸구려 인생들이 모여 사는 싸구려 골목을 지나 싸구려 방 안에 들어선 싸구려 여자를……'

당경이 머리 속에서 흘러가는 운율에 맞추어 세모꼴 대가리가 까닥거리기 시작했다.

싸구려 여자.

그랬다. 소소는 돈 많은 여자들의 뒷수발로 먹고 사는 것이 분명한 천한 인생이었다.

어느 날 옷이 찢겨지고, 온몸 역시 갈가리 찢어진 채 피 범벅 속에서 죽어 있는 시체로 발견된다 해도 그 누구도 신경 쓰지 않을 천한 인생이었다.

그 싸구려 인생길을 마감시켜 주는 고귀한 손이 바로 당경 자신의 손인 것이다.

그리고 언젠가는 당경 스스로 그런 싸구려 죽음을 맞이할 것이었다.

전 무림인의 손가락질을 받는 그런 천하디천하고 값어치없는 죽음을.

당경은 더 이상 끓어오르는 흥분을 참지 못했다.

"흠흠~ 예전에… 흠흠~ 한 소녀는… 어맛!"

낮고 고운 콧노래와 함께 자신의 모습에 빠진 듯 몽롱한 눈으로 동경을 바라보던 소소는 자신도 모르게 커다란 비명 소리와 함께 자리에서 발딱 일어섰다.

"누, 누구……."

소소는 겁에 떨었다.

아무 말 없이 자신 앞에 와 서 있는 사내.

흡사 사마귀를 보는 듯한 세모꼴의 녹색 복면 사이로 언뜻 엿보이는 괴기 어린 두 눈.

"킬킬킬~"

숨 막힐 듯한 괴상한 키득거림을 토해내는 복면인의 모습에 소소가 뒤로 쓰러질 듯 휘청거리며 물러섰다.

당경은 그 모습이 너무나 아름다웠다.

흡사 거미줄에 걸린 나비의 마지막 떨림처럼 황홀하게 다가왔다.

소소는 그제야 정신을 차린 듯, 품속에서 무언가를 잡아채듯 뽑아내 자신의 목에 가져다 대었다.

날카롭게 날을 세운 자그마한 비도.

'싸구려 소녀 목에, 싸구려 비도가, 싸구려 피를 마시고……'

당경은 머리 속에서 흘러가는 운율에 또 한 번 머리를 까닥거렸다.

소소가 들고 있는 비도는 동전 몇 전으로 쉽게 살 수 있는 싸구려 중에 싸구려였다.

하지만 그런 비도에 목숨을 바칠 가냘픈 여인 역시 그 값어치가 그리 나가진 않으리라. 그리고 그 여인 몸에서 토해낼 새빨간 피보다 당경 자신의 목숨이 더욱 값어치없다는 사실이 당경을 더욱더 흥분으로 몰아넣고 있었다.

소소는 가녀린 목에 칼날을 가져다 대고는 미친 듯 중얼거렸다.

"오, 오지 마, 오면… 죽어버릴 테얏!"

당경의 고개가 더욱더 까딱거렸다.

웃기지도 않았다.

자신을 죽이러 온 놈에게 자신의 죽음으로 협박을 하다니.

"칼은 그렇게 쥐는 게 아니야. 칼은 이렇게 부드럽게 쥐어야 하는 거지."

당경의 손이 소소의 손등을 잡았다.

그리고 소소의 손이 잡고 있는 칼날을 손가락으로 부드럽게 어루만졌다. 흡사 소소의 속살을 어루만지듯이 그렇게.

"그리고는 이렇게 부드럽게 찌르는 거야. 아주 부드럽게. 그래야 피가 엉키지 않고 동글동글 흘러내리거든. 이 싸구려 칼날 위로 아름답게 영롱이며."

당경은 지옥에서 들려오듯 달콤한 목소리로 속삭이며 조금씩 칼날을 움켜쥔 손을 앞으로 내밀었다.

"으으……."

소소는 자신의 목 사이로 파고드는 단검의 차가운 느낌에 질린 듯 신음도 지르지 못하고 있었다.

"이렇게 부드럽게 어루만지는 거야, 네 영혼을 이렇게 부드럽게."

당경의 다른 손이 소소의 봉긋한 젖가슴을 소중하게 어루만졌다.

바로 그때!

정신을 차릴 수 없을 정도로 흥분했던 당경의 뒷꼭지를 차갑게 식히는 싸늘한 음성이 들렸다.

"여자를 아는 놈이군. 하지만 방법이 틀렸어."

당경의 고개가 사마귀처럼 제자리에서 빙글 돌았다.

거칠게 생긴 사내가 소를 잡는 큼지막한 칼을 손가락 사이로 빙글빙글 돌리며 서 있었다.

조금 전 소소를 향해 수작질을 피우던 춘류패였다.

"소소는 좋아할걸?"

그 사내 뒤에서 터질 듯한 근육을 자랑하듯 가슴 근육을 씰룩이며 또 한 명이 나타나는 게 아닌가.

당경의 눈썹이 움찔거렸다.

저 두 놈은 거리에서 소소에게 수작질을 피우던 하찮은 놈들이 틀림없는데 어찌 이곳에 나타났단 말인가.

그것도 자신의 이목을 숨길 정도로 은밀한 동작과 함께.

당경의 고개가 막 나타난 두 사내를 향한 채 어이없다는 듯 갸우뚱거릴 때였다.

소소의 아미가 살풋 찡그려진다 싶었을 때, 소소의 목을 파고들었던 단도의 손잡이 끝에서 무언가 반짝였다.

촷촷촷!

당경은 어느새 천장에 매달린 채 천천히 옷매무새를 고치며 몸을 바르게 펴고 있는 소소를 내려다보았다.

"색다르긴 했지만, 분명 좋진 않았어!"

소소가 코끝을 찡그리며 터질 듯한 근육덩어리에게 쏘아붙였다.

"암기에 밝은 놈이군. 쉽진 않겠어."

춘류패가 고개를 들어 천장에 매달려 있는 당경을 보며 재미있다는 듯 씽긋 웃었다.

소소의 싸구려 단검.

하지만 그 안의 비밀까지 값싼 것은 아니었다.

하마터면 당경의 목을 꿰뚫을 뻔했으니.

아주 작고 가벼운 우모침 세 대가 소소의 단검 손잡이에서 튀어나왔고, 소소의 단검을 움켜쥐고 있는 당경의 얼굴로 정확히 날아왔던 것이다.

당경이 암기와 독물에 정통한 사천당문의 비전을 이어받지 못했다면 도저히 피해내지 못했을 교묘한 공격.

당경은 가슴이 싸늘해지며, 그 차가워진 피를 또 다른 흥분이 가득 채우는 것을 느꼈다.

'이건 또 무슨 경우란 말인가!'

너무나 의외로 마주친 공교로운 일에 미칠 듯한 재미로 당경의 눈은 조금 전과 다른 흥분으로 들떠 있었다.

흔하디흔하게 볼 수 있는 값싼 여인이 이토록 흉악한 수단을 태연히 발휘하고, 항상 안중에도 두지 않았던 무식한 하오문 놈들이 자신의 이목을 속이고 바로 뒤까지 다가오다니.

천천히 몸을 비틀어 바닥에 내려선 당경이 호기심 어린 눈으로 물었다.

"너희들은 누구지? 흔한 하오문은 아닌 것 같은데?"

소나 돼지를 잡던 춘류패가 칼등으로 머리를 벅벅 긁으며 대꾸했다.

"너도 흔한 물건은 아닌 것 같군. 우린 흑월회(黑月會)라 하지. 모르긴 몰라도 네가 알기엔 조금 부담스런 물건임엔 틀림없어."

춘류패의 대꾸에 소소가 한쪽 눈을 치켜들어 앙큼하게 쏘아보았다.

"크나큰 비밀을 함부로 발설하다니! 그 비밀을 아는 자가 하나 많아질수록 우리 목숨이 그만큼 줄어든단 걸 모르는 게야?"

하지만 소소의 쏘아붙이는 말에 변명하듯 중얼거린 건 힘깨나 쓸 게 분명한 근육덩어리였다.

"비밀을 아는 자가 하나 늘긴 했지만, 곧 원래 숫자를 회복할 거야. 네가 원한다면 지금이라도 숫자를 맞춰줄 수도 있지!"

근육덩어리는 당경 따위는 안중에도 없다는 듯, 소소의 비위를 맞추는 데만 온 신경을 쓰고 있었다.

'재미있군, 재미있어! 정말 재미있지 않은가!'

당경은 미칠 듯한 쾌감에 근질거리는 머리를 북북 긁어댔다.

자신의 값싼 목숨을 앗아갈 주인공이 알고 보니 무림에 한 번도 드러나지 않은 신비 단체가 아닌가!

타는 목마름으로 기다려 왔던 자신의 죽음. 그것이 바로 이 자리에서 실현될 수도 있을 거란 예감에 당경은 온몸이 저릿저릿해졌다.

충분히 있을 수 있는 일이었다.

방금 전에도 소소라는 계집의 손에서 펼쳐진 암기술에 당경 목엔 희미하나마 상처가 난 것을 보더라도 충분히 있을 수 있었다.

흑월회(黑月會)!

언젠가 진금행이 주개육과 강호 정세에 대해 논할 때 진금행 입에서 튀어나왔던 단체.

하오문 중에 하오문이며 밝은 낮은 황제가 지배하지만 어두운 밤은
흑월회가 지배한다 했던가?

또 황제보다도 더 넓은 땅덩어리를 지배한다던 흑월회가 드디어 모
습을 드러낸 것이다.

"이봐, 계집. 필요하면 내게 얘기하도록, 내가 숫자를 맞춰줄 수도
있으니까."

당경이 소소를 향해 고개를 끄덕이며 말을 건넸다.

필요하면 언제든 자신 역시 충분히 상대를 죽일 수 있다는 뜻.

"보기보단 멋진걸? 너희들도 배워야 해."

소소는 당경의 말에 고개를 돌리고는 춘류패와 근육덩어리에게 쏘
아붙이듯 종알거렸다.

"뭘 배워? 소소, 네 목에 칼을 들이미는……."

근육덩어리의 이죽거림은 더 이상 이어지지 않았다.

거대한 몸을 가득히 에워싸고 있었던 근육들은 한 가닥 한 가닥 모
두 춤을 추듯 떨리고 있었다.

흡사 온몸에 작은 물결이 몰려왔다 빠져나가는 것처럼 보이는 경련
이 근육덩어리 몸에서 몇 차례 일더니 거대한 몸이 뒤로 천천히 넘어
가기 시작했다.

"신속함을 배우란 것이겠지. 여자의 말은 빨리 이행해야 한다고."

키득거리는 어깨 위에 있는 당경의 얼굴이 어땠냐는 듯 소소의 얼굴
을 쳐다보았다.

"독(毒)… 독을!"

놀란 소소가 입을 벌리는 것보다 춘류패의 남자 몸놀림이 좀 더 빨
랐다.

하지만…

쿵!

언제, 어떻게 당경이 독을 풀어냈는지 모르지만 춘류패의 몸은 허공에서 곤두박질쳐서 땅바닥에서 사지를 버둥거리고 있었다.

"이걸 어쩌나, 숫자를 잘못 맞췄는걸. 하나가 더 비는군."

당경이 키득거리며 놀리듯 소소를 쳐다보았다.

소소의 행동은 빨랐다.

얼른 뒷걸음질치며 자신이 하고 있던 싸구려 목걸이를 가져다 냉큼 입에 물었기 때문이다.

그 모습을 본 당경이 움찔거리려던 손가락을 우뚝 멈추었다.

자신이 마음만 먹는다면, 그래서 손가락만 까딱한다면 저 계집의 목숨은 쉽게 앗을 수 있었다. 하지만 목걸이 조각을 입에 물고 볼이 미어져라 힘껏 숨을 불어내는 소소를 보자 조금만 더 참아야겠다는 생각이 뇌리를 스쳤기 때문이다.

자신의 귀엔 들리지 않지만, 분명 소소가 불어내는 소리를 듣고 뛰어올 인물이 궁금한 당경이 녹색 복면으로 가린 얼굴을 끄덕였다.

소소가 자신이 할 일을 다 마쳤다는 듯 활짝 웃으며 당경을 쳐다보았다.

그리고 그와 동시에 얼기설기 대강 얽어 올려 만든 벽이 폭발하듯 구멍이 뚫렸다.

소소가 서 있던 뒷벽에 커다란 구멍 네 개가 뻥 뚫리고, 그 무언가 시커먼 것이 당경 눈앞으로 뛰어든 것은 정말이지 눈 한 번 깜짝일 시간도 흐르지 않은, 짧디짧은 순간이었다.

'재미없군!'

당경은 재빠르게 한 발 물러서며 인상을 찡그렸다.

너무 빨랐다.

방금도 조금만 늦었다면 예리하게 휘어진 월도(月刀)에 자신의 목이 뎅겅 잘릴 뻔하지 않았는가!

너무도 신속하고 빠른 합공.

조금이라도 신형을 늦춘다면 당경의 목숨은 그 순간 없어지는 것이었다.

'이렇게 되면 죽음을 즐길 시간도 없지 않은가!'

당경의 불만은 그것이었다.

자신이 목마르게, 간절히 기다리던 초라하고 값어치없는 죽음.

그 죽음을 음미할 약간의 시간은 주어야 할 게 아닌가!

하지만 저 똑같이 생긴 네 명의 검은 종자들은 당경에게 그마저도 허락하지 않겠다는 듯 무섭게 허공을 짓쳐오며 월도를 날려대고 있었다.

'이렇게 밀리기만 하다가는…….'

당경의 눈빛이 암울한 회색으로 변했다.

독을 풀어낼 시간도 없었다.

몸속 여기저기 소중히 갈무리한 사천당가의 암기도 쏘아 보내지 못했다.

호흡을 골라 여유를 찾을 시간도 없었다.

상대는 너무도 빨랐다.

눈으로 확인하면 늦었다.

본능을 믿어야 했다.

'저놈들 넷이라면 무림맹주라도 한순간에 베겠군!'

당경은 지독하게 자신을 얽어오는 네 자루의 월도를 보며 진정으로 감탄에 감탄을 거듭했다.

치밀한 계산 하에, 한 치도 어긋나지 않는 길을 따라, 가닥가닥 자신의 혼을 베려 드는 네 자루의 월도는 당경의 감상대로 엄청난 위력을 발휘하고 있었다.

'누가 이런 자들을 키워냈단 말인가! 세상에 그 어떤 사람이라도 이들에게 걸린다면 죽는 도리밖에 없지 않은가! 그렇다면……'

하지만 언제까지 감탄만 하고 있을 수는 없었다.

당경은 곧 목숨을 걸고 모험을 하기로 각오를 다졌다.

비록 자신의 죽음을 즐길 시간이 주어지지 않는다 해도 순순히 목숨을 내주는 건 너무도 재미없는 일이 아닌가!

당경의 신형이 뒤로 한 걸음 물러섰다.

그 공간을 맹렬하게 네 자루의 월도가 파고들었다.

"위험!"

갑자기 오른쪽에 있던 검은 장포가 뒤로 한 걸음 물러섰다.

네 사람 중 한 사람이 물러서자 약속이나 한 것처럼 세 자루의 월도 역시 주인을 따라 뒤로 물러서고 있었다.

당경의 계산이 맞았다.

'하지만 아쉽군.'

당경은 물러선 사내의 검은 장포가 하나하나 먼지로 화해 갈기갈기 흩뿌려지는 것을 보면서 입맛을 다셨다.

눈치가 여간 비상한 놈이 아니었다.

색이 없고, 냄새가 없고, 향기가 없는 독.

그래서 무색, 무취, 무향의 삼무교(三無膠)를 어찌 눈치 챘단 말인가.

남만(南蠻)의 특이한 나무에서 아교를 채취해 23년을 정련해야 만들 수 있기에 사천당문 사람이라도 구경한 이가 적은 독이 바로 이 삼무교였다.

하지만 그런 삼무교가 그저 검은 장포의 앞만 상하게 만드는 데 그쳤으니 당경의 아쉬움은 더욱더 클 수밖에 없었다.

그러나 어떻게 만들어낸 기회던가.

당경은 네 개의 월도 사이를 파고들며 위처쇄비수(衛處碎脾手)를 현란하게 그려내었다.

주춤.

그것뿐이었다.

네 자루의 월도는 처음 초식이 시작될 때 조금 움츠러든 것뿐, 곧 맹렬한 처음 위세를 회복하고 있었다.

위처쇄비수(衛處碎脾手).

무림맹주의 무공 중 하나였으며, 무림맹주의 넷째 제자인 당경이 터득하고 있는 몇 개 안 되는 고절한 무공이었다.

'정말 굉장하군!'

당경은 고개를 절레절레 내저을 수밖에 없었다.

이런 괴물들이 존재한다는 게 믿어지지가 않았다.

"무림맹주의 쇄비수군. 그럼 너는 무림맹의……."

사내가 처음으로 열릴 것 같지 않은 입을 열어 당경에게 말을 건넸다.

"…사람이 분명할 터. 네가 무림맹주 진근양은 아닐 테니 너는 맹주의 일곱……."

그 옆에 사내가 처음 말한 사람의 말을 받아 읊는데, 흡사 한 사람의 입에서 나온 것처럼 호흡이 척척 맞았다.

그러나 놀랍게도 두 번째 사내의 말을 이번엔 세 번째 사내가 척하니 받는 것이 아닌가.

"…제자 중 하나. 또한 삼무교는 당문의 금지된 독 중에 하나이니 곧 무림맹과 당문 양쪽에……."

마지막은 네 번째 사내의 몫이었다.

"…연을 둔 사내가 분명할 터. 조금 조사해 보면 재미있는 사실을……."

미안하다. 마지막이 아니었나 보다.

마지막 네 번째 사내의 말이 다시 처음 사내 입에서 이어지기 시작했으니.

"…발견할 수도 있을 것. 잘하면 당 가주인 당표의……."

처음 사내가 말했으니 어찌 두 번째 사내가 지켜보고만 있겠는가.

"…뒷덜미를 잡아챌 수도 있겠군!"

당경은 신기했다.

'언제까지고 계속되겠군!'

말을 하는 가운데에서도 사내들의 월도는 쉬지 않고 당경의 온몸을 파고들었다.

당경은 암기로 근근히 버티고 있었지만, 그게 언제까지 계속될 순 없었다.

'이런 무서운 자들이 어찌 모습을 드러내지 않고 지금껏 숨어 지냈단 말인가! 도대체 이자들이 누구길래!'

당경의 의문은 당연한 것이었다.

추단현예(推端玄세).

언젠가 마 총관의 손아귀에 든 동패가 우그러지는 것을 똑똑히 지켜봤었던 신비의 네 명.

그뿐만 아니라 흡사 손발을 맞춘 듯 입을 나불거려 마 총관의 속을 확 뒤집어놓았던 인물들이 바로 눈앞에 있었지만 어찌 당경이 알아볼 수가 있겠는가.

"은월주(銀月主) 문 어르신과 동월주(銅月主) 마 어르신께 얼른 이 소식을……."

어느덧 이어져 나간 말이 추단삼예 입에서 중얼거려질 때 당경은 입술을 꽉 베어 물었다.

'내년 오늘이 바로 내 제삿날이겠군! 이렇게 죽는 것도 나쁘진 않을 거야. 하지만 나만 제삿밥을 먹을 순 없지. 친구들을 만들어놓아야…….'

당경이 품에서 조그마한 옥병을 꺼내 들었다.

보통의 옥과는 다른 진보랏빛의 특이한 옥으로 만든 게 분명한 조그마한 옥병.

당경이 마개를 조심스럽게 열었을 때 당경의 목엔 추다현예 중 맏이인 추단일예(推端一刈)의 월도가 닿고 있었다.

"킬킬킬~"

당경은 저도 모르게 웃음이 났다.

이 옥병이 깨진다면 무서운 고통에 휩싸이게 되고, 그 고통은 정말이지 지옥 불이 따뜻하게 느껴질 정도로 강렬할 게 분명했다.

사천당문 사람들도 고개를 흔드는 절독 중의 절독이었으니… 너무도 독해 추자연옥(墜紫涎鈺)으로 만든 자기병이 아니면 그 독기조차 감당해 내지 못할 정도로 강렬한 위력이 있었다.

언젠가 당경 스스로 자신의 목숨을 끊어줄 인물을 만나지 못했을 때, 세상이 너무나 권태로울 때, 그래서 목말라 갈구하던 죽음을 맞지 못할 때 사용하려고 소중히 간직해 온 독이었다.

하지만 한번 맛보고 싶었던 그 몸서리쳐질 고통을, 정작 당경 스스로 목이 잘려 죽고 나면 경험해 보지 못할 게 아닌가!

'어쩔 수 없지. 아쉽긴 하지만……'

당경은 옥병을 기울이며 처연하게 눈을 감고 곧 닥쳐올 죽음을 짧은 순간이나마 즐기려 했다.

드디어 당경의 귀에 날카로운 금속성이 들렸다.

쨍!

'아마도 내 목뼈를 저 월도 중 하나가 치는 소린가 보군. 그리 짜릿하진 않는데?'

당경은 약간의 아쉬움과 함께 곧 다가올 어둠을 기다렸다.

'……'

하지만 아무 일도 일어나지 않았다.

이상해진 당경이 고개를 좌우로 조금 흔들어봤지만 베어져 허공을 떠돌아야 할 자신의 머리통이 좌우로 재각재각 잘도 움직여지지 않은가.

"큰일 날 뻔했군."

너무도 부드럽고 윤기나는 목소리.

낮은 저음이었지만 탁하거나 껄끄럽게 들리기는커녕 도리어 사람의 마음을 편안하게 만드는 신비한 힘이 깃든 목소리였다.

당경은 천천히 눈을 떠 방금 말한 사람을 찾았다.

있었다.

굳이 눈을 크게 뜰 필요가 없었다.

아무리 부릅뜬다 해도 한 번에 다 보지 못할 만큼 거대한 사람이 거기에 있었다.

'······!'

당경은 숨이 멎는 것 같았다.

처음엔 커다란 산을 보는 줄 알았다.

저토록 거대한 몸뚱어리를 지닌 사내가 있다니.

그리고도 당경은 또 한 번 놀라야 했다.

바로 육중하고도 두툼한 사내의 손바닥 위에서 방금 자신이 흘려보낸 독이 새빨간 방울로 굴러다니는 것을 보아야 했기 때문이다.

독. 그것은 어린아이 새끼손톱만큼 작은 양이었지만 능히 만여 명을 죽일 위력이 있었다.

한 방울이라도 떨어진다면 능히 두꺼운 쇠를 녹이고 하루내에 웬만한 도시 하나를 집어삼킬 엄청난 위력이 있었다.

그런 독이 조그마한 방울로 변해 사내의 손바닥 위에서 이리저리 굴러다니고 있지 않은가.

오죽하면 그 독기를 이기는 물선이 없어 주자연옥으로 만든 병과 마개로만 겨우 가두어둘 수 있다던 독이었다.

하지만 뒤룩뒤룩 온몸이 살로 뒤덮인 사내는 고개를 숙여 귀엽다는 듯 그 독이 데구루루 자신의 손바닥 위를 구르는 모습을 지켜보고 있지 않은가.

'엄··· 엄청난 공력이군!'

당경은 사내의 그 끝 모를 내공에 입을 벌려야만 했다.

만약 저 사내가 내기(內氣)로써 독기를 제압하지 못했다면 비단 죽는 것은 저 사내뿐만이 아니었다.

월도를 휘두르던 검은 장포의 사내 넷과 당경 자신 역시 첫 호흡이 끝나기 전에 이미 저세상 고혼으로 변해 있으리라.

'어, 어떻게…….'

당경은 고개를 돌려 자신을 무섭게 핍박해 왔었던 네 명의 검은 장포의 사내들을 찾았다. 하지만 추단현에는 한쪽에 공손한 태도로 허리를 굽히고 있었고 그중 한 사내의 월도는 중간이 잘려 나가 있었다.

그래서 당경은 또 한 번 놀라야만 했다.

저 무서운 사내들의 손속을 직접 경험하지 않았던가.

그런데 저 엄청난 살들을 빽빽하니 온몸에 두르고 있는 거구의 사내는 그 네 자루의 월도들을 헤치고, 그 틈새로 손을 밀어 넣어 현철로 만든 월도 하나를 박살 낸 후 자신이 떨어뜨린 독을 손바닥으로 제압해 버린 것이 아닌가.

자신의 사부인 무림맹주 진근양이라 하더라도 그 정도의 능력이 있다고 믿기 어려웠다.

그 엄청난 몸으로 그토록 무서운 재간을 그토록 빠른 속도로 행하다니!

"이 상서롭지 못한 물건은 아마 그 옥병으로만 가둬둘 수 있나 보군?"

사내가 투실투실한 목을 돌려 당경을 바라보며 물었다.

끄덕끄덕.

사내의 엄청난 신위에 당경은 그저 고개만 까딱거릴 뿐이었다.

"휴우~ 그럼 그것을 내게 주어야겠네. 자네에게 맡기기엔 너무 위험한 것 같군."

사내의 윤기나는 저음이 당경 가슴속에 파문을 일으켰다.

또 얇게 째진 눈 사이로 간신히 엿보이는 사내의 맑은 동공에서 당경은 시선을 떼지 못했다.

'설… 설마… 내가 저 사내에게 끌리고 있단 말인가?'

저도 모르게 얼이 빠져 불쑥 내밀었던 옥병을 다시 제 품에 추스르며 당경은 곤혹스런 느낌에 머리가 얼얼해졌다.

투실투실하게 살이 찐 사내는 당경이 내밀었던 옥병을 건네받으려 내민 자신의 손을 미소 지으며 바라보았다.

그리고는 묵묵히 당경의 녹색 복면을 쳐다보는데, 그 시선에서 당경은 이미 저 사내가 녹색 복면을 뚫고 자신의 본얼굴을 보고 있음을 알아차릴 수가 있었다.

'어, 어찌 저런 시선을……'

당경은 낭패한 기분에 시선을 어디에 둘지 몰라 우물쭈물거렸다.

처음 느끼는 시선이었다.

스스로 목숨을 끊은 어미의 몸에 이어졌던 차가운 탯줄을 부여잡고 세상에 첫 울음을 터뜨리고 난 후.

당경이 간절히 바랬던 시선이 바로 저것이었다.

하지만 간절히 바랬던 만큼 결코 받아본 적이 없는 것이 또한 저것이었다.

따뜻한 아비의 시선.

아니, 그것도 아니었다.

만약 잘못을 저지른 자식을 책망하듯 바라보는 흔하디흔한 아비의 시선이었다면 당경의 온몸에 닭살이 돋진 않았을 게다.

그저 인자한 눈빛이었다.

세상 만물을 포용하는 눈빛이었다.

당경 자신이 무슨 짓을 하든 이해해 줄 눈빛이었다.

"애야, 위험한 장난을 치면 안 된단다. 그 물건을 이리로……."

자상한 눈빛과 함께 따뜻한 목소리가 당경의 온몸을 휘감았다.

당경은 당혹스러웠다.

어찌 저토록 놀라운 무공을 지닌 사람이, 흑월회란 정체 모를 가공할 단체를 운영하는 사람이 자신에게 이런 시선을 보내는 것인가?

아비인 당표에게서도 한 번도 받아보지 못한 시선이 저것이었는데……

"킥~"

당경은 저도 모르게 킥킥대며 자기병을 움켜쥐고 공력을 운기하기 시작했다.

비록 무서운 독기도 억누르는 옥병이었지만 자신의 내공으로 충분히 깨뜨릴 수 있었다.

묘한 반발심 때문인지, 아니면 갑작스런 충동인지 몰라도 옥병을 힘주어 잡아갈 때였다.

찍~

흑월회주의 손가락에서 한줄기 새파란 지공이 당경의 손목을 노렸다.

츠르륵~ 춋~

그와 동시의 당경의 손에서도 회륜인(廻綸刃)이 흑월회주의 목을 향해 쏟아져 갔다.

날카롭게 당겨진 팽팽한 줄 사이로 만여 개의 작은 날들이 이빨을 숨기고 있는 사천당문의 금지된 암기가 드디어 모습을 드러낸 것이다.

'……!'

당경의 웃는 얼굴이 굳어졌다.

이미 바닥엔 가닥가닥 잘린, 천잠사와 교룡의 힘줄을 꼬아 만들어 웬만한 보검에도 잘라지지 않는다는 회류인이 가닥가닥 잘린 채 덩굴고 있었다.

당경은 고개를 돌려 자신의 손목을 쳐다보았다.

거기엔 흡사 손가락으로 건드린 듯 붉은 반점이 피어나 있을 뿐 어떤 상처도 보이지 않았다. 그리고 사내는 거대한 몸을 조심스럽게 움직여 손바닥 위의 독을 조심스럽게 작은 옥병에 담고 있었다.

조금 전까지 당경의 손에 있었던 옥병이었다.

'어떤 금나수(擒拿手)길래 내 손에서… 또 내 손목을 왜 잘라내지 않은 게지? 그 정도 능력이라면…….'

너무도 빠른 수법에 똑똑히 보지 못했다.

"아이야, 목숨은 귀한 거란다."

사내, 당경의 가슴에 파문을 일으켰던 사내는 역시 자애로운 눈빛과 함께 말을 건네고는 성큼 몸을 돌려 걸어가기 시작했다.

"누, 누구……."

당경이 몽롱한 눈빛으로 물었다.

"흑월회주시네."

대답은 옆에서 공손하게 서 있던 추단현에에게서 튀어나왔다.

"흑… 월… 회… 주……."

당경이 절대 잊어버리지 않겠다는 듯 입속으로 몇 번을 되뇌었다.

"흑… 월… 회… 주……."

중얼거리는 당경의 눈동자엔 폭죽이 일듯 희열의 섬광이 작렬하고 있었다.

"이것들은?'

당경은 눈앞에 놓인 세 개의 알약을 쳐다보며 물었다.

언제부터인가 녹색의 복면을 벗고 본래의 세모꼴 얼굴을 드러낸 당경을 소소라는 이름의 여자가 흥미롭다는 듯 쳐다보고 있었다.

적색, 청색, 황색.

세 개의 조그만 알약이 당경의 앞에 있는 탁자 위에 놓여져 있었다.

"세 개의 비밀이지. 네놈 뱃속에 든 비밀처럼."

당경이 고개를 쳐들어 답변을 요구하는 듯 소소의 눈을 쳐다보았다.

"휴우~"

소소는 가느다란 한숨과 함께 천천히 설명해 나가기 시작했다.

"흑월회는 모두 세 분의 주인이 계시지. 흑월회주는 이미 봤으니 알겠고, 나머지 두 분은 은월주 어른과 동월주 어른이시지."

"……."

아무 말 없이 소소의 눈을 쳐다보는 당경의 눈에는 기묘한 열기가 어려 있었다.

"처음 적색은 일반 입문자에게 내리는 것이지. 흑월문의 문도는 모두 처음에……."

소소의 말이 끝나기도 전에 당경은 냉큼 적색의 조그마한 환약을 집어 꿀꺽 삼켰다.

그 모습을 보던 소소가 가느다란 한숨을 토해냈다.

"무슨 생각으로 그러는지 모르겠군. 무림맹주의 제자, 당문의 모든 절기를 아는 네가 왜 구태여 우리 흑월문에 들려는 건지 모르겠어."

소소가 이해하지 못하겠다는 듯 중얼거리자 당경이 짧게 말했다.

"비밀은?"

소소는 어이없는 듯 당경을 보다 천천히 말을 이었다.

"너도 알겠지만 그 적색의 환약은 독약이야. 물론 너 정도면 해독을 할 수도 있겠지. 하지만 만약 해독하지 못한다면 매년 흑월문에서 내리는 해독약을 삼켜야만 해. 결국 우리 흑월문에 목숨을 바쳐야 한단 말이지."

"갈미산, 초장주, 토합정……. 그건 비밀이 아니야. 비밀은?"

당경은 답답했다.

성질대로라면 저 소소라는 년의 아가리를 찢고 싶을 정도였다.

무림맹의 제자가 무슨 대수란 말인가!

또 암기와 독을 잘 다룬들 무슨 소용이 있단 말인가.

기껏해야 이 적색의 독약이 갈미산과 초장주와 토합정 등등의 성분으로 이루어져 있고, 음기와 양기를 헤아려 시독한다면 목숨은 건지지만, 일 년 후 균형이 깨져 죽을 거란 단순한 원칙 정도를 헤아리는 데 쓰일 뿐이었다.

무림맹주의 제자와 사천당문의 비술을 알고 있다는 것은 자신의 쓰레기 같은 목숨을 가려주는 빛깔 좋은 껍데기에나 쓰일 만한 것이지, 정작 자신의 쓰레기 같은 목숨은 구제해 주지 못하는 것이거늘…….

하지만 이제 드디어 만난 것이다, 그렇게 목마르게 갈구했던 죽음을 자신에게 내려줄 절대자를.

그 사람이라면 자신의 값싼 목숨, 버림받은 생명을 끝내기엔 너무도 적당해 보였으니 그것만큼 귀중한 것이 어디 있단 말인가.

"비밀은 별것 아니야. 첫째, 동월주 어른의 명령에 무조건 복종할 것! 둘째, 은월주 어른의 명령이라면 비록 동월주 어른의 명령과 배치되더라도 무조건 따를 것!"

소소의 입에서 나오는 비밀이란 별것 아니었다.

결국 목숨 바쳐 충성하란 말이었는데 당경이 듣기엔 하품이 나올 만큼 단순하기 짝이 없지 않은가.

"청색의 약은?"

당경이 급하게 묻자 소소의 눈빛이 조금 흔들렸다.

"아직 안 끝났어. 그리고 셋째! 흑월회주의 명령은… 절대 듣지 말 것!"

"……?"

당경은 처음엔 잘못 들은 게 아닌가 싶어 자신의 귀를 의심할 정도였다.

"이게 첫 번째 비밀이야. 절대! 흑월회주의 명령은! 듣지 말 것!"

한동안 생각하던 당경의 눈이 청색의 약에 머물렀다.

"이건 두 번째 비밀인가?"

소소가 고개를 끄덕였다.

"잘 생각해야 해. 물론 네 능력으로 보아 흑월회 중에서도 높은 위치에 오를 수 있어. 하지만 그만큼 적색의 약보다 더 강한……."

소소는 말을 끝내지 못하고 또다시 작은 한숨을 토해냈다.

당경이 얼른 자신 앞에 놓여져 있는 청색의 약을 삼켜 버렸기 때문이다.

절대 이해가 가지 않는 사내면서도 또한 뭔가 이해될 것만 같은 사람.

왜 이리 맹목적으로 자신의 목숨을 아까워하지 않고 죽음을 향해 일직선으로 달리려 하는지 이해가 가지 않았다.

처음 간살을 꾀하는 천하의 간흉으로 나타나서 갑자기 무림맹주의 제자로 돌변하더니, 온몸에선 무림에서 금지된 사천당문의 온갖 독물들과 암기가 쏟아져 나왔던 인간.

그리고는 지금 현재 앞뒤 돌아보지 않은 채 모든 것을 버리고 흑월회에 들려 하고 있었다.

한 가지 짐작되는 것은 바로 흑월회주와 무슨 연관이 있을 거란 것.

소소는 그 점이 더욱 안타까웠다.

"크흑~"

당경. 독에는 이미 통달한 인물임에도 청색의 약을 삼키고는 한동안 온몸을 부들부들 떨고 있었다.

"그 청색 약의 성분은 나도 몰라. 하지만 많이 독하다는 것은 알고 있지."

"비, 비밀은?"

당경은 목구멍이 불타는 것처럼 지져드는 고통 속에서도 억지로 입을 열어 물었다.

소소의 눈빛이 암울하게 변했다.

"두 번째 비밀은… 흑월회가 생긴 목표와 흑월회주의 이름이지. 아무리 능력이 뛰어나도 신원이 불확실한 인물에게는 허락되지 않는 게 이 청색의 약이야."

소소는 점점 작아지는 목소리로 당경에게 설명하기 시작했다.

'왜 이자에게 추단현에 어른들은 마지막 황색 약까지 허락한 거지? 이유를 모르겠어.'

소소의 상념을 당경의 괴로움을 억지로 참는 듯한 목소리가 깨뜨렸다.

"비… 비밀!"

"흑월회는 강호의 악마들을 상대하기 위해 창설됐어. 악마를 상대하기 위해 더욱 악마가 되려는 사람들만 맞아들이지. 비록 겉으론 문도들에게 독을 먹이고 하오문의 더러운 일을 하면서 지내지만, 품은 뜻만은 고귀한 것이야. 그렇기에 흑월회에서도 의인들에게 당당히 목숨을 요구하는 것이고."

"이… 이름!"

당경은 끝내 이를 악물고 벌벌 떨리는 자신의 몸을 간신히 지탱하고 있었다.

이 모진 고통 속에서도 한 가닥 희열이 느껴지는 것은 그나마 흑월회주의 이름을 알 수 있다는 것 때문이었다.

"흑월회주의 이름은… 육충덕. 마교의 소교주셨던 육충덕이라고 하시지. 지금은 성을 바꾸시어 진충덕이 되셨지만."

당경은 끝내 콧구멍으로 피를 줄줄 흘려내면서도 키득거렸다.

"킥킥킥~ 육충덕… 마교 소교주… 악인을 처단하기 위해 스스로 악마가 된……. 우습군!"

청색의 독약은 뭐로 만들어졌는지 당경 자신도 알 수 없었다.

지켜보고 찬찬히 연구한다면 알 수 있겠지만 입 안에서 느껴지는 맛은 아무것도 없었다.

아마도 너무도 독해 감각 신경마저도 마비시켰을 거란 사실은 짐작할 수 있었지만.

고통에 몸부림치는 당경이었지만 도리어 너무나 재미있었다.

죽음을 간절히 기다리면서도, 자신을 죽여줄 그 누군가를 너무도 기다리면서도 쉽게 죽지 못하고서 다른 사람들을 죽여왔던 자신과 너무도 닮았지 않은가.

마교의 소교주에 대한 얘기는 전에 흘러들은 것 같기도 했다.

그런데 백도무림인이 이를 가는 마교의 소교주가 도리어 무림을 구제하기 위해 자신의 온몸을 던져 스스로 악마가 되었다니 이 무슨 말도 안 되는 이야기란 말인가!

"황… 황색의 약은 그럼 비밀이 세 가지겠군!"

당경은 재미있다는 듯 고개를 쳐들고 소소를 쳐다보았다.

소소는 고개를 가로저었다.

"몇 가지는 되지."

"몇… 몇 가지씩이나! 이건… 정… 정말 먹을 만하겠군!"

이젠 양쪽 귀에서까지 검붉은 선혈을 흘러내리면서도 당경은 부들부들 떨리는 손을 들어 황색의 알약을 잡아갔다.

"잘 생각해 봐, 이게 과연 원하는 것인지!"

소소는 당경의 손등을 잡으며 처연한 눈빛으로 말했다.

하지만 당경은 고집스럽게 소소의 손에서 자신의 손을 빼내어 입 안에 황색의 알약을 심기고는 우두둑 씹어 삼켰다.

"……."

한동안 눈을 감고 곧 닥쳐올 무시무시한 고통을 기다리던 당경.

한참을 지나도 기다리던 고통은 없지 않은가.

'너무 약효가 강해서… 고통까지도 느끼지 못하는 건가?'

자신이 알고 있는 독 중에 이런 독이 있었던가 하고 헤아리던 당경이 감았던 눈을 뜨자 그 앞엔 소소가 당경을 슬픈 눈으로 쳐다보고 있었다.

"첫째 비밀부터 말해 줄게. 첫째 비밀은 황색의 약이야, 방금 네가 삼킨. 그리고 그 황색의 약은 네가 먼저 먹었던 적색과 청색 독약의 해독제지."

"해독제?"

소소는 슬픈 눈으로 고개를 끄덕였다.

"첫 번째 적색의 독약은 한 시진 이후엔 죽지. 독에 정통한 사람이라면 각 독이 가진 기운들의 조절로 일 년은 산다고 생각하겠지만 그게 아니야. 도리어 그 점을 이용해서 한 시진 후에 죽을 거란 걸 모르게 한 거지. 혹시 간적이 들어와 염탐한다면 기초적인 정보만 주고 그 뒤를 캐내려는 거야. 청색은 일각 이내에 죽지. 청색의 독약이 너무도 고통스러운 나머지 황색을 먹지 않으려 한다면 진정으로 흑월회에 목숨을 바친 의인이 아니기 때문이야. 물론 독성이 퍼질 때까지 한두 가지 비밀은 말해 주지만… 그게 전부는 아니지."

당경은 툴툴거리며 웃었다.

이건 완전히 사람을 가지고 놀지 않았는가!

"비밀!"

독이 중화됐음인지 한결 편해진 어투의 말과 함께 당경이 소소의 눈을 쳐다보았다.

"그래, 내가 모든 것을 말해 주지. 그전에 네가 가장 좋아하는 사람이… 우리 흑월회의 주인… 그러니까 흑월회주인 것 같은데? 맞아?"

한결 조심스러워진 태도로 소소가 말했다.

당경은 눈을 감고 잠시 생각하다 고개를 끄덕였다.

"부정은 않겠어. 하지만 진정 그런지는 나도 아직 모르겠군."

소소는 커다랗게 한숨을 내쉬었다.

"비밀은?"

당경이 답답하다는 듯 목소리를 높였다.

"이건 장난이 아니야! 지금 말해 주는 비밀은 흑월회주도 모르는 비밀이라고!"

항상 조심스런 태도와 함께 왠지 슬픈 미소로 대답해 주던 소소가 비명처럼 부르짖었다.

"흑월회에 가입한 사람은 알 수 있는데… 회주는 모르는 비밀이라… 이 흑월회란 곳 정말 재미있군. 너무나 마음에 드는데?"

음미하듯 눈을 감고 중얼거린 당경이 갑자기 상체를 앞으로 기울이며 눈을 번쩍 떴다.

"비밀! 더 이상 나를 기다리게 하지 마! 비밀! 그걸 말해!"

당경의 거친 숨이 소소의 얼굴을 간질였다.

하지만 소소 역시 눈을 똑바로 뜨고 당경의 충혈된 눈을 마주 보며 한 자 한 자 힘주어 말하기 시작했다.

"우리 흑월회의 회원들은… 한 가지 숙명을 지게 되지. 그 숙명을 위해서 목숨도 버려야 해……. 그건 바로… 무슨 일이 있더라두……."

소소의 눈에 붉은 광기가 돌았다.

그리고는 쥐어짜듯 마지막 말을 내뱉었다.

"흑월회주인 진충덕을 죽일 것!"

"……!"

한동안 당경은 말을 잇지 못했다.

"흑월회주를? 흑월회원이? 죽인다고?"

이번엔 당경도 웃지 못했다.

개가 키워준 주인을 물어야 한다니 이건 아예 세상이 뒤집혀 버린 것과 같지 않은가.

아예 꿈속에라도 생각하지 못했던 일이다.

하지만 소소의 천천히 위아래로 끄덕여지는 얼굴은 이 일이 사실임을 너무도 확실하게 각인시켜 주고 있었다.

"왜 그래야 하는지 말해 주겠지?"

당경이 의자에 등을 깊숙이 묻고는 엄지로 관자놀이를 지그시 눌렀다.

"물론!"

소소가 그런 당경을 향해 또 한 번 힘차게 고개를 끄덕였다.

당경은 처음으로 세 가지 약을 연달아 삼킨 것을 후회했다.

왠지 들으면 안 되는 말을 들어야 할 것 같은 불안한 느낌.

그리고 불행히도 그 느낌은 너무나 정확히 들어맞았다.

제 2 장

송가채 —서소향 녹림을 찾고, 녹림도 거품을 물다

송가채

세상에 모든 사람은 자신이 원하는 것을 위해 애쓰는 법이다.

그것이 돈이 되었든, 명예가 되었든, 권력이 되었든 모두 얻고자 미친 듯 골몰하는 대상이란 점에서는 같았다.

또한 이왕이면 가장 작은 노력으로 그것을 얻으려 하는 것은 누구라도 마찬가지였다.

그래서 비록 출처는 더럽기 짝이 없더라도 큰돈.

비록 뒤로는 손가락질을 하더라도 자신 앞에서는 고개를 숙이게 하는 권력.

그리고 나 누구요 하면 감히 건드릴 생각을 하지 못하게 하는 독기 어린 명예.

그 세 가지는 큰 재산을 가진 좋은 부모나 가문에서 태어나지 못한, 그래서 그저 힘만 센 놈들이 가장 바라는 바요, 뒷골목 인생이 목숨을 담보로 얻을 수 있는 가장 확실한 목표였다.

그래서 한 여자는 쫓기고 있었고, 그 뒤를 한 남자가 쫓아가고 있었다.

여자의 아비는 그런대로 돈을 많이 벌었고 명성이 꽤 알려졌으며 권력을 누리던 뒷골목 왈패였다.

아니, 어젯밤까지는 왈패였다라고 말해야 마땅하리라.

그것도 수하 70명을 거느리고 제법 큰소리나마 치며 살았던 두목이었다.

하지만 오늘부터 더 이상 그 명예와 권력, 그리고 돈을 누릴 수 없는 싸늘하게 식은 시체가 되었다.

바로 여자의 뒤를 쫓아오는 사내의 칼이 그렇게 만들었기 때문이다.

"헉헉~"

여자가 작은 상처를 여기저기 입었는지 오른손에 장검을 비껴 들고 숨 가쁘게 숲 속으로 쫓겨 뛰어들었다.

그 뒤를 남자가 바람처럼 다가와 여자의 등에 일장을 날렸다.

퍼억~

"큭~"

가녀린 여자의 몸이 숲 속 공터에 나뒹굴었다.

여자가 어깨를 가늘게 떨다가 힘겹게 땅을 짚고 몸을 일으켜 사내를 쏘아보았다.

비록 입가에 한줄기 선혈을 배어 물었지만 달걀형 얼굴에 코가 날렵하게 뻗은 것이 여자의 미모는 가히 찾아보기 어려울 만큼 아름다웠다.

하지만 아름다운 여자의 두 눈은 싸늘한 독기를 품은 채 뒤쫓아온 사내를 쏘아보고 있었다(여기까지 연소자 관람가다).

"넌! 곽가가 천만 금을 주고 회족 여자를 사왔다더니! 그 속에서 빠진 얼굴이라 그런지 인물은 어딜 가도 빠지지 않겠구나!"

사내는 입술을 축이며 여자를 바라보는 눈가가 붉어졌다.

여자가 참지 못하겠다는 듯 칼을 들고 사내를 베어갔다.

쓩~

그 나이의 계집치고는 검이 바람을 가르는 기세가 제법이라 그런대로 무공에 능숙한 몸임에 틀림없었다.

하지만 여자에게 무공을 전수한 여자의 아비를 벤 사내에게는 어린애 장난 같은 수법임에 틀림없었다.

사내의 수도가 여자의 손목을 정확히 내려쳤다.

"꺄~"

여자의 입에서 비명이 터져 나오며 사내의 금나수에 몇 초 안 가 두 손이 곧 모두 제압당했다.

"흘흘흘~ 그래도 제법 여물었구나."

사내가 여자를 한 손으로 제압해 제 품속에 안아 들고는 다른 한 손으로 여자의 봉긋한 가슴을 옷 위로 쓸어 내렸다(중학생 이상 관람가다).

"개 같은 놈! 카악, 퉤~"

여자가 수치를 못 이기겠다는 듯 사내의 얼굴에 가래침을 뱉었다.

"이 잡년이!"

사내가 여자를 어루만지던 손을 돌려 여기저기 점혈을 하고는 냅다 뺨을 내갈겼다.

털푸덕~

여자는 그저 나무토막처럼 멀리 나가떨어진 채 그저 사내를 원독 어린 눈길로 쏘아보고 있었다.

"흐흐흐."

사내는 제 뺨에 붙은 여자의 침을 손바닥으로 쓰윽 닦더니 입에 가져다 대고는 혀로 쓰윽 핥았다(욱, 더러!).

"따악 좋게 여물었어! 그래도 들리는 말에 곽가 놈이 너를 좋은 혼처에 보내기 위해 곱게 길렀다 들었다. 분명 아직 사내를 모르는 몸이 분명하겠지! 이제 이 몸이 널 …해서 …한 다음에 …할 것이야! 그럼 넌 …하고 …해서 …하겠지? 푸헤헤~ 그럼 이 몸이 다시 …해서 …하고는 자세를 바꾸어 막바로 …를 할 것이다. 그럼 넌 …하면서 …하지만 어쩔 수 없이 …하겠지? 크하하~ 그럼 넌 …하고 …하는 …가 되는 것이야 시간문제다! 하하하(미안하다, 미성년자 관람 불가다. 하지만 뭔 내용인지 뻔히 꿰뚫고 있는 거 다 안다)~"

사내는 생각만 해도 즐겁다는 듯이 제 하초를 손으로 주물럭거리면서 여자에게 다가왔다.

그리고는 여자의 발목을 잡아 신발을 벗기고 발가락을 제 코앞에 들어 올려 냄새를 맡았다(정말 더럽고도 독특한 취향이다).

점혈당해 옴짝달싹 못하는 여자의 눈망울이 암담하게 변해가고 있었다.

"음음음~"

사내는 알지 못할 신음성까지 토하며 두 눈을 지그시 감고는 여자의 발 냄새에 취한 듯 몽롱한 표정으로 제 하초를 손으로 주물럭거리고 있었다.

한참을 사내가 그렇게 무아지경에 빠져 있을 때였다.

"그 자식 더럽게 오래 걸리네……."

한참을 향기로운(?) 냄새에 빠져 있던 사내가 놀라 몸을 일으켰다.

"어이! 그렇게 오래 걸려야 가능(?)한 물건이라면 아예 뽑아버리지? 모처럼 좋은 구경 하나 했더니."

놀라 몸을 일으킨 사내가 숲 속을 바라보니 어디서 빼어나게 생긴 헌헌미장부가 풀숲에 쪼그려 앉은 채 턱을 괴고 뻔히 쳐다보고 있는 것이 아닌가.

"넌 뭐 하는 놈이냐!"

한참 즐기던 유희가 무참히 깨져서인지, 아니면 갑작스런 출현에 놀란 것인지 사내가 큰 목소리로 일갈했다.

"나? 구경하는 놈이지. 그건 그렇고, 네가 …해서 …한 다음 체위를 바꾸어서 …하면서 동시에 …한다고 해서 좀 배울까 했는데 이렇게 오래 걸려서야 지루해서 볼 맘이 생기겠느냐?"

"구경?"

사내는 순간 벙쪘다.

하지만 얼른 돌아가지 않는 머리를 굴려보니 '뭐 하는 놈이냐' 하고 물었으니 '구경하던 놈이다' 하고 대답한 게 그리 틀린 것 같지도 않았다.

그래서 나름대로 한 번 더 물어보기로 했다.

"그럼… 넌 뭐 하던 놈이냐!"

"응? 나? 나야 숲 속에서 볼일 좀 볼까 하고 들어왔던 놈이지! 다행히 막 끝났지만 말이야."

사내는 그제야 제 머리를 손바닥으로 탁! 쳤다.

'옳아! 저놈은 이제 보니 숲 속에 볼일 보러 들어왔던 놈이로구나!'

이제야 갑작스레 나타난 불청객의 정체를 알 것 같았다.

"그래, 넌 바로 그놈이었어!"

사내가 손가락으로 미공자를 가리키며 말했다.

"그래, 난 바로 그런 놈이야!"

순순히 미공자가 고개까지 끄덕여 시인하자 사내가 하늘을 보며 껄껄 웃었다.

"크하핫~! 쥐새끼 같은 놈, 내가 네 정체를 모를 줄 알았더냐!"

그런데 한참을 사내가 웃고 나서 돌이켜 보니 알 건 다 안 거 같은데 뭔가가 찜찜했다.

무엇이 찜찜한지 지금은 모르겠지만 아무튼 저놈이 여기 나타난 이유는 대강 알 것도 같았다.

그래서 원각도란 무서운 별칭을 가지고 있는 견단호는 적을 만나면 상투적으로 써먹던 나름대로 멋진(?) 대사와 함께 물었다.

"그래서 네가 원하는 게 이 곽가 계집이냐? 푸하하~ 하지만 그 일은 이 원각도(怨刻刀) 어른의 칼에 대고 먼저 물어봐야 할 게다!"

"알았어, 조금 있다 물어볼게. 일단 볼일 본 거 뒤처리 좀 하구서리……."

"그래, 얼추 일 끝내고 나면 꼭 물어봐라. 잊어먹지 말구!"

견단호는 무심코 귀공자 말에 대꾸해 놓고 돌이켜 보니 이건 참 우습지도 않은 일이 아닌가!

갑작스레 나타난 멋진 미공자가 볼일을 보고 난 후의 뒤처리를 왜 자신이 기다려야 한단 말인가.

그리고 아까 저 곽가 계집의 발 내음이 다른 계집과 달리 더욱 향기롭다 느껴진 이유가 저 미끈하게 생긴 놈이 싸놓은 푸짐한 덩어리들 때문이라는 것을 깨닫자 견단호의 얼굴이 붉게 변하며 손에 든 칼을 힘주어 꽉 움켜쥐었다.

"네, 네놈이 무얼 믿고 이리 능멸하는 말을 하는 것이냐!"

견단호가 부들부들 흥분에 떠는 것에 비해 일어서는 미공자의 태도는 태연작약할 뿐이었다.

"이제야 더부룩한 게 좀 가시는 것 같군. 그 늙은 통관 면상을 보고 있느라 속이 안 좋았었는데 말이야."

흰칠한 미공자. 하얀 피부에 혜성같이 빛나는 콧날. 당당한 가슴과 눈부시게 차려입은 백의. 무엇 하나 나무랄 게 없었다.

하지만 이 미공자의 입에서 튀어나온 '통관' 이란 단어로 미루어볼 때 이 미공자가 누군지 알 수 있으리라.

서소향, 바로 그녀였다.

'안 그래도 일이 어그러져 짜증나던 차에 잘됐군! 저놈 쌍통을 보아하니 울화통을 풀 상대로 너무도 적당해 보이니까 말이야.'

서소향은 지그시 입꼬리를 말아 올리며 웃었다.

그리고는 64초식으로 변화시킨 '피 흘리는 마녀'의 성명질기인 소양수(消陽手)를 풀어내기 위해 양 손가락 마디를 으드득 꺾어댔다.

서소향의 온몸에서 고수의 기운이 물씬 풍겨 나오자 지켜보던 견단호는 오줌보가 벌러덩거리는 걸 느꼈다.

고수를 만날 때면 항상 느끼던 공포.

본능적인 느낌을 모른 척했었다면 붙어 있지 않았을 견단호의 목숨이었다.

무언가 찜찜해진 견단호가 주저대며 물었다.

"귀, 귀하께서는……."

견단호가 떠듬거리며 서소향에게 말을 건네는데 앙칼진 목소리가 등 뒤에서 터져 나왔다.

"어르신! 저놈은 제 아버님을 해한 놈입니다. 제발 저를 살려주시고 저놈을 죽여주세요!"

견단호는 곽묘연의 아혈을 진작 짚어놓지 않았음을 후회했다.

하지만 정작 서소향은 회족의 피를 이어받아 아름답기 짝이 없는 곽묘연을 그저 흘낏 쳐다보는 것으로 그치는 것 아닌가.

"그래, 일단 볼일을 끝내놓고 나서 네 얘기를 들어줄게. 안 그래도 찜찜했는데 잘됐는걸? 어이, 이봐. 자네 나랑 볼일이 있지 않았나? 나 좀 봐. 여기 좀 보라구."

곽묘연을 향해 몇 마디 중얼거린 서소향이 한 발 한 발 앞으로 나서며 견단호를 쳐다보았다.

"이놈이 갑자기 실성했나? 조금 전까지만 해도 패기에 넘치더니… 어이~ 정신 차려. 나 여기 있다구."

서소향이 고개를 갸웃거리며 견단호에게 을러댈 때 견단호는 힘없이 중얼거렸다.

"그… 그래, 이제부터 이 몸의 무서운 칼… 칼을… 맛볼 수……."

견단호는 자신의 두 눈알에 힘을 불끈 주려고 노력했다.

하지만 쓸모없었다.

언젠가부터 눈에 초점이 맺히지 않았다.

그저 눈앞이 몽롱해질 뿐이었다.

무릎에 힘이 빠지며 입가엔 침이 줄줄 새고 있었다.

"우웩~ 우어어~ 우웨엑~"

귓가엔 이상한 소리까지 들려오고 있었다.

자신이 잡아다 재미를 보려던 곽가 년의 딸 곽묘연이 분명했는데, 왜 난데없이 곽묘연이 아랫배를 움켜쥐고 똥물까지 게워놓는 토악질을 한단 말인가.

'맞아, 저자가 한 발 앞으로 나왔을 때부터였어. 고수가 한 수 떨쳐내면 세상이 흔들린다는데. 가만, 눈앞이 어질어질한 걸 보면 저자가 그런 고수가 분명해! 그런데 고수가 한 발 나서면 향기도 진동하던가?'

견단호는 세상이 아득해지고 정체 모를 향기까지 자신을 휩싸고 돌자 제 몸도 가누지 못할 상태가 되었다.

견단호의 정신과 혼을 빼놓은 향기의 정체.

그것은 바로 가공할 서소향의 암내였다.

견단호를 향기에 취하는 것으로도 모자라 눈에 초점을 잃고 어질어질 휘청이게 만들었다.

사실 견단호는 변태였다.

그는 색다른 취향의 소유자였고, 또 그것을 너무도 즐겨온 인물이었다.

남들은 고개도 들시 못할 정노의 악취.

견단호의 독특한 취향은 바로 거기에 있었고, 자신이 상대하는 여자의 몸에서 악취를 맡아야만 그 짓이 가능해지는 변태 중에서도 으뜸 변태였다.

오죽하면 곽묘연을 사로잡고 맨 처음에 한 일이 신발을 벗기고 발 고란내를 맡는 것이었으랴.

하지만 서소향의 몸에서 뿜어져 나오는 지독한 암내는 그런 견단호로서도 견디기 힘든 것이었다.

너무도 황홀한 향기에 취해 눈 멀고, 귀 멀고, 정신까지 먼 견단호의 몸은 서서히 뒤로 넘어가고 있었다.

"어이, 이봐. 이렇게 너무 쉽게 끝나면 내 울화통은 누가 풀어준단 말인가. 어이, 정신 좀 차려보라구!"

쓰러진 견단호의 양 뺨을 좌우로 내려치는 서소향의 손바닥.

견단호는 더욱더 죽어나고 있었다.

응양문(應陽門)의 정화가 진정으로 꽃피운 서소향의 손바닥의 위력보다는, 손바닥을 흔드느라 더욱 활짝 젖혀진 서소향의 겨드랑이 때문이었다.

'음냐~ 이건 극락이로다. 너무도 황홀한 향기가 아닌가…….'

아득히 멀어지는 견단호의 의식에 마지막으로 떠오른 감상(?)이었다.

*   *   *

"빨리 안 꺼질래? 이년이 어디서 수작질이야!"

서소향은 뒤를 돌아보고는 인상을 구기며 침을 찍~ 하고 뱉어냈다.

그 모습과 말에 움찔거리며 곽묘연이 황급히 뒤로 물러섰다.

창백해진 표정, 거기다 입가엔 조금 전 토악질을 하느라 말라붙은 음식 찌꺼기까지 있으니 처음 나타났을 때의 아리따운 모습이란 찾아보기 힘들었다.

"고, 공자께선 어디로 가시려는지……."

곽묘연이 힘들게 숨을 고르며 묻자 서소향이 인상을 쓰면서 되물었다.

"그걸 알아서 뭘 하게?"

"저, 저도 공자를 따라……."

곽묘연이 처연한 안색으로 고개를 숙이며 힘들게 말을 꺼냈다.

"네년이? 이년아, 재수없어! 어딜 쫓아오겠다고!"

서소향이 어이없다는 듯 손까지 훠훠 젓다가 땅바닥에서 돌멩이를 집어 들어 동네 개를 쫓듯 곽묘연에게 던졌다.

그러자 곽묘연이 울 듯한 표정으로 자신도 답답하다는 듯 부르짖는 것이 아닌가.

"저, 저도 이러고 싶진 않아요. 하지만 가문이 멸망하여 돌아갈 곳도 없고, 또 생명의 구제를 받은 몸이라 평생 상공을 모시며… 우욱~"

멀리서도 풍겨오는 공포의 암내.

곽묘연은 말을 잇다 말고 허리를 굽히고는 맑은 액체를 내뱉었다.

서소향을 따라다닌 지 벌써 한 식경, 이젠 더 이상 위장에서 꺼내놓을 물건이 없었다.

"날 모셔? 왜?"

"저, 절 구해주셨으니, 평생 수발을 들면서… 저도 원하지는 않지만, 강호도의란 게 그러하니……"

"강호도의?"

"예……."

이 무슨 하늘의 장난인가 싶은 곽묘연이 눈가를 훔치면서 하나하나 설명해 나가기 시작했다.

이미 돌아갈 곳 없는 연약한 여자.

그 여자를 구한 강호의 협객은 여자의 일생을 책임져야만 했다.

마음에 들면 처로 맞아들이든가, 만약 이미 가정을 이룬 몸이라면 여자의 남은 인생을 꾸려갈 여지를 마련해 주어야만 강호의 협객으로 행세를 할 수 있었다.

　결국 곽묘연이 서소향에게 요구하는 것이 자신을 거두어달라는 것인데, 정작 거두어달라고 요구하는 곽묘연의 얼굴이 땡감 씹은 듯 불쾌해하고 있었다.

　"그러니까 지금 나보고 너를……."

　서소향이 묘한 표정을 지으며 쳐다보자 곽묘연이 한결 핼쑥해진 얼굴을 위아래로 흔들었다.

　"만약 상공께서 가정을 이루시지 않았다면… 제가……."

　곽묘연이 죽기보다 싫다는 듯 인상을 구기며 쳐다보자 서소향이 껄껄 웃었다.

　"하하~ 살다 보니 웃기는 년도 다 보네. 괜히 깝죽대지 마, 재수없게."

　서소향은 타고난 활달파에다 다른 사람 감정엔 전혀 신경을 쓰지 않는 성격이었다.

　아니, 활달해도 이만저만 활달한 게 아니었고, 다른 사람에겐 신경을 쓰지 않는 정도가 아니라 다른 사람을 미치고 팔짝 뛰게 만드는 데 일가견이 있었다.

　서소향은 자신이 입고 있는 장포의 앞자락을 잡고 활짝 양쪽으로 벌렸다.

　튀잉~

　서소향. 별로 내세울 게 없는 여자였지만 유일하게 봐줄 만한 것은 그런대로 봐줄 만한 미모와 활달한 성격 탓인지, 아니면 무공에 천부적인 자질을 타고난 때문인지 몰라도 엄청나게, 너무도 훌륭한 발육 상태였다.

　서소향 가슴에서 앞으로 튕겨 나온 그것은, 서소향의 몸 안이 비좁

다며 뿜어져 나올 것처럼 잘 익은 수밀도 두 쪽이었다.

털렁~ 털렁~ 털렁~

잘 부풀어 오른 그것(!)이 제 눈앞에서 털렁거리며 서소향의 율동에 맞춰 그림 같은 궤적을 그리자 곽묘연의 눈은 찢어져라 부릅떠졌다.

"흐~익~ 그… 그것은……."

서소향은 의기양양한 듯 자신의 가슴을 쓰다듬으며 대꾸했다.

"응, 맞어. 그거(!)야. 그러니까 네년이 동성을 쓰다듬는 요상한 취향을 가지지 않았다면 당장 내 눈앞에서 꺼지도록! 가슴도 작은 년이!"

비칠비칠.

곽묘연은 벌린 입을 다물지 못하고 뒤로 물러섰다.

"그, 그럼 상공께선 남자가 아닌……."

곽묘연의 놀란 얼굴이 재미있었는지 서소향은 더욱 몸을 좌우로 흔들며 대꾸했다.

"그래, 나 빵빵한 년이야, 년! 놈이 아니구! 그러니 헛꿈 깨고 얼른 내 눈앞에서……."

해방을 낮은 노비의 얼굴이 서럴까.

서소향은 나머지 말도 잇지 못하고 너무도 기쁜 나머지 사지를 벌벌 떨며 길 저 건너편으로 달려가는 곽묘연의 뒷모습만을 멍하니 쳐다볼 뿐이었다.

하기는, 자신의 남은 여생을 바쳐 암내나는 성질 더러운 놈팡이를 섬기지 않아도 된다는 기쁨은 보통 기쁨이 아니었을 것이 분명했다.

'정말 미친년이었네……. 가만, 그런데 저년이 뭐라고 그런 거지? 가만, 그렇다면… 그게… 그렇게 된단 말이지…….'

주섬주섬 자신의 가슴을 옷 속으로 구겨 넣은(!) 서소향이 턱을 괴고는 뭔가를 골똘히 생각하기 시작했다.

"좋았어! 그런 방법이 있었군!"

뭔가 좋은 생각이 떠올랐는지 고개를 쳐든 서소향의 입가엔 살 떨리게 만드는 흉계가 가득 든 미소가 떠올라 있었다.

*　　　　*　　　　*

"나는 반대네. 이번 일은 어린애 장난 같은 일이 아니니까!"

무림맹의 수신이위(守神二位) 중 문성우위(文聖右位) 문재천이 검은 머리를 좌우로 흔들며 큰 소리로 부르짖었다.

"확실히 반대넹. 반대양!"

그 옆에선 무선좌위(武仙左位) 문재천이 흰 대가리를 흔들며 얼굴까지 구기고 있었다. 아니, 그걸로도 모자라 아예 찡그린 얼굴 한가운데 있는 콧구멍을 양손으로 비틀어 잡고는 계속 코맹맹이 소리를 연달아 내뱉는 것이 아닌가.

"물론 그런 거 나두 아네. 하지만 어쩔 뚜 없떠! 이번 일만큼은 양보할 뚜 없단 말이야!"

진전장의 총관 마불통은 어림도 없는 소리라는 듯 그 자리에서 펄쩍 뛰었다.

"이러지 말게. 그 여아의 무공이 쓸 만하다는 건 인정하네. 하지만 아무리 뛰어나다 해도 우리가 상대하려는 건 바로 사대봉공(四大奉公)이야. 그럴 순 없네!"

문재천이 검은 머리가 휘날리도록 가로저으며 다시 한 번 다짐하듯 말을 끝맺었다.

그 어떤 수작질에도 넘어가지 않겠다는 의지를 결연히 내보이면서.

'비러머글! 처음 만날 때부터 느낌이 안 됴은 놈들이다 했떠니만!'

마 총관은 입맛을 쩝쩝 다셨다.

남자 진금행과 여자 진금행을 만나게 해주는 일이 이토록 어려울 줄이야!

물론 그 잘못은 여자 진금행에게 있었다.

무림맹의 두 문제아인 수신이위(守身二位)가 서소향을 마주쳤을 때 문재천은 얼굴이 창백해졌고, 문성천은 아예 헛구역질을 해댔으니까.

다름 아닌 서소향의 겨드랑이에서 피어나는 고약한 암내 때문이었다.

저 덜떨어진 인간 둘이 검고 하얀 머리를 연신 내저으면서 같이 동행하지 못하겠다고 우겨대는 것도, 실은 혈첩의 중요성보다는 서소향의 암내 때문일 게 분명했다.

하지만 어쩌겠는가.

차라리 서소향이 지독한 방귀를 뀌어대는 종자라면 아예 말뚝으로 항문을 막을 것이고, 아랫배에 힘이 없어 오줌을 찔끔찔끔 지리고 다니는 종자라면 큼지막한 기저귀라노 채울 수 있으련만, 그 겨드랑이 부분만은 막을 도리가 없지 않은가.

'곤란하게 됐군!'

무슨 일이 있더라도 저 여자 진금행을 남자 진금행 앞에 데려다 놓아야 하는 마 총관으로서는 긴 혀만 나불대며 입맛을 다실 수밖에 없었다.

하기는 혈첩이 달리 혈첩인가?

혈첩을 남긴 공포의 괴인들, 사람의 살을 뜯어 먹고 피를 마신다는 괴물 중에 괴물들이 사대봉공들인데, 감히 얼빵하고 냄새 나는 년을 데리고 함께 대적하러 가는 게 이상한 일이었다.

"흐읍~"

아무리 생각해도 좋은 생각이 떠오르지 않자 한숨만 내쉬고 있을 때였다.

콰앙~

갑자기 문이 박살날 듯 열리며 한 사람이 뛰쳐 들어왔다.

갑작스런 기습.

하지만 방 안에 모여 있는 사람들이 누구던가.

명교의 좌사로서 강호를 주름잡았던 마불통과 현재 무림맹의 수신이위로서 맹을 대표하는 얼굴이 바로 문재천과 문성천이 아니던가.

자연 이들의 대응은 기민하고 빨랐다.

하지만 대응 방법은 괴이한 것이었다.

저마다 뒤질세라 얼른 자신의 장포 자락으로 코를 막고 뒤로 날듯이 피해가는 것이 아닌가.

이들의 예민한 감각은 갑작스런 침입에 살기가 없다는 것을 알았고, 이미 문짝이 부서져 나가는 소리가 들린 귀보다 지독한 암내를 코로 먼저 맡았기 때문이었다.

"이봐, 통관! 마 통관!"

여자답지 않은 괄괄한 목소리.

서소향은 부서진 문짝 부스러기가 미처 땅에 닿기도 전에 마 총관의 목을 한 손으로 쥐고는 앞뒤로 흔들고 있었다.

"그 말이 정말인가? 응? 그 말이 정말이냐구!"

"뭔… 캑캑~ 말…….”

"남자가 여자를 책임져야 한단 말! 그 말이 정말이냐구!"

마 총관은 영문을 몰라 눈을 동그랗게 떴다가, 곧 지독한 냄새에 눈알이 아리는 것을 느끼고는 질끈 감았다.

'그럼, 이놈아! 남댜가 여댜를 택임디디, 여댜가 남댜를 택임딘단 말이냐? 어디서 이놈이 또 이땅한 것을 보고는! 혹띠 미틴년이 히죽대며 똥 누는 거라도 봤따믄 몰라도……'

정신없는 경황 중에도 마 총관의 머리 속을 채우는 생각이었다.

하지만 서소향은 단지 귀로 들은 소식을 확인하려는 것뿐이었다.

미친년이 히죽대며 똥을 누긴 했다. 하지만 서소향은 그걸 보고 온 게 아니라, 지가 싸고 온 년이란 게 문제였다.

"여자를 구한 강호 협객은 그 여자를 책임져야 한다는 말! 그 말이 정말이냐고! 이 통관이란 물건아! 얼른 대답해 봐!"

하지만 서소향의 윽박지름에 대답이 들려온 것은 다른 방향이었다.

"확실행! 여자 책임져! 우리 아버지도……."

이미 속옷을 찢어 침을 바르고는 양쪽 콧구멍에 꽉꽉 틀어막은 문재천이 웅얼거리듯 불분명한 발음으로 대답했다.

하기야 저렇게 덜떨어진 인물을 낳은 문재천의 어미라면 알 만했고, 그런 여자를 아내로 맞이한 아비와는 그런 인연이 아니라면 애당초 맺을 인연이 없었을 것이 분명했다.

"오호라~ 그랬단 말이지! 첨 알았네!"

서소향은 눈앞에 그렇게 맺어져 태어난 인물들을 보자 자신이 들은 바가 맞다는 것을 확인하고는 입을 도톰하게 벌리고 감탄성을 토해냈다.

그런 서소향을 보면서 흡사 따라하듯 마 총관과 수신이위 역시 입을 붕어처럼 내민 채 뻐끔거렸다.

오로지 숨을 쉬기 위해서…….

"그럼 그렇게 꿰어차면 되겠군!"

"흐읍~ 뭘……?"

마 총관이 창백해진 표정과 함께 간신히 눈에 초점이 맺히자 서소향이 다시 한 번 다급하게 물었다.

"여자면 환장하는 족속들이 가장 많이 모인 곳이 어디지? 거 숫컷들 말이야. 여자면 무조건 껄떡대는! 아무튼 그런 곳이 어디지?"

"여자? 여자라면 보통 흉적들이나 색마들이 많지! 그러다 들키면 주로 산으로 튀는 게 일반적이고……."

문성천이 이제야 겨우 말할 힘이 나는지 새된 목소리로 종알대듯 말을 꺼냈을 때였다.

"색마? 오호라~ 좋아! 그 자식들이 모두 산에 있단 말이지! 그럼 녹림십팔채(綠林十八寨)가 바로 그런 색마들이라 이 말이군! 영웅이 사랑하는 갸녀린 여인을 구하기 딱 좋은 곳이야!"

서소향은 혼자 흥에 겨워 어깨춤까지 덩실 출 판이었다.

만약 정말 서소향이 어깨춤을 춘다면 어깨 아래에 있는 겨드랑이에서 풍겨져 나오는 냄새에 죽어갈 목숨이 하나둘이 아니겠지만…….

"아니지! 아니야! 녹림도들이 그런 놈들이 아닌 건 확실해! 암, 아니고말고! 그래도 제 나름대로는 영웅이라고 자부하는 놈들인데! 그놈들이 그렇다면 무림맹에서 먼저 가만히 보고 있지는 않았을 것이고, 또 설혹 색을 밝히는 놈이 사고친다 해도 녹림의 총채주인 건곤무적도 성가 놈이 가만히 두고 보진 않았을 터……."

문성천이 강하게 허연 대가리를 열심히 좌우로 흔들며 부정할 때 왠일인지 문재천이 따스하게 어깨를 잡으면서 다정하게 말을 건넸다.

"그년… 갔어… 아까 전에……."

"후아아~"

그 말을 들은 문성천이 제자리에 털퍼덕 주저앉았다. 그리고는 십년 전에 막힌 체증이 다 내려간다는 듯 안도의 한숨을 몰아쉬었다.

아마도 조금 전부터 귀식대법을 펼쳐 숨을 쉬지 않은 것이 분명했다.

"그런데 그년이 왜 색마를 찾고, 여자를 책임지니 마니 하는 거지?"

문재천이 이해가 안 간다는 듯 고개를 갸웃거리고 있을 때 갑자기 마 총관이 허리를 뒤로 꺾어 배를 내밀고는 미친 듯 킬킬대며 웃는 것이 아닌가!

"틸틸틸! 그랬쿤! 그랬써! 그랬던 것이야! 저 미틴년이 그 방법을 쓰려고!"

다른 사람은 몰라도 마 총관만은 알 수 있었다.

남자 진금행을 모셔온 지 오래인 마 총관만은 저 단순하기 짝이 없는 미친 여자 진금행이 어떤 방법을 쓰려는 것인지 단박에 알아차린 것이었다.

"그, 그럼 더 일이 대미있어디겠군! 참 대미있어졌어! 틸틸틸~"

마 총관은 아예 창자까지 꼬인 것처럼 허리를 푹 숙이고는 혀를 팔라거리며 웃어댔다.

구태여 무림맹에 찾아가지 않아도, 또 마 총관 자신에게 부탁하지 않아도 되는 멋진 방법! 게다가 진금행의 콧구멍을 한 방에 뀔 탁월한 방법을 꿈꾸고 있는 것이 아닌가.

잘생기고 멋진, 거기다 학식 높고 무공까지 높은 '잘 불어 터진 돼지 왕자'가 녹림도에게 잡혀간 너무도 아름답고 고상하고, 정숙한 '사람속 뒤집는 환장할 암내나는 공주'를 구하는 아름다운 동화가 만들어질지도 모른다는 생각이 마 총관 머리 속을 가득 채웠기 때문이다.

하지만 '잘 불어 터진 멋진 돼지 왕자'가 순순히 제 발로 잡혀가 있는 '사람 속 뒤집는 환장할 암내나는 공주'와 정작 마딱뜨렸을 때 어떤 결과가 될지는 상상이 되지 않았다.

'졍말 대미있을 광경인데… 이 마 어르신이 구경해 두지 못하는 게 원통할 뿐이군. 아니야, 혈텁을 찾고 사대봉공을 손봐준 후라면 기회가 탱길때도 몰라…….'

마 총관은 팔락거리는 혀를 허공에 나불대며 서둘러 방을 나서고 있었다.

"뭐 하는 겨? 빨랑빨랑 혈텁 뒤를 또타야디! 급하다구, 급해!"

마 총관의 재촉을 받은 수신이위는 영문을 몰라 검고 허연 대가리를 돌려 서로의 얼굴을 멍하니 쳐다보고만 있었다.

*　　　　*　　　　*

"요즘 어째 되는 일이 이렇게 없냐?"

기다란 하품과 함께 펑퍼짐한 면상을 지닌 놈이 하늘을 보면서 혼잣말하듯 중얼거리자 뒤에 있던 팔자수염이 당연하다는 듯 고개를 끄덕였다.

"성 총채주께서 오신 뒤로 항상 그랬죠 뭐."

요령도(要靈刀) 곽중(廓仲)이 방금 이죽거린 팔자수염 호풍검(呼風劍) 이삼(李三)을 향해 펑퍼짐한 인상을 써댔다.

안 그래도 심기가 편치 않은데 자신의 수하가 얄밉게 이죽이는 꼴이 속을 뒤집어놓았기 때문이었다.

별호야 호풍검이지만, 실상 검을 잘 놀리는 것보다 입을 더 잘 놀리는 아부 실력으로 이 자리에 온 이삼이 어찌 곽중의 속을 눈치 못 채겠는가.

얼른 개살스런 눈웃음을 지으며 손바닥을 비벼댔다.

"우리 요령도 곽 어른께서 몸을 풀지 못하셔서 심사가 편치 못하시군요. 걱정 마십시오. 오늘은 하늘의 별만 바라봐야 하지만 내일은 극락에 오르실 몸 아니십니까. 사실 우리 채에 영웅 중의 영웅이라면 우리 곽 어른 빼고 누가 있습니까? 다음 영웅연에서 우리 송가채가 곽가채가 될 게 분명하니 느긋하게 마음먹으십시오. 내일 밤엔… 헤헤～ 뻐근하게 몸을 푸실 터이니……."

헤실대는 이삼의 팔자수염을 보자, 곽중은 한 대 쥐어박으려 움켜쥔 주먹에 힘을 뺄 수밖에 없었다.

비록 헤실거리는 이삼의 쌍통은 보기 역겹지만 그 팔자수염 아래로 오물거린 이삼의 주둥이는 정말 보배 중의 보배였기 때문이다.

그저 아부에 지나지 않았지만 이삼의 주둥이를 통해 들으면 자신이 송가채의 송규달 현 채주를 몰아내고 이름을 송가채에서 곽가채로 바꿀 것 같은 느낌이 들었기 때문이다.

물론 자기 자신도 그게 얼마나 말도 안 되는지 알고 있지만 말이다.

더더군다나 오늘과 내일은 두 달에 한 빈 돌아오는 탐화연회(眈花宴會)가 있는 날이 아닌가!

'총채주는 다 좋은데 너무 금지하는 게 많아서…….'

곽중은 입 안에 가득 들어찬 침을 목구멍 속으로 황급히 넘기며 속으로 투덜거렸다.

자신과 같은 산중호걸이라면 당연히 영웅 중의 영웅이요, 녹림십팔채 중에 송가채에 몸담았다는 것 하나만으로도 실력을 인정받고 있다고 생각했다.

그런 영웅이 간절하게 바라는 게 무엇이던가!

영웅호색이라고, 바로 아리따운 처자가 아닌가.

물론 예전, 아주 오랜 예전엔 그저 지나가는 과객들을 무턱대고 찔러 죽인 후 그 일행 중에 여자가 있다면 무식하게 그 자리에서 강제로 옷가지를 벗긴 후 해결하는 게 일반적이었다.

그러다 된통 잘못 걸리게 되면 무림고수가 원한을 갚겠다며 신속으로 뛰어들게 마련이었고, 그때는 녹림십팔채가 왜 강호에 커다란 세력을 이루고 있는지 단단히 매운 맛을 보여주곤 했었다.

하지만 건곤무적도(乾坤無敵刀) 성윤위(成胤威)가 녹림십팔채의 총채주에 오른 후론 그 같은 일을 금했고, 어긴 동도는 여지없이 목이 달아나야만 했다.

영웅 중의 영웅이며 호탕함에 있어서 그 누구에게 뒤지지 않는다는 성윤위가 커다란 건곤무적도를 휘두르며 눈을 부릅뜨는데 듣지 않을 녹림도는 하나도 없었다.

물론 성윤위의 말을 듣는다고 굶는 건 아니었다.

도리어 여느 때보다 표물을 운반하는 표국과의 관계가 돈독해져서 목숨을 내걸고 도적질을 할 때보다 표국에서 찔러주는 뒷돈 수입이 짭짤할 때가 많았다.

지나가는 행인들 역시 십시일반 돈을 모아 안전한 '보호비'를 납부하고 안락한 여행길에 오르니 용돈 삼아 쓰기에도 부족하진 않았다.

그리고 자신들을 잡아들이려는 관아의 표두들에게 쫓기지 않는다는 점이 무엇보다 좋았다.

하지만 산도적이 본업인 도적질을 포기하다시피 했으니 무료하기 짝이 없었다.

거칠기 짝이 없다던 녹림도들이 배만 뒤룩뒤룩 튀어나올 정도로 살만 쪄가니, 도리어 엉뚱한 데서 불만의 목소리가 터져 나왔다.

다른 어느 때보다 영양 상태가 좋아진 녹림도들은 그 쌓아둔 '영양(!)' 을 풀어내지 못해 아우성이었던 것이다.

여편네라도 꿰어찬 녹림도들은 덜했지만, 홀몸으로 산으로 뛰쳐 들어온 노총각들은 깊은 산속 긴긴 밤의 회포를 풀어낼 상대가 없었던 것이다.

거기다 잘못 뿌리를 놀려대면 건곤무적도 성윤위가 길길이 뛰어낼 건 뻔했으니 입이 튀어나올 대로 튀어나온, 아니, 거시기까지 튀어나올 지경이 된 녹림도를 상대로 성윤위가 한 가지 제안을 한 것.

한두 달에 한 번씩 아랫마을 사는 기녀들을 끌어 올려 사내놈들이 비축한 '그것(!)' 을 합법적으로 정당하게 풀 기회를 준 것이었다.

그것이 바로 탐화연회였고, 송가채에선 오늘과 내일이 바로 그날이었던 것이다.

운 나쁘게 제비뽑기에서 지는 바람에 오늘은 송가채를 지키는 신세가 됐지만 내일은 야들야들한 계집의 속살을 볼 수 있으리라…….

곽중은 내일 있을 탐화연회를 상기하자 아랫도리가 뻐근해졌다.

"흠흠… 내일은 좋은 계집이 걸려야 할 텐데, 전엔 백호녀(白虎女:음모 없는 여자)가 걸리는 바람에."

"히히, 한 번 접하면 칠 년간 재수없다는 그 백호녀 말입니까?"

찌릿~ 웃으며 말을 건네던 이삼은 곽중의 쏘아보는 시선을 느끼고는 오줌을 지린 것처럼 진저리를 쳤다.

모르긴 몰라도 저 인간 성질 더러운 것 하나는 잘 알고 있는 이삼은 얼른 말을 돌렸다.

"영웅에겐 환란도 복락으로 화한다 하지 않았습니까. 걱정 마십시오. 영웅 중의 영웅이자 다음번 곽가채의 채주가 되실 곽 어른껜 좋은 일만 가득……."

이상했다.

'내 실력에 녹이 슬었나?'

간만에 자신의 아부 실력을 발휘하는데 정작 듣는 곽중의 얼굴은 일그러지는 것이 아닌가.

영문을 몰라 갸웃거리는 이삼의 머리통을 자신이 들고 있던 커다란 칼의 손잡이로 때린 곽중이 침을 카악 뱉으며 말했다.

"카아아~ 퉤이! 이놈아, 아랫놈들 기강부터 잘 잡아놔! 똥뚜간이 멀다고 아무 데서나 싸지르는 놈들은 아랫도리부터 뎅겅 잘라놓을 테니! 거, 정말 구리네!"

자신들이 겨우 산도적에 지나지 않는다 해도 지킬 건 지켜야 했다.

아무리 커다란 산이라도 이 건장한 녹림도들이 길목마다 한 무더기씩 지려놓는다면 그 냄새에 지나다닐 놈들이 없을 게 아닌가.

또 건곤무적도 성윤위가 총채주로 부임하고 나서부터 개과천선한 도적이 됐지만, 아무리 잠입을 가장하고 있어도 이렇게 구린내를 풍긴다면 면목이 안 서는 일이 틀림없었다.

"가만, 어떤 놈들이. 하나, 두이, 서이, 너이……. 가만, 우리 애들은 모두 여기 있는데……."

난데없이 머리에 혹을 달게 된 호풍검 이삼이 인상을 찌푸리며 제 아래로 줄줄이 눈만 빼꼼 내밀고 있는 수하들을 세어봐도 열다섯 모두 모여 있었다.

하지만 아까부터 풍겨오는 괴상한 냄새는 한결 진해지고 있는 게 아닌가.

열일곱 개의 대가리가 서로 영문을 몰라 멀겋게 서로를 쳐다보고 있을 때였다.

갑자기 깊은 숲이 숨을 죽였다.

그와 동시에 정체를 알 수 없는 지린내와 구린내, 그리고 꼬린내까지 복잡적으로 어울린 악취가 스멀스멀 주위를 꽉꽉 채우고 있었다.

뾨로롱~

이름 모를 새 한 마리가 숨 막히는 정적을 참지 못하겠다는 듯 허공을 박차올랐다가… 똥물을 찍~ 질기고는 아래로 곤두박질쳤다.

숲속 연녹색 잎들이 황달 걸린 것처럼 노랗게 변해갈 때쯤 푸른 그림자를 깨뜨리고 드디어 한 사람이 모습을 드러냈다.

멋진 미공자가 분명했다.

표홀히 깊은 산중에 이렇게 홀로 모습을 나타낼 때는 두 가지 중 한 가지였다. 엄청난 고수던가, 아니면 덜떨어진 미친놈.

요령도 곽중은 호풍검 이삼을 향해 소곤거렸다.

"오늘 답례를 올 표국이 있던가?"

"글쎄요, 없을 텐뎁쇼. 탐화연에 물건들을 대주고 술을 보내기로 한 기유표국은 어제 다녀갔는뎁쇼."

긁적긁적.

왠지 찜찜해진 곽중이 조금 전부터 아려오기 시작한 눈을 씰룩대며 천천히 몸을 일으켰다.

"이 몸이 휘장을 친 것이[討帳] 요즘 뜸해서 오는 바람[風來]을 별로 보지 못했으니 작은 바람[小風]도 맞아본 지 오래라오. 우리 송가채의 타파자(舵把子) 역시 타야(舵爺)의 손 아래 있으니 주머니는 가볍고 목구멍은 좁아 터졌소. 오늘은 이 요령도 곽가가 우리 송가채의 입을 뽑은 놈[베.口子]이니 볼일이 있으시다면 떨어대는 것을 자르는[剪

拂]……."

곽중의 말은 이어지지 못했다.

한참을 주절대는 곽중을 향해 고개를 갸웃거리던 미공자가 눈살을 찌푸리다가 한마디 하는 것이 아닌가.

"네놈이 입을 뽑은 놈인지 뭔지 모르겠지만 앞으로 개소리를 더 나불댄다면 내가 아예 진짜 주둥이를 뽑아 갈가리 찢어놓겠다!"

지켜보던 이삼의 눈알이 휘둥그레졌다. 그러니 정작 본인의 입으로 한참 을러대던 곽중이야 더할 나위가 없었다.

'저, 저 자식이 무슨 말을! 감히 아무것도 모르는 놈이 이 송가채 아가리에 당당히 들어왔단 말이지!'

쩍벌어진 곽중의 아가리에선 불길을 뿜을 지경이었다.

당연했다.

곽중이 몸담은 곳은 녹림십팔채 중에 한곳인 송가채였다. 그것도 송가채의 본채가 아닌, 여러 수십 개의 별채 중 한 개에 지나지 않았다.

그래도 녹림도의 예의는 잘 알고 있었다.

녹림도가 산에서 신분을 알 수 없는 사람을 만나면 먼저 수인사를 건네게 되어 있고, 그 수인사의 대부분은 녹림도에게만 통하는 은어였다.

결국 휘장을 쳤다는 뜻의 토장(討帳)은 산채를 지키는 사람이 얼마나 약탈을 했나는 것을 뜻함이요 풍래(風來)는 상인을 가리키니 소풍(小風)은 작은 상인을 뜻했다.

타파자(舵把子)는 송가채의 채주를 말함이요, 타야(舵爺)란 건곤무적도 성유위 총채주를 뜻했다.

또 찰구자(扎口子)란 녹림도 중 경계를 서는 사람을 뜻하는 것이니 곧 오늘 곽중 자신이 맡은 일을 알려주는 것이었고, 전불(剪拂)이란 녹림도와 인연이 있는 사람들끼리 인사를 드리는 것이었는데 저 미공자는 곧이곧대로 주둥이를 잡아 찢어놓는다고 하니 녹림도에 대해 하나도 모르는 미친놈이 아닌가!

"하하하~ 이제 보니 우리 산중 영웅들에 대해 하나도 모르는 천둥벌거숭이 같은……!"

곽중은 좀 더 멋있게 비웃어주려 했지만 곧 한계에 다다랐다.

아까부터 풍겨오던 고약한 냄새에 씰룩이던 양 뺨이 이젠 아예 뻣뻣하게 굳어졌기 때문이다.

아득해지는 정신.

"오호라~ 네놈들이 그 산적 놈들이로구나?"

미공자는 해맑은 미소와 함께 반갑게 사람들을 돌아보며 눈알을 반짝였다.

우웨엑~

평소 비위 약한 것이 흠이던 하감자(下坎子:녹림 은어로 후퇴하는 사람을 뜻함) 임무를 맡았던 놈이 드디어 게워내기 시작했다.

하지만 이런 일엔 이미 익숙해진 듯 미공자의 태도는 변함이 없었다.

"네놈들이 여자 따먹고 산으로 튀었다는 그놈들이지?"

갑작스런 물음.

"우욱~"

호풍검 이삼이 게워내는 놈의 등을 쳐주다 갑자기 치밀어 오른 구토 증세에 얼른 제 입을 막고 고개를 쳐들다가 미공자의 눈동자와 마주쳤다.

해맑은 눈동자.

미공자의 눈동자를 멍하니 쳐다보던 이삼이 저도 모르게 입 안의 국물(?)을 입가로 흘러내리며 대답했다.

"여, 여자는 지금도 산채에서 따묵고 있을 텐데… 그건 왜 묻는 것 인지……."

"오호라~ 거봐! 내가 잘 찾아왔지! 오호호호~"

미공자… 처럼 꾸몄던 서소향은 허리에 양손을 떠억 걸치고는 참으로 잘됐다는 듯이 고개를 끄덕였다.

기필코(!) 색에 미친 녹림도들에게 불행히도(?) 사로잡혀(!) 진금행이란 대영웅이자 절세미공자(!)에게 생명을 구원받아야만 하는 서소향으로서는 듣던 중 반가운 소리가 아닌가!

진금행에게 어쩔 수 없이 생명의 은혜[救命之恩]를 입고 나면 어쩔 수 없이 온몸을 던져 의탁하리라(!) 각오를 다지는 서소향의 눈엔 아무것도 보이지가 않았다.

서소향의 드높은 웃음소리에 몽롱해지던 정신을 가까스로 차린 요령도 곽중이 일갈했다.

"옳아, 네년이 오늘 오기로 했던 해어화(解語花)로구나! 이년, 늦었으면 고분고분 고개를 숙이고 올 것이지 어찌 이런 망발을!"

겉으론 미공자처럼 꾸몄지만 선이 고운 예쁘장한 얼굴에 웃음소리도 맑고 청아하니 그제야 여성임을 알아본 것이다.

"해어화?"

서소향이 모르겠다는 듯 되묻자 곽중이 잃어버린 체면을 돌보려는지 발을 굴렀다.

"그래! 네 이 바로 오늘 오기로 한 창기(娼妓)가 아니냔 말이다!"

창기라는 말이 튀어나오자 서소향의 고운 아미가 찌푸려졌다.

"이놈들이 이제 보니 여염집 아녀자가 없으니 몸 파는 년들을 사서라도 그 짓을 하고야 마는구나! 네 이놈들! 이 예쁘고도 귀여운 놈들!"

서소향이 드디어 찾아다니던 놈들을 찾았구나 싶어, 곽중보다 더 큰 목소리로 일갈하며 발을 굴리는데 그 발밑에 있던 땅이 몇 치 푹 꺼져 들어가는 것이 아닌가!

'저, 저럴 수가!'

지켜보던 곽중의 눈에 어두운 빛이 스쳐 갔다.

저 정도 신위를 보여줄려면 송가채의 채주라도 어림없었다.

그나마 타야(舵爺)인 건곤무적도 성윤위 총채주 정도라야 가능하지 않을까 싶었다.

"저, 저희는 그런 짐승 같은 짓은 하지 않습니다. 색에 미치다니요! 그럴 리가요! 저희는 순진한 어린 양들과도 같이 착하고 슬기로운······."

사실 곽중도 따지고 보면 이삼만큼 눈치가 빠른 놈이었다.

한 수 보여준 발 재간에 깃든 무지막지한 내공과 태연작약한 태도로 보아 눈앞에 계집애가 무서운 고수라는 것을 알아차리고는 얼른 자세를 낮추었다.

"설마······."

서소향이 코끝을 찡그리며 묻자 곽중의 고개가 좌우로 연신 흔들렸다.

"진짭니다요."

"순진하다구? 에잉, 설마······."

"진짭니다요. 진짜요. 게다가 얼빵하기까지 합니다요."

"진짜루?"

"진짜루!"

코끝을 찡그리고는 계속 서소향이 믿지 못하겠다는 듯 묻자 곽중의 고개는 연신 그넷줄처럼 좌우로 흔들렸다.

지금 흔들지 않는다면 저 무서운 여고수의 손끝에 뎅강 부러져 흔들고 싶어도 흔들 수 없다는 걸 너무도 잘 알고 있기 때문이었다.

"여자 속살엔 전혀 관심없는?"

"여자 속살엔 전혀 관심없는! 게다가 순진한! 한없이 착한!"

이젠 아예 눈까지 질끈 감고 연신 머리를 양쪽으로 흔들던 요령도 곽중의 귀에 이상한 소리가 들렸다.

출렁~

갑작스런 소리에 의아해진 곽중은 질끈 감았던 눈을 빼꼼이 떴다.

'허거덕~!'

아아~ 곽중은 천지가 개벽하는 일이 있더라도 절대 눈을 뜨지 말았어야 했다.

아니, 눈을 떴더라도 절대로 미공자로 분한 여자 고수 쪽은 쳐다보지 말았어야 했다.

아니, 아니, 설령 눈을 떠 여자 고수를 보았다고 해도 절대 가슴 쪽으론 고개도 돌리지 말았어야만 했다.

그랬다.

곽중은 보고 말았던 것이다.

보름달보다 더욱 하얗고 커다란… 이미 곽묘연도 보고 질겁했던 서소향의 둥들디둥근 커다란 수밀도 두 쪽을 보고야 말았던 것이다.

푸아악~

그 즉시 곽중의 양 콧구멍에선 쌍코피가 터져 나왔다.

찰랑~ 찰랑~ 찰랑~

게다가 그 발육 상태가 매우 좋아 보이는 수밀도 두 쪽은 서소향이 몸을 비틀 때마다 좌우로 현란한 몸놀림을 보이며 찰랑대는 것이 아닌가.

곽중의 눈알은 거기서 떨어질 줄 모르고 조금 전처럼 고개가 절레절레 흔들렸다.

딸랑딸랑~

게다가 곽중의 고갯짓에 따라 곽중의 아랫동네에선 알지 못할 방울소리마저 커다랗게 울리지 않은가!

"이놈에 자식들! 귀여워서 봐줄려고 했더니! 뭐? 순진빵하고 얼빵해? 이놈들아, 그런 놈들이 내 빵빵한 걸 보고 코피가 터져?"

퍼억!

서소향이 그 자리에서 손을 들어 곽중의 머리통을 쪼개갔다.

그게 어떤 손인가.

강호에 위명이 쟁쟁한 응양문의 정화를 꽃피운 손이 아닌가!

"이놈들! 이 쳐죽일 놈들! 볼 땐 좋았지? 앞장서! 네놈들 사는 곳이 어디여?"

퍽퍽퍽~

그날, 송가채의 활력을 가져다 주는 탐화연회가 열리는 바로 그날.

세미를 잘못 뽑아 산채의 경계를 서야 했던 열일곱 명의 불행은 그저 탐화연회에 참석 못했나는 것에만 있지 않았다.

퍽퍽퍽~

그래도 여자 속살을 보기는 봤다. 그게 꼭 다행인진 몰라도.

퍽퍽퍽~

꾸웨엑!

서소향의 신이 나서 휘두르는 64초식의 소양수에 열일곱 명은 똥물까지 게워놓아야만 했다.

비록 그것이 매서운 소양수가 아랫배에 꽂혀서인지, 아니면 서소향의 암내 때문인지 모를 일이지만……

*　　　*　　　*

탐화연회가 열리는 송가채는 야릇한 흥분에 휩싸여 있었다.

건장한 사내가 하릴없이 빈둥거리다가 전문적으로 몸을 파는 창기들을 만났는데 어찌 가만히 보낼 수 있겠는가.

방방마다 야릇한 여자들의 비음 소리와 함께 사내놈들의 씨근덕대는 달뜬 숨소리가 합창하듯 울려 퍼지고 있었다.

'이, 이런 쥑일 놈들! 내가 찾아오긴 잘 찾아왔군!'

서소향은 귓전을 어지럽히는 신음 소리에 양 뺨이 붉그레 달아올랐다.

"저, 저기가 바로 송가채의 부채주가 있는……."

두 눈이 시퍼렇게 부풀어 오른 곽중이 두 개밖에 안 남은 이빨을 오물거리며 한 방향을 가리켰다.

서소향이 고개를 돌려 쳐다보자 과연 깊은 산에 깃든 집치고는 그럴듯하게 만들어놓은 커다란 집 한 채가 보이는 게 아닌가.

"좋아, 좋아……."

뭐가 그리 좋은지는 모르겠지만 서소향은 연신 입 밖으로 좋다는 말을 토해내며 한 발 한 발 앞으로 내딛고 있었다.

쿠와앙~

항상 서소향의 출현이 그렇듯 이번에도 방문 한짝이 박살이 났다.

하지만 항상 태연히 들어서던 서소향은 붉어진 얼굴로 온몸이 굳어진 것처럼 제자리에 뻣뻣하게 멈춰 서는 게 아닌가.

눈앞의 벌어진 광경.

그것은 과년한, 이미 혼기를 넘긴, 그래서 왕성한 욕구 불만에 몸부

림치던 서소향에겐 충격적인 장면이었다.

벌거벗은 여자가 탁자 위에 등을 기대고 발라당 뒤집어져 헥헥대고 있고, 그 뒤엔 바지를 발목까지 까 내린 털복숭이 하나가 놀란 시선을 들어 쳐다보고 있지 않은가.

솔직히 서소향의 성질은 지랄맞았다. 게다가 남녀 사이의 일은 대강 들어서 어떻게 이루어지는지도 알고 있었다.

더더구나 뻔뻔스럽기 짝이 없었다.

부끄러움이란 몰랐으며, 그렇기에 사내들 앞에서 대담하게 가슴까지 노출시킨 게 아니던가.

애당초 뭇사람들은 죄다 발가락에 때만큼도 여기지 않는 서소향이었으니 남녀 구별 따윈 생각지도 않았다.

그러나… 눈으로 직접 보기는 처음이었다.

색욕에 들뜬 사내와 연신 교성을 토해내는 계집의 벌거벗은 성의 향연

아무리 서소향이라도 얼굴이 붉게 달아오르는 것은 어쩔 수가 없었다.

'이… 이런 파렴치한 것들이 뻔뻔한 짓(!)을 하고 있다니! 이런 뻔뻔한 종자들 같으니라구!'

볼살을 부들부들 떨다가 이윽고 큰 소리로 외친다.

"이런 뺏뺏한(!) 종자들 같으니라구!"

일순 조용……

휘이잉~

막 거사를 치루려던 사내는 하의를 발목까지 내리고는 엉덩이를 불쑥 뒤로 내밀다가 멍하니 고개를 돌려 서소향을 볼 뿐이었다.

"……?"

서소향은 멍하니 있다가 곧 자신의 실태를 깨닫고는 더욱더 얼굴이

붉어졌다.

'이런 뻔뻔한 종자(?)' 를 '이런 **빳빳한 종자(!)** 라고 말해 버리다니!

이렇게 심중에 고히 접어둔 말이 입 밖으로 튀어나오다니.

얼굴이 붉게 달아오른 서소향이 고개를 푹 숙이는데, 막 거사에 들어가려던 사내가 자신의 **빳빳한(!)** 물건을 건들거린 채 내놓고는 걸어오며 비릿한 웃음을 웃었다.

"어허! 웬 예쁜 처자가 이렇게 막무가내로 **빳빳한** 종자를 찾소? 여기 하나 있소만… 다른 건 몰라도 **빳빳한** 거 하나는 알아……."

사내는 별스럽게도 뒤로 쿵~ 넘어져야만 했다.

이미 뭉개진 얼굴 사이로 뽀글뽀글 거품을 문 모습이 별스럽진 않았다.

나무토막처럼 **빳빳이** 그대로 자연스럽게 뒤로 넘어가는 모습이 별스럽진 않았다.

다만 이미 정신을 잃은 상태에서도 한없이 우뚝 서 있는 '**빳빳한 그 물건(!)**' 이 정말 별스러운 것이었다.

서소향도 씨근덕거리는 가운데서도 사내의 유별나게 **빳빳한** 물건에서 시선을 거두지 못했다.

"아, 아무튼 됐어! 이 정도로 색을 밝히는 놈들이라면 한번 사로잡혀 볼 만할 게야! 잘된 거야. 암! 잘되고말고!"

서소향의 거친 숨소리는 그칠 줄을 모르고 한동안 계속되고 있었다.

제 3 장

낭가촌 —온양 매달려 죽고, 주개육 귀신을 보다

"꿀꺽~"

주개육은 저도 모르게 침을 꿀꺽 삼키고 있었다.

주개육의 온몸을 짓누르는 긴장이 어디 목이 마른 것으로 끝나겠는가.

가슴엔 왠지 이상하게도 심장이 두 방망이질 치고 있었다.

세 번째 돌멩이.

주개육은 등에 소름이 쭈욱 끼치는 게 느껴졌다.

곧 던져지는 세 번째 돌멩이, 즉 주개육 자신마저 저 어둠 속에 몸을 숨기고 있는 공포스런 장원으로 던져져야 하기 때문이다.

먼저 던져졌던 두 개의 돌멩이, 즉 온양과 우문하는 흔적조차 없었다.

아니, 그래도 온양은 비명이라도 냈을 뿐더러 자신의 결말을 확실하게 보여주지 않았던가.

'나, 나도 그럴지도 몰라. 하지만 오, 온양이란 자처럼 웃으면서 죽을 자신은 없지. 그런데 대주는 우리를 돌멩이만큼이나 귀하게 생각해 줄까?'

생각이 거기까지 미치자 주개육은 자신이 없어졌다.

진금행. 그 끔찍한 덩어리는 제 이빨 사이에 낀 음식 찌꺼기만큼도 생각 안 하리라……

'그만큼 먹여줬으니 밥값을 하라 이건데……'

주개육은 왠지 눈앞에 보이는 커다란 대문이 꼭 염라전(閻羅殿)의 입구 같아 보여 눈앞이 어질어질해졌다.

그것이 주개육의 위장이 비었기 때문에 오는 아득한 현기증 때문만은 아니었다.

주개육이 최대한 얼굴을 구겨 가련해 보이는 낯짝으로 진금행을 쳐다보았을 때, 진금행의 작은 눈에는 그저 무덤덤한 시선만을 발견했기 때문이다.

흡사 '왜 빨리 안 가, 짜샤!' 하는 무언의 압박!

'제길, 어차피 태어나자마자 먹히려 솥 안에 들어갔던 몸! 귀신에게 잡아먹히는 것도 괜찮겠지!'

주개육은 이를 악물었다.

끼이이익~

처음 두 번이 그랬던 것처럼 대문은 주개육의 생명까지 훔쳐 가야겠다는 듯 소름 끼치는 이상한 굉음과 함께 천천히 열려지고 있었다.

한눈에도 오래되어 보이는 대문에서 느껴지는 차가운 온기는 주개육의 심장마저 쐬하게 얼리고 있었다.

주개육은 고개를 들어 대문을 열어젖히자 드러나는 어두운 밤하늘을 멍하니 쳐다보았다.

'저기서 온양이 죽었던가?'

주개육은 조금 전에 보고도 믿지 못할 광경을 천천히 떠올리며 고개를 갸웃거렸다.

공포스런 광경, 아니, 말로는 형용 못할 죽음이 바로 이 자리에서 벌어졌었다.

항상 마음씨 좋게 함박웃음을 짓던 온양의 죽음이!

주개육의 가슴속에 스산한 바람이 휩쓸고 지나갔다.

'제길, 이럴 줄 알았다면 평소에 착한 일 좀 하고 사는 건데!'

주개육의 시선은 대문 바로 안, 텅 빈 어둠의 공간에서 떨어지지 않았다.

'처음부터 찜찜하긴 했어. 이 태활장인가 뭔가를 처음 봤을 때부터 찜찜했다구!'

"카악~ 퉤이!"

주개육은 굵은 가래침을 신경질적으로 내뱉고는 처음 이곳을 마주쳤을 때를 기억해 냈다.

귀곡산(鬼哭山), 아니, 양추산(釀秋山) 깊숙한 곳에 자리 잡고 있는 폐장원을 마주하게 됐을 때를. 그리고 왜 자신이 세 번째 던져진 돌멩이가 되었는가를 말이다.

태활장(泰闊莊). 자못 위세가 대단해 보였으나 그것도 사람이 깃들어 살 때의 얘기. 지금은 이미 사람들의 손길이 닿은 지 오래되어 대문 위에 떠억 걸려 있었을 태활장(泰闊莊)의 현판마저 한쪽 어깨를 허물어뜨리고 간신히 매달려 있을 뿐이었다.

하지만 태활장 전각들의 지붕이 밤하늘 사이로 이어진 광경은 흡사 머리 푼 귀신이 나온다 해도 하나 이상해 보이지 않았던 것이다.

"아무래도 저기겠군. 만약 귀신이란 종자들이 터를 잡는다면 말이야."

흡사 풍수를 보러 나온 지관의 태평스런 읊조림처럼 진금행이 중얼거렸을 때, 사람들의 가슴엔 묘한 불안감이 뭉게뭉게 피어올랐다.

"설마 귀신 따위가 무섭다고 똥구멍이 째져라 도망가는 놈은 없겠지?"

진금행이 싸늘하게 말했을 때, 조천대원 중 둘의 신형이 움찔거렸다.

그중 하나는 겉은 비록 남자여도 속은 뼛속까지 여자라고 믿는 묘웅이었다.

나머지 하나는 당연히 '똥구멍이 째져라 도망' 가려는 게 아니라 '똥구멍이 째진다' 는 말에 오한이 드는 우문하였다.

다른 건 몰라도 속마음 하나만은 그 어느 여자보다 곱디곱고(!) 여린(?) 묘웅은 귀신이 나온다는 장원을 쳐다보자마자 등을 돌려 막 도망가려던 참이었다.

하지만 그 모든 것은 진금행의 말과 함께 그림 속의 장면이 되었다.

진금행의 말이 떨어지기 무섭게 모든 동작 그대로, 도망가려던 자세를 취한 채 온몸을 굳히고 숨죽인 게 묘웅으로서는 천만다행이리라…….

그 때문에 진금행의 눈알은 옆에서 오한으로 온몸을 떨어대며 고개를 숙여 온전한 제 막창자를 확인하는 우문하에게 향했으니까.

"어이, 자넨 왜 그래? 그렇게 장원에 들어가고 싶어? 그럼 들어가 보지 뭐 하고 있는 겨?"

진금행의 권태로운 목소리가 우문하에게 향했다.

"나? 내가 뭘?"

우문하는 오한으로 제 이빨을 딱딱 부딪치면서도 잘도 대꾸를 했다.

하지만 우문하가 진금행이란 종자와 보낸 짬밥도 그리 녹록한 것이 아니어서, 진금행의 궁금한 듯 묻는 말이 곧 은밀하고도 도저히 항거할 수 없는 권유 내지 협박이란 걸 곧 깨달았다.

'제길, 결국 제 놈도 찜찜하니 나보고 먼저 들어가 보란 거잖아!'

우문하는 그 사실을 깨닫고는 우거지상을 한 얼굴을 들어 자신의 윗사람인 절각도 강구의를 바라보았다.

하지만 정작 자신의 수하를 악의 구렁텅이, 아니, 귀신의 구렁텅이, 아니아니, 진금행이란 개종자의 마수에서 구해줘야 할 강구의는 아무것도 못 들었다는 듯 그저 한가롭게 커다란 거치도를 들어 밤에 달려드는 날벌레들을 쫓고 있는 게 아닌가.

'제길! 사천의 신이라고 거들먹거릴 때는 언제고, 진금행 앞에신 꼬리를 말고 마는 똥개 신세구먼!'

"케에엑~ 퉤이!"

우문하는 굵은 가래침을 땅에 뱉고는 발걸음도 당당하게 태활장의 대문을 화들짝 열어젖혔다.

끼이익~

그러나 태활장은 귀신이 나온다는 장원.

사람 손이 닿지 않은 빽빽한 대문이 열려지는 기괴한 소리는 사람들의 머리털을 곤두세우기 충분했다.

우문하는 대문이 열리고, 그 앞에 커다란 어둠이 출렁이는 것을 보면서 두 눈을 질끈 감고는 심호흡을 크게 했다.

'제기럴! 아무리 귀신이라도 저 진금행이란 종자에 비하면 아이들 장난이겠지!'

우문하가 성큼 발을 내디뎌 어둠 속으로 몸이 사라지는 것과 동시에 태활장의 커다란 대문이 열어젖혀진 제 무게를 못 이기겠다는 듯 서서히 닫히고 있었다.

끼이이익~ 쿵~

대문이 닫혀짐과 동시에 묘한 경탄성이 들렸다.

"오모모모~ 멋져요옷~"

묘웅이 제 광대뼈에 손바닥을 척하니 가져다 붙이고는 우문하의 늠름한 남자의 모습에 정신이 몽롱해진 듯 알지 못할 괴상한 환호성을 울리고 있었다.

하지만 그도 잠시, 묘웅은 잘못하면 자신이 저 태활장이란 귀신이 사는 장원에 던져질 두 번째 돌멩이가 될지도 모른단 생각이 들자 곧 역겨운 화장으로 범벅을 한 눈두덩이를 씰룩이며 눈을 내리깔아야만 했다.

일각. 또다시 일각.

어느덧 시간은 흘러 거진 반 시진 가까이 되어도 태활장 안에서는 아무런 소리도 들려오지 않았다.

이때쯤이면 우문하가 자못 당당한 모습으로 대문을 열어젖히든가, 아니면 우문하를 잡아먹은 귀신이라도 대문을 열어젖혔어야 할 시간이었다.

"늪 같군."

그걸 보던 구잔양의 입에서 정적을 깨고 한마디가 튀어나왔다.

"늪?"

분위기 파악도 하지 못하고 서서 졸고 있던 현통이 눈을 게슴츠레 뜨고 구잔양을 쳐다보았다.

"그래, 늪. 호수에 돌멩이를 던져도 풍당~ 소리는 날 텐데 들어간 이후로 아무런 소리도 들리지 않으니 흡사 늪 속에 돌멩이를 던진 것 같지 않아?"

"아미타불~"

아미파 여승인 불연이 구잔양의 말에 더욱 공포를 느꼈는지 작고 하얀 여린 두 손바닥을 마주 대고는 불호를 외웠다.

"기다리기 지루하군."

진금행이 옆구리를 벅벅 긁으며─하도 굵고 넓어 한참이나 긁어야 했다. 아예 쇠스랑으로 긁는 게 편할 거란 생각이 들 정도로─주위를 둘러보았을 때 조금 전 묘웅이 그랬던 것처럼 조천대의 모든 대원들은 그림 속에 빠져든 것 같았다.

숨소리 하나 들리지 않는 정적.

만약 누군가 조금이라도 꼬물거려 진금행 눈에 든다면 우문하를 삼킨 저 무서운 장원에 시험 삼아 던져질 돌멩이가 될 거란 걸 너무도 잘 알고 있기 때문이었다.

아무리 귀신을 부르고 부적을 나누고 향을 피워 올리는 도사라 해도 눈앞에 떡하니 자리 잡고는 공포스런 어둠을 내뿜고 있는 태활장엔 들고 싶지 않았는지, 화산의 이교옥이나 청성의 현통마저도 눈을 내리깐 채 어떤 미동도 보이지 않았다.

"아무래도 내가 들어가 봐야겠소. 여기 오자고 한 것도 나였으니……."

그때 구세주가 나타났다.

웃는 얼굴의 온양이 굳은 결심을 했는지 더욱 활짝 웃으며 주위를 바라보곤 말을 내뱉었을 때, 일행은 일제히 그림 속에서 튀어나왔다.

"휴우우~"

동시에 뱉어지는 수많은 안도의 한숨 소리.

오늘따라 웃는 온양의 얼굴이 더욱 예뻐 보이는 조천대원들이었다.

"……?"

의외라는 듯 진금행이 온양을 물끄러미 바라보았을 때, 온양은 생각해 둔 게 있다는 듯 서슴없이 말을 이었다.

"사람이 아무리 귀신에게 홀렸다 해도 비명 하나 토해내지 못했다는 것은 믿기 어렵소. 만약 수상한 것을 발견하는 즉시 내가 알려줄 테니……."

끄덕끄덕. 진금행의 널따란 얼굴이 위아래로 끄덕여졌다.

"그렇게 하나하나 알아보면 되겠군. 이건 스무고개 놀이와도 같은데? 물론 아홉 번 만에 맞춰야 한다는 게 조금 그렇지만 말이야."

왜 진금행이 아홉 번 안에 맞춰야 한다는 건지 진금행을 대주로 모시고 있는 사람들은 너무도 잘 알고 있었다.

휘검청학 이교옥, 청성의 현통, 절각도 강구의, 개방후개 주개육, 기천사지 오필도, 구골문주 구잔양, 괴물 묘웅, 웃는 얼굴 온양, 아미 여승 불연까지 모두 아홉이었다.

저 인간 같지도 않은 놈은 그 여덟 개의 돌멩이를 하나하나 태활장 안에 던져 넣어 그 안에 무엇이 있는지 알아내고자 하는 것이 틀림없었다.

자신은 손가락 하나 까딱 안 하고 말이다.

더더군다나 배교의 마지막 장로 손에 미쳐 버린 오필도까지 밀어 넣겠다는 선포는 이 일을 끝까지 밀어붙이겠다는 무서운 집념을 나타내고 있었다.

온양은 신중한 자세로 막 태활장의 두터운 대문 앞으로 한 발 내디뎠을 때였다.

"멋진 웃음의 용감한 오빠!"

갑자기 뒷꼭지에서 이상한 외침이 들렸다.

의아해진 온양이 막 고개를 돌렸을 때, 거기엔 코밑에 굵은 수염이 막 삐질삐질 삐져 나오고 있는 괴상한 낯짝을 볼 수 있었다.

그 괴상한 몰골로 한쪽 눈을 찡긋해 보이며 주먹 쥔 오른팔을 위로 올렸다 아래로 절도있게 힘껏 내리며 내지르는 묘웅의 힘찬 외침을 들어야만 했다.

"오빵~ 화이팅(禍移樑)!"

온양의 다잡은 마음이 풀리며 갑자기 구역질이 밀려오기 시작했다.

묘웅이 '불행을 옮기는 버팀나무'가 되어달라며 외친 화이팅이란 말이 온양의 뱃속의 구정물까지 치밀어 오르게 하고 있었다.

묘웅이 한쪽 눈만 찡긋하지 않았어도, 아니, 두꺼운 입술을 씰룩이며 웃지만 않았어도 온양의 괴로움은 조금 덜했을 텐데……

그 꼴을 더 이상 보지 않겠다는 듯 온양이 힘차게 태활장의 대문을 열어젖히며 한 발 들이밀었을 때였다, 온양의 온몸이 천천히 허공 중에 떠오른 것은.

벌벌 떨리는 경련과 함께 온양의 신형이 천천히, 흡사 목맨 처녀의 버둥거림처럼 온몸을 비틀며 온양이 꺽꺽대고 있었다.

흡사 거미줄에 걸린 먹이의 마지막 꿈틀거림이 온양의 몸에서 보여지고 있었다.

그리고는…….

"허어억~"

험하게 막 자란 주개육의 입에서마저도 믿지 못하겠다는 신음 소리가 터져 나오게 만드는 광경이 눈앞에서 펼쳐지고 있었다.

까아악~

밤하늘보다 더 깊은 어둠이 하늘을 가득 채우고 있었다.

갈까마귀들.

검은 까마귀들이 일제히 깃을 치며 밤하늘을 날아오르고 있었다.

그것도 한두 마리가 아닌 수백, 아니, 수천은 족히 되어 보이는 까마귀들이 일제히 태활장 안에서 날아오르고 있었던 것이다.

까악까악~ 까아악~

까마귀들이 일제히 울부짖어대는 텅 빈 공간의 어둠 속에 온양의 신형이 버둥거리고 있었다.

시간이 얼마나 흘렀는지 몰랐다.

일각? 아니, 한 시진? 아니, 그도 아니고 눈 몇 번 끔뻑이는 시간 정도일지도…….

더 이상 검은 하늘을 제 깃털로 덮고 울어대는 까마귀는 없었다.

조천대의 사람들 모두 약속이나 한 것처럼 숨소리도 내지 않고 허공에 뜬 온양을 바라보았다.

검은 정적.

그 가운데 창백한 표정의 온양의 기괴한 웃음만이 모든 사람들을 굽어보고 있었다.

끼리릭~

보이지 않는 줄에 매달린 듯, 허공 중에 떠 빙글 돌아가던 온양의 오른손이 뒤로 젖혀져 뼈가 비틀리는 소리를 토해내었다.

그리고 왼손이…

차례대로 온몸이 구겨지는 온양의 얼굴은 고통에 찡그려지긴 했어도, 역시 활짝 웃는 독특한 웃음이 어려 있었다.

"끄르르륵……."

드디어 온양의 입에선 고통에 찬 신음과도 같은 가래 끓는 소리가 터져 나왔다.

온양의 고개가 제 오른 어깨 쪽으로 돌다 그 넘어 제 뒷등으로 향했다.

허공에 뜬 온양의 모습은 뒤쪽을 향하고 있었다.

그런 온양의 넓은 등 위로 온양의 얼굴이 웃고 있었다.

"목, 목이 돌아갔어. 세, 세상에……."

믿기지 않는다는 듯 주기육이 입을 떡 벌리고 중얼거렸다.

온양은 고개만 돌아간 것이 아니었다.

두 팔과 다리 역시 기이한 방향으로 얽어 뒤틀렸으며, 뒤로 돌아간 머리 역시 제 왼쪽 어깨까지 돌아가 어깨에 제 고개를 가볍게 뉘이고 있는 모습이었다.

허공에 떠 목이 뒤틀린 온양은 그래도 무엇이 재미있는지 한껏 웃는 입을 천천히 열어 말하기 시작했다.

"모… 두… 죽… 어……. 모… 두… 죽… 일… 거… 야……."

스멀거리는 목소리가 지켜보는 사람들의 가슴에 어둠보다 더욱 짙은 공포를 남겨놓았다.

"……!"

일행은 그 기괴스런 장면에 아무런 말도 할 수 없었다.

어두운 밤하늘에 한 사람이 달려 올라가 목이 뒤틀려 죽고, 그 죽은 사람의 입을 빌어 저주의 말을 토해지는 장면은 꿈속에서 봤더라도 악몽이었을 게 분명했다.

모두들 숨을 죽이곤 지금 일어나는 일이 과연 현실 속에서 자신이 보고 있는 것인지 믿지 못하고 있을 때였다.

"크아악!"

어둠을 찢어버릴 듯한 비명 소리가 갑작스레 터져 나왔다.

그와 동시에 허공 중에 떠올랐던 온양의 시체 역시 실 끊어진 연이 땅에 처박힐 때처럼 구겨진 몸이 털썩 땅바닥에 떨어졌다.

"온 시주!"

불연의 안타까움과 놀라움이 뒤범벅된 비명 소리가 밤하늘을 갈랐다.

하지만 땅에 떨어진 온양의 시체를 태활장의 검은 대문이 천천히 가리며 닫히고 있었다.

끼이이익~

역시 그 소름 끼치는 굉음과 함께…….

"카아악~ 퉤이~"

그 일 이후, 갑작스럽게 태활장 안으로 던져질 세 번째 돌멩이가 되어버린 주개육은 찜찜해진 마음을 털어버리려는 듯 또 한 번 가래침을 한 움큼 뱉어내었다.

하지만 자신이 뱉어낸 바로 그 자리가 온양의 시체가 있던 자리였다는 것을 깨닫고는 몸을 움찔거렸다.

그러고 보니 온양의 사체가 없었다.

'귀신이 뜯어 먹었나?'

주개육은 눈가를 씰룩거렸다.

끼이익~

처음 두 번의 돌멩이, 즉 우문하와 온양을 집어삼킨 태활장의 대문이 세 번째 던져진 돌멩이인 주개육의 등 뒤로 육중하고도 소름 끼치는 소리와 함께 천천히 닫히고 있었다.

그 닫혀지는 문틈으로 주개육은 남아 있는 조천대원들의 눈빛들을 볼 수 있었다.

어떤 사람은 안타까운 눈빛으로, 또 다른 사람은 걱정이 가득 담긴 눈빛으로…….

하지만 진금행의 눈빛만은 희번덕거리고 있는 게 보였다.

호기심이 가득 차 있는, 아니, 자신의 앞길을 막는 그 어떤 존재라 할지라도 감히 용서하지 않겠다는 서릿발 같은 눈빛이 진금행의 얇은 눈꺼풀 사이로 충분히 뻗어 나오고 있었다.

쿵!

제 몸만큼이나 육중한 대문 닫히는 소리와 함께 주개육의 심장이 급박하게 뛰기 시작했다.

아직 자신은 온양처럼 귀신의 장난으로 허공에 몸이 딸려 올라가진 않았다.

하지만 이대로 서서 언제까지나 한숨만을 내쉬고 있을 수는 없는 일. 주개육은 움직여지지 않는 발을 질질 끌다시피 옮기며 천천히 앞으로 향했다.

커다란 전각.

그것이 전각임을 알아본 것은 어두운 밤하늘을 날카롭게 가르며 더욱더 어두운 그림자로 제 모습을 그려내는 전각의 지붕 선 때문이었다.

밤하늘보다 더 어두운 전각의 한가운데는 지옥의 입구가 제 깊숙한 창자라도 보여주려는 듯 입을 떡 벌리고 있었다.

"꿀꺽~"

주개육은 제 영혼을 삼키려는 듯 어두운 곳에서 요요롭게 숨 쉬고 있는 전각을 보며 또 한 번 목구멍으로 침을 넘겨야 했다.

목안이 깔깔해져 왔다.

주개육은 아랫배로 숨을 깊게 들이쉬며 눈을 감았다.

하지만 이상하게도 눈을 감은 저편에서 전각의 모습이 더욱 또렷해지는 것이 아닌가.

끼르르그~ 까악~ 까악~

아까 날아올랐던 수천의 까마귀들 중 한 마리가 무리에서 이탈했는지 주개육의 머리 위로 날카로운 울음을 토해내며 사라져 갔다.

긴장했던 주개육의 근육들이 팽팽히 당겨졌다.

아랫배 단전에선 내공이 폭발적으로 온몸을 감싸고 질주하기 시작했다.

갈까마귀 소리에 저도 모르게 납죽 몸을 웅크리고는 하마터면 귀신들에게 살려달라고 애원할 뻔한 주개육이 입술을 이빨로 질끈 물었다.

'너무 긴장할 필요는 없어. 주개육아, 주개육아. 살아서 협(俠)과 의(義)를 행한 네가 죽어 썩지 못한 잡귀들에게 영(榮)과 귀(貴)를 구

걸하며 목숨에 연연하는 것이냐!'

주개육은 이럴 수는 없다고 생각했다.

무공이라면 그런대로 자신있다고 생각했다.

죽은 고검사신(孤劍死神)이 살아나 다시 자신 앞에 나타난다 해도 비록 그를 이길 수는 없겠지만 껄껄 웃으며 죽음을 맞을 수도 있었다.

하지만 상대는 살아 있는 존재가 아니었다.

온양의 목숨을 허무하게 앗아가고, 사람들의 혼백을 손에 쥐고 혀로 핥는 귀신의 무리였다.

'참되고 질박함으로 돌아간다면[歸眞反樸], 몸이 다하도록 욕되지 않으리라[終身不辱]! 그 말밖엔 몰랐던 사부지만 옳은 말인 것 같군!'

개방 방주 목사진이 개방의 방도들 앞에서 그럴듯한 문자를 써야 할 때면 항상 하던 말이었다.

비록 누더기를 입고 구걸로 연명해야 하는 걸인의 신분이지만 흉금 속에 품은 뜻은 능히 구만 리 온 세상을 협의(俠義)란 두 글자로 다 덮을 수 있어야 한다는 말로 끝을 맺던 바로 그 말.

비록 가슴엔 사부에 대한 원망과 신세한탄으로 가득했고, 뱃속엔 먹을 거로만 가득 담아오던 주개육이었지만, 왠지 지금 와서는 목사진의 그 말이 새롭게 다가오고 있었다.

'지금껏 저먹은 걸 다 게워놓으라면 자신없지만, 내 목숨을 내놓으라면 한번 엉겨 붙어봐야지!'

언제부터인가 진금행이란 살아 있는 푸짐한 덩어리에게 잡혀사는 것이 못마땅했는데, 이젠 죽은 귀신마저 자신을 희롱하는가 싶어 슬며시 화까지 치밀어 올랐다.

'흐읍!'

탁기를 뱉어내고 다시 청량한 밤 공기를 가슴 깊이 들이키니 긴장된 몸이 조금 풀리는 것 같았다.

주개육은 가슴을 불쑥 내밀고 지옥보다 더 어두운 전각 안으로 발을 내디뎠다.

칙칙~ 칫~

주개육이 당긴 부싯돌의 불빛에 어둠이 소리없는 비명을 지르며 물러나 전각 귀퉁이에서 아우성치며 똬리를 틀었다.

초에 옮겨놓은 불꽃에 어둠이 물러가고 그 자리를 주개육의 흐리멍덩한 눈빛을 닮은 빛이 살풋이 담겼다.

'히익? 이건 또 뭐지?

주개육의 눈이 동그랗게 변해 자신 앞에 놓여져 있는 탁상을 보았다.

거기엔 주개육의 눈을 확 까뒤집을 푸짐한 음식이 놓여져 있는 것이 아닌가.

'누가 이렇게 귀한 것을……'

주개육의 몽롱하게 풀린 눈동자가 상 위에 놓인 먹을 것에서 떨어질 줄을 몰랐다.

평소의 주개육과는 뭔가 다른 모습.

예전이었다면 냅다 뛰어올라 입을 함지박만큼 벌리고 처넣기 바빴을 터이지만, 왠지 지금의 주개육은 꼼지락거릴 뿐 쉽게 손을 뻗어내지 못했다.

기괴한 장소에 있는 귀신이 출몰하는 어두운 귀가(鬼家), 그 집 안에 어둠이 내려앉은 음습한 분위기 속에 있는 이유 모를 때깔 좋은 음식이 찜찜… 해서가 절대 아니었다.

주개육은 그런 것을 생각할 능력이 안 되는 놈이었다.

그저 어디선가 이 요리들의 임자가 지켜보지나 않을까 하는 두려움 때문이었다.

'홍소육(紅燒肉)… 매콤하면서도 쫄깃쫄깃한… 저, 저것을……'

이미 먹을 것을 본 주개육을 막는 유일한 것은, 바로 먹을 것의 주인 뿐이리라.

적어도 개방에 몸을 들인 사람으로서 임자있는 물건을 강탈하는 강도짓은 할 수 없었기 때문이다.

주개육의 몽롱한 눈알이 좌우로 씰룩거리며 돌아가기 시작했다.

"흠흠… 보아하니 아무도 없는 곳이라 들었거늘……."

짐짓 헛기침과 함께 목소리에 힘을 줘 모깃소리만큼 외치고는 주개육은 두 눈을 질끈 감았다.

'제발 아무도 대답 말아라……. 제발! 네놈이 설령 귀신이라 하더라도!'

주개육은 주술을 외는 도사나 불경을 읽는 승려보다도 더 간절한 마음으로 빌고 또 빌었다.

정성이 통했음인가? 슬쩍 실눈을 뜨는 주개육의 귀엔 아무런 소리도 들리지 않았나.

한 번 더 확인하려는 것인지 한결 입가에 윤기가, 아니, 침을 줄줄 흘러내리며 중얼거렸다.

"흠흠, 진금행이 집 안을 확인해 보라 하였으니, 이 집 안에 있는 모든 것은 이 몸이 확인해 봐야 할 터! 어쩔 수 없이 한입 맛을 봐야 하겠구나!"

짐짓 또랑또랑한 목소리를 내려는지 목을 다듬어 헛기침을 한 후,

또 한 번 기어들어 가는 목소리로 중얼거린 주개육은 다시 눈을 질끈 감았다.

'제발! 말리는 놈이 없기를. 설령 귀신이라 하더라도 말린다면 내 그냥! 콱!'

주개육의 간절한 소망은 이번에도 배반을 하지 않았다.

꾹 다문 입 안에 고인 침이 점점 많아져 나중엔 콧구멍으로 넘칠 지경이 되었는데도 집 안은 적막으로 고요하지 않은가.

이제 주개육을 말릴 것은 아무것도 없게 되었다.

설령 우걱우걱 처먹는 주개육 앞에 뒤늦게 음식의 주인이랍시고 어떤 놈이 나타난다 해도 도리어 '내가 그렇게 고래고래 고함을 질렀는데도 안 나타났으니 네놈 귓구멍이 막힌 게 잘못이지!' 하는 면박만 당할 게 분명했다.

주개육은 떨리는 손가락을 들어 냉큼 홍소육 한 점을 집어 들고는 콧구멍을 벌렁거리며 냄새를 맡았다.

"키야~ 죽이는구먼!"

요란한 감탄사와 함께 목구멍으로 꿀꺽 삼키고는 짐짓 음식의 맛을 음미하듯 눈을 지그시 감았다.

그리고는 숨 몇 번 들이킬 시간도 지나지 않았을 때, 갑자기 주개육이 눈을 번쩍 뜨는데 그 눈에서 시뻘건 광채가 튀어나오는 것이 아닌가!

눈알을 뒤집어 깐 주개육의 눈동자는 검은 동공은 작게 수축되었고, 그 나머지 부분 또한 붉은 힘줄로 가득 채워진 충혈된 눈이었다.

그뿐만이 아니었다.

얼굴은 시퍼루둥둥. 입술은 오물오물. 양 뺨은 쥐어터진 것마냥 부풀어 오르더니 주개육은 제 양손으로 목을 움켜쥐고는 뒤로 비칠비칠 물러서는 것이 아닌가.

"으흐흑. 큭. 쾌액!"

연신 벌렁거리는 콧구멍 사이로 알지 못할 신음 소리를 토하던 주개육.

온몸을 부들부들 떨고 무릎은 비칠대다가 끝내 오물거리던 입을 열어 한마디를 내뱉었다.

"이… 이 홍소육은……."

점점 빛을 잃어가던 충혈된 주개육의 눈동자가 흔들리다 끝내 한마디를 내뱉었다.

"이… 이… 홍소육은… 캬하학~ 정말 죽여주는군!"

온몸에 힘이 빠진 듯 창백한 표정으로 고개까지 절레절레 흔들던 주개육이 허공 중에 엄지손가락을 우뚝 곧추세웠다.

"조양로에 있던 민 노인 집에서 얻어먹은 홍소육을 최고로 쳤건만! 이 주개육이 복이 많아 이런 홍복을 다 누리는구먼! 아아~ 정말 신이 내린 솜씨야! 첫맛은 넋이 나갈 만큼 달콤하고, 중간은 숨이 막힐 만큼 화끈하고, 끝은 온몸의 혈관을 뒤집어 놓을 만큼 강렬하니 이런 맛이 인세에 또 있다고는 도무지 믿질 못… 우걱우걱~"

엄지손가락을 치켜세우고 중얼대다 이제는 아예 접시에 코를 박을 듯 디밀고는 연신 숨을 쉬지도 않고 먹어대고 있었다.

"크허헉~ 꺼어억~ 뿌우웅~"

그 중간에 몇 번 고개를 쳐들고는 또 한 번 충혈된 눈동자가 튀어나올 듯 부풀고 얼굴이 창백해지며 가슴이 꿀렁거리긴 했지만, 몇 번의 트림과 방귀를 뀌고는 다시 고개를 처박았다.

"음냐~ 홍냐~ 정말 맛… 우걱우걱~ 꺼어억~ 맛은 좋은데 방귀 냄새는 정말 독한 게 흠이군. 이건 흡사 독연(毒煙)을 맡는 듯하지 않은가! 우걱우걱~ 크하학~ 정말 죽인다!"

짭짭대는 요란한 소리와 함께 정신없이 우물거리던 주개육이 고개를 들고 시퍼런 양 뺨을 오물거리며 트림을 내뱉다 다시 고개를 숙이고 처먹다가 엉덩이를 씰룩거리며 연신 독한 방귀를 내뿜는 모습은 굶어죽은 아귀(餓鬼)라 해도 고개를 절레절레 흔들 광경이었다.

어느덧 커다란 접시가 다 비워지고 주개육이 뭐가 부족한 듯 아랫배를 쓰다듬고 있었다.

"귀신들은 이런 맛있는 걸 먹고 지내나 보군! 그 귀신이란 거 해볼 만한… 어라? 저것은?"

권태로운 표정으로 입맛을 다시던 주개육의 신형이 어느덧 창문가에 대롱거리며 매달려 있었다.

번개보다 빠른 신형.

먹고 튀는 걸로 알아주는 거지 떼가 바로 개방이요, 그 개방의 차기 방주가 바로 후개 주개육이었으니 그 신형의 현란함은 직접 보고도 못 믿을 지경이었다.

'분명 여자를 보았거늘… 귀신이었나? 허걱! 정말 귀신이군!'

창문가에 매달려 고개를 갸우뚱거리던 주개육이 입을 떡 벌렸다.

방금 전 창문가에 어른거리던 예쁜 여자 귀신이 어느새 멀리 떨어진 커다란 나무 위에서 하늘거리는 옷자락을 날리며 쌩긋 웃고 있는 게 아닌가.

아무리 주개육의 다리가 두 배로 길어지고, 빠르게 발을 놀리는 경공술이 일취월장한다 해도 저만큼 빠를 수는 없었다.

창문가에 얼굴을 디밀고 씽긋 웃던 방금 전 얼굴과 저 멀리 떨어진 여자 귀신의 얼굴이 똑같으니 같은 암컷 귀신임에 틀림없었다.

'부, 분명해, 저 입가에 붉은 점까지……. 그런데 어찌 저리 빠를 수가!'

주개육이 눈을 비비고 다시 보아도 멀리 떨어진 암컷귀신의 입가엔 붉은 점이 또렷이 보였다.

주개육의 무공수위는 이미 절정에 달해 있는 걸로 평가받았고, 그렇기에 개방의 후개로 뽑힐 수 있었다.

평소 경공의 재주를 남보다 몸을 빠르게 놀려 다른 사람 먹는 속도보다 더 많이, 빨리, 실컷 먹는 데 이용했던 주개육의 심장이 목구멍으로 튀어나오게 만들 만큼 암컷 귀신의 재주는 놀라웠던 것이다.

'좋아! 일단!'

주개육의 신형이 병아리를 채가는 솔개처럼 빠르게 나무 위로 향했다.

일단 보이지 않는 물건이라면 모르겠으┃ 눈에 띈 귀신이란 존재는 더 이상 두렵지가 않았다.

주개육의 신형이 자신에게 쏘아져 오는 것을 보고 씽긋 웃고 있는 귀신의 얼굴은 매력적이었다.

기다랗게 내린 머리를 한 손으로 흘깃 어깨 뒤로 넘긴 귀신은 제자리에서 폴짝 뛰어 나무 아래로 떨어져 내렸다.

동시에 나무 위로 오른 주개육의 시선이 나무 아래로 뛰어내린 귀신의 신형을 쫓을 때 무언가 이상한 소리가 들려왔다.

'무슨?'

고개를 힐끔 돌린 주개육은 볼 수가 있었다.

방금 전 자신이 빠져나온 창문가에서 또 다른 허연 물건이 움직이는 것을…….

'허거걱!'

주개육은 방금 전 맛본 탁월한 진미의 홍소육을 먹었을 때보다 더큰 경악으로 온몸을 벌벌 떨었다.

창문가에서 일렁이던 허연 물건, 바로 그것이 방금 나무에서 뛰어내린 귀신의 얼굴임을 알아보았기 때문이다.

'이, 이럴 순 없어. 어찌 이토록 빠를 수가…….'

저 얼굴을 가진 귀신은 분명 방금 전에 재주를 넘으며 나무에서 떨어져 내리지 않았는가.

'과, 과연 귀신이었군……. 하긴 그렇게 맛있는 걸 처먹으니 남다를 만하겠지!'

주개육이 귀신의 재주에 대해 입맛을 다실 때였다.

'상… 공… 상… 공…….'

어디선가 자신을 부르는 전음성이 주개육의 귓전을 후벼 파고 있었다.

주개육의 고개가 빙글 뒤로 돌아갔을 때 저 멀리서 자신을 향해 입가의 붉은 점을 묘하게 움직이며 웃고 있는 여자 귀신을 볼 수가 있었다.

'으잉? 어찌… 어찌하여…….'

주개육의 머리 속은 텅 비워져 버렸다.

그것은 어찌 방금 전 남쪽에서 보았던 귀신이 북쪽 숲 속에서 볼 수 있었는가 하는, 암컷 귀신의 불가사의한 빠른 몸놀림에 대해서가 아니라, 그 귀신이 들고 있는 접시 때문이었다.

방금 전 자신의 속을 얼얼하게 만들었던 맛난 홍소육이 담겨 있던 접시. 그 접시 위에 또다시 푸짐한 홍소육이 올려져 있는 것을 보았기 때문이다.

주개육의 눈가가 벌게지며 아랫배에선 무언가가 부글부글 끓어오르기 시작했다.

귀신에 홀린다는 것이 바로 이런 것이었을까?

주개육의 신형이 이전엔 찾아볼 수 없을 만큼 빠르게 숲 속으로 돌진했다.

"소녀… 상공께… 인사드립니다……."

교태스럽고도 요염한 눈빛으로 그 암컷 귀신이 자신 앞에 떨어져 내린 주개육을 향해 날아갈 듯 절을 했다.

"크흐흐… 으흐흐……."

주개육은 연신 콧구멍으로 알지 못할 거친 숨소리를 내뱉으며 귀신을 쏘아보고 있었다.

"당신이 귀신이란 물건임에는 틀림없는 것 같군. 이 주개육을 이토록 힘들게 만든 것을 보니……."

가쁜 숨을 몰아쉬는 주개육.

이해 못할 일도 아니었다.

요염하게 입을 묘하게 씰룩이며 웃는 것을 보고 바삐 발을 놀려 다가가 보면 어느새 저 멀리서 다시 자신을 부르는 걸 보았기 때문이다.

과연 인간의 재주가 귀신의 재주를 넘어서진 못했는지, 주개육이 아무리 발을 놀려 당도해 보아도 다시 달려온 만큼 먼 거리에서 자신을 부르는 암컷 귀신을 볼 뿐이었으니 주개육의 콧구멍이 벌렁거리며 줄

기차게 뛰어다닌 것이 짧은 시간만은 아니었다.

"그, 그런데 사람들을 왜……."

"왜 죽였냐구요?"

귀신은 주개육의 속마음을 알기라도 한 것처럼 싱긋 웃어 보였다.

끄덕끄덕.

주개육은 여인의 손 위에 들려 있는 홍소육에 초점을 고정시키며 고개를 위아래로 힘차게 주억거렸다.

"그야 속된 세상에서 고생하지 말고 마음 편한 극락 세상으로 청하기 위함이지요."

"그, 극락?"

"예, 그래서 상공께옵서도……."

"나?"

갑작스런 말에 놀랐는지 주개육이 고개를 발딱 들어 귀신을 보자, 귀신이 살풋 웃는데 그 입가의 붉은 점이 묘한 매력을 발하고 있었다.

"예, 상공께옵선 모르셨겠지만, 상공께옵서 드신 홍소육엔 실상 독이 있었답니다."

"독?"

주개육이 멍하니 놀라 콧구멍을 뻐끔거리자 그 모습이 재미있다는 듯 이젠 손을 들어 살풋 입을 가리고 웃기까지 하는 게 아닌가.

주개육의 가슴을 벌렁거리게 만들 아찔한 미소였는데, 붉은 점 아래 도톰한 입술이 열리며 천천히 설명을 해 나가기 시작했다.

"하늘 위엔 아홉 개의 세상이 있고 땅 아래엔 열여덟 개의 지옥이 있으니, 이를 곧 극락과 지옥이라 합니다. 상공께옵선 속된 세상에서 거지라는 한스런 인생을 사시면서도 그 높은 의기와 뜻을 잃지 않으셨으니 곧 아홉 층의 극락에 가실 준비가 되셨습니다. 이제 마흔아홉 날 후면 천상계에서 선녀와 마차가 내려와 상공을 맞을 것인즉… 상공? 상공? 지금 제 말을 들으시는 것인지?"

"으흥? 응, 듣고 있소이다만… 흐르릅!"

주개육에겐 극락이나 지옥은 다른 나라 이야기였다.

지금 자신이 어떤 물건을 앞에 두고 있는지, 아니, 설령 그게 꼬리가 아홉 달린 여우라 해도 꼬리가 아홉 개라 먹을 게 풍성하다는 생각밖에 못하는 인간이 바로 주개육이었다.

지금도 어여쁜 귀신의 말은 한 귓가로 흘려보내고는 그저 눈은 귀신이 들고 있는 접시에 고정시키고, 입가엔 걸쭉한 침만 흘러내릴 뿐이었다.

귀신은 그런 주개육이 답답했는지 가느다란 한숨과 함께 눈을 내리까는데, 눈가에 맺힌 분위기가 처연하기가 짝이 없었다.

"휴우~ 상공께선 생사도 마음에 두시지 않는 협객 중의 협객이셨군요. 그러니 죽어서도 극락에 가실……."

"죽어? 누가? 아니, 그럼 내가 죽었단……?"

그제야 정신을 차렸는지 주개육이 멀건 눈을 들어 귀신을 보았다.

귀신은 안됐다는 듯 고개를 가냘프게 끄덕였다.

"아니! 그럴 리가! 말도 안 되오! 내가 얼마나 할 일이 많고, 세상엔 또 얼마나 먹어보지 못한 음식이 많거늘!"

주개육은 조금 전 홍소육을 먹었을 때와는 달리 시뻘겋게 얼굴이 달아올라 제자리에서 펄쩍 뛰었다.

그리고는 강하게 도리질하며 말했다.

"지금도 그렇소. 내 두 눈은 접시 위의 음식을 똑똑히 볼 수가 있고,

내 코로는 맛있는 냄새를 맡을 수 있으며, 입으론 이렇게 맛까지 볼 수… 아이구, 쥐이는구나!"

주개육은 강하게 부정하는 고갯짓과 함께 납죽 귀신이 들고 있던 접시 위에 홍소육 한 점을 입에 날름 집어 넣고는 힘껏 씹으며 맛을 음미하고 있었다.

'좋은 기회야! 정말 기회를 잘 포착한 게야!'

이렇듯 주개육이 떳떳이 주인 있는 음식을 먹을 기회란 흔치 않았다.

귀신이 정신 차리기 이전에 얼른 입 안의 음식을 목구멍으로 넘긴 주개육의 두 눈가는 또다시 붉어지기 시작했다.

"끄으으윽~"

비칠비칠 뒤로 물러서는 주개육의 온몸은 땀으로 젖으며 부들부들 떨리기 시작했다.

그것도 모자라 항상 바짝 곯아 있던 배는 어느덧 대부호의 배만큼 빵빵하게 부풀어 오르는 것이 아닌가.

그 모양새를 찬찬히 바라보던 귀신은 곧 호기심 어린 눈빛을 발하다가 곧 오만 가지 인상을 써대야만 했다.

뿌아악~

갑작스레 부풀어 오른 배가 바르르 떨리는가 싶더니 곧 주개육의 뒷구멍(?)으로 강렬하고도 용맹무비한 방귀가 뿜어져 나온 것이다.

"꺼어억~"

게다가 입으로는 듣기도 역겨운 트림을 연신 몇 번을 거푸 토해낸 주개육이 몽롱하게 풀린 시선을 들어 찡그리고 있는 귀신을 보며 말했다.

"이, 이게 바로 극락이구려. 정말 강렬하고도 자극적인 멋진 맛이라 아니할 수 없구려!"

조금 전 맛본 황홀함이 잊혀지지 않는다는 듯 주개육이 입까지 헤벌레 벌리고 말을 하자 귀신 역시 숨은 쉬고 사는지 코를 손가락으로 막고는 우물거리며 대답했다.

"사, 상공의 내공은… 아니, 법력은 정말이지 높군요. 독이 있는 홍소육마저도 트림 몇 번과 그, 그것으로 해결하다니……."

일그러진 귀신의 얼굴을 보며 주개육은 배포있게 웃어댔다.

"하하~ 이 위의 구멍으론 삼키지 못하는 음식이 없으니 가히 인세 중의 보물이라 할 만하다오. 그러니 윗구멍으로 들어간 음식을 내뱉는 아랫 구멍 역시 탁월해야 할 게 아니오!"

배포있게 호기에 찬 목소리가 어느덧 잦아들더니 곧 침울하게 변하고 있었다.

"무, 물론 윗구멍의 성능이야 진 대주를 따르지 못하고, 튼튼한 아랫구멍은 우문하를 따르지 못하지만……. 아무튼 이상하군. 댁의 말대로라면 내가 죽었단 말인데, 난 아무런 변화도 느낄 수 없으니."

주개육의 입에서 느디어 자신이 원하던 말을 들었음인지 귀신이 몇 번의 큰 심호흡과 함께 대답했다.

"사… 흐흡… 사실 사람이 죽고 나면 혼(魂)과 백(魄)으로 나뉘는데 혼은 위로 흩어져 사라지고… 우우욱~"

귀신이 말하다 말고 헛구역질을 몇 번하더니 비칠거리는 신형을 간신히 옆 나무를 붙잡고서야 중심을 잡았다.

그 모든 것이 주개육의 심후한 내력이 빚어낸 정체 모를 연기 때문이 틀림없었다.

"백은… 아~ 어지러워~ 백은 땅으로 산산이 흩어져… 아, 아무튼 그 혼과 백이 나눠지기 전엔 살아 있을 때와 다름이 없답니다. 하지만 육신이 없으니 다른 사람 눈엔 보이지가 않지요……."

"보이지 않는다고?"

주개육이 얼빵한 얼굴을 들어 다시 한 번 되물었다.

"그뿐만이 아니랍니다. 상공처럼 하늘이 기릴 만한 영웅적인 삶을 사신 분들은 이승에서의 한을 풀 기회가 주어지지요……."

"하, 한을?"

주개육의 얼굴이 더욱 멍해질 때쯤 귀신은 붉은 점을 묘하게 움찔거리며 더욱 교태로운 미소로 답했다.

그뿐만이 아니었다. 귀신이 배시시 웃곤 옷깃을 잡아당겨 살짝 어깨를 내놓으며 달뜬 음성으로 주개육의 귓전에 속삭이는 것이 아닌가!

"상공, 상공께선 무엇을 원하시나요? 이 세상에선 상공께서 원하시는 모든 것이 이루어진답니다."

주개육의 콧구멍이 벌렁거렸다.

숨결이 거칠어지며 혀로 침을 발라 커다란 입술은 반짝거렸다.

눈알은 충혈이 되어 시뻘겋게 변했다.

자신은 이제 귀신이 된 몸, 세속의 도덕 따위는 아무런 상관이 없었다.

어떤 짓을 해도 괜찮은 것이다.

거기다 극락 가는 것은 기정사실이요, 사람 눈에 뜨이지 않는다니 누가 자신에게 손가락질을 한단 말인가.

주개육은 한 발 한 발 귀신에게 다가왔다.

그리고는 두 손을 내뻗어 귀신의 양 어깨를 꽈악 잡아갔다.

이미 죽은 몸이거늘 귀신의 얼굴이 통증에 살짝 찡그려질 정도로 꽈악 잡은 것이다.

어깨를 부여잡은 주개육의 양손은 흥분으로 벌벌 떨리기 시작했다. 그리고는 천천히 여자의 귀로 주개육은 입술을 가져갔다.

어깨 사이로 살짝 엿보이는 여자의 가슴은 주개육의 흥분이 전해졌는지 유실이 바르르 떨리고 있었다.

주개육은 부들부들 떨리는 음성에 촉촉이 젖은 느끼함을 담아 여자의 귓전에 쏟아내었다.

"이 동네에서 가장 맛있는 요릿집이 어디지? 나 배 터지게 처먹어보는 게 소원이었어…… 응? 어디냐구!"

귀신은 어이없다는 듯 멍하니 있다가 살풋 웃었다.

그리고는 주개육의 뒤통수를 가느다란 하얀 손가락으로 쓸어 넘기기 시작했다.

"상공, 밥은 언제든 먹을 수 있어요. 그전에 원하시는 게 없나요? 아직 시간은 많아요. 우린 귀신이 되었으니까."

주개육은 자신의 뒤통수에서 느껴지는 귀신의 황홀한 손가락 놀림에 두 눈을 지그시 감으며 말했다.

'내가 원하는 걸 뭐든지 할 수 있다구? 그래! 내가 깜빡했군! 얼른 황궁으로 가야지! 황제가 뭘 처먹고 사는지 항상 궁금했……'

그러나 주개육의 중얼거림은 오래가지 못했다.

여인의 손가락이 주개육의 수혈을 살풋 짚어갔기 때문이다.

정신을 잃은 주개육을 보며 귀신이 중얼거렸다.

'이런, 너무나 단순한 놈이로구나! 내 이럴 줄 알았다면 더러운 창기처럼 굴지 않아도 되었을 것을! 그나저나 신통한 재주군. 독이 안 통하는 놈이라니!'

바로 그때 주개육을 더러운 물건을 집어 던지듯 내팽개치고 있는 귀신의 등 뒤로 너무도 똑같이 생긴 귀신이 나타나 있었다.

아니, 다른 게 있었다. 방금 주개육의 혈을 짚은 여인은 오른쪽 입가에 점이 있다면 방금 나타난 여인은 왼쪽에 점이 있었기 때문이다.

아무리 주개육이 귀신의 신형을 따라잡으려 해도 따라잡을 수 없는 이유가 바로 거기에 있었다.

두 여자가 각기 먼 거리에서 홀려대니, 멍한 눈알을 지닌 주개육이 어찌 다른 사람이라고 생각했겠는가.

"그나저나 거지의 생존 능력 하나만은 알아줘야 하겠어. 황소도 능히 죽일 독(毒)에도, 언니의 교태로운 유혹에도 안 넘어가다니!"

그 나타난 두 여인 뒤로 무언가 일렁이는 모습이 보이며 웅성거렸다.

어디에서 그토록 많은 사람들이 숨어 있었는지 몰라도 각기 어둠 속에 동화되어 있던 사람이 허깨비처럼 나타나 두 쌍둥이 자매의 어깨를 토닥이며 칭찬의 말을 하기 시작했다.

"수고했어. 넌 거지를 맡았으니 더욱 지랄맞았겠구나! 내가 볼 땐 남경충(南京蟲:바퀴벌레)의 목숨도 그렇게 질기진 않았을 텐데……. 어이, 자네. 자네는 누굴 맡았나?"

아직도 흐릿한 신형과 함께 일렁이던 그림자가 옆에 있는 또 다른 어두운 그림자에게 말을 건넸다.

"난 여승을 맡았지. 간단했어. 어쩜 그렇게 동물을 좋아하던지. 짐승 털가죽을 쓴 나를 못 알아보고 쓰다듬기 바쁘더군. 혈을 짚을 때까지 채 일각도 걸리지 않았으니."

흡사 벌레들이 허물을 벗듯 그림자에서 꾸물대며 하나하나 나타나는 사내들은 각기 괴상한 색의 옷을 입고 입가에 묘한 승리의 미소가 어려 있었다.

"이놈은 밥이었네? 내가 맡은 도사는 술을 미친 듯 좋아하더만. 그놈은 독이 퍼지기 이전에 먼저 술에 취해 널브러지더군!"

"허허… 내가 맡은 도사는 내 손바닥만 죽어라 노려보던걸? 손바닥 스무 개를 천장에 매달아놓았더니 미친 듯 좋아하더구먼. 이 손바닥 저 손바닥 쓰다듬고 볼에 비비고… 미친 듯 좋아할 때 그 가운데 섞여 있던 내 손바닥이 혈을 짚었지. 조금 오래 걸린 편이야."

하나하나 나타난 사내들은 제각기 자신이 행한 무용담을 어린아이들처럼 어깨를 으쓱거리며 자랑하기 바빴다.

"처음엔 그 북슬북슬한 얼굴 때문에 곤란할 거라 생각했던 커다란 거치도를 쓰는 놈은 어울리지 않게 계집애처럼 겁이 많았어. 거칠게 살아온 놈 같았는데 귀신은 죽어라 무서워하더군. 꼭 계집애처럼 말이야. 별로 어렵진 않았어."

한 사람 한 사람 말이 끝날 때마다 모두들 박수까지 쳐내며 깔깔대며 웃는데, 한쪽 구석에서 쭈그리고 있던 사내가 휴우~ 하는 커다란 한숨 소리와 함께 중얼거렸다.

"난 사내가 사내를 꼬실 수 있다는 걸 믿지 않았어. 하지만 지금은 두 가지를 알게 되었지. 사내가 사내를 정말 꼬실 수도 있다는 거 하나 하고, 그게 죽기보다 역겨운 짓거리라는 것을."

서로의 무용담을 경쟁하듯 말하던 사람들이 일순 조용해지며 고개를 숙였다.

어둠 속에서 지켜보았던 조천대.

그중 어렵지 않은 사람들은 없었지만 저 사내가 맡은 인물이 가장 고민거리였다.

"이름이 묘웅이었던가 그랬지? 내 다 이해하네."

한 사내가 그런 마음을 이해한다는 듯 쭈그리고 앉아 연신 가래침을
내뱉는 사내의 등을 토닥였다.

그러자 쭈그리고 앉아 있던 사내가 젖은 눈을 들어 억지로 웃음을
지어 보였다.

"열일곱 번째 형님이시구랴. 괜찮아요. 그래도 어둠이 커다란 도움
이 되었어요. 어둠이 아니었다면… 나는……."

묘웅을 상대했던 사내가 말하다 말고 소피라도 지린 것처럼 온몸을
부르르 떨 때였다.

"큰형님!"

한 사내의 입에서 호령처럼 큰 소리가 터져 나오자 모여 있던 사내
들이 고개를 숙이고는 일제히 몸을 뒤로 물려 어느덧 커다란 빈 공간
이 생겼다.

사내들의 지극한 공경을 흡족하다는 듯 함빡 웃으며 나타난 사내는
바로 웃는 얼굴 온양이었다.

게다가 온양의 가슴께엔 태어난 지 채 한 달도 되지 않은 듯한 계집
애까지 하나 안겨 있었다.

"이름은 지으셨습니까?"

"그래! 불회(不回)라고 했네. 먼저 이 무림이란 곳에 발을 돌려 들이
지 않고, 후회하지 않고, 세상에 다시 돌아오지 않기 위해 돌아오지 않
는다는 뜻의 불회 말일세."

온양의 말에 처음 온양 앞에 나타났던 사내가 웃으며 말했다.

"그게 아닐 텐데요. 조금 전에 보니까 목뼈가 부러져 죽은 시체치고

는 목이 덜 돌아가 있더군요. 그래서 목뼈가 예전 기예단에 있을 때처럼 돌아가지 않아서 불회라 지은 것 아니십니까?"

"껄껄, 어찌 그리 잘 아누. 자네 목뼈가 얼마나 돌아가나 한번 재봐야 하겠구먼."

"아이고, 잘못했습니다요."

사내는 곧 민망하다는 표정과 함께 고개를 뱅그르르 돌리자 사마귀의 대가리처럼 빙글 목뼈가 돌아가 있었다.

놀라운 재주와 이상한 농담.

농담치고는 심했지만 심하다고 느끼는 사람은 하나도 없었다.

게다가 하늘도 놀라게 할 재주가 분명했지만, 이중 방금 사내가 보인 재주를 익히지 않은 사람은 하나도 없었다.

이들이 바로 온양이 구출한 14명의 어린 기예단원들과 그들의 후손들이었으니 목뼈쯤은 심하게 뒤로 뒤틀 수가 있었기 때문이다.

기예단의 후손들이 모여 사는 이 마을의 이름은 낭가촌이었다.

어스류한 햇불이 밝히고 있는 낭가촌엔 득의에 찬 목소리가 들려오고 있었다.

활짝 웃는 얼굴과 너무도 잘 어울리는 온양의 목소리였다.

"이놈이 이교옥이라네. 절정고수지. 검객의 기파(氣波)가 사람을 해하는 것은 보았어도 만물(萬物)에 미쳐 동물을 불러오는 것은 검각의 각주인 검귀 화무혼이라도 어려울 게야. 이놈은 주개육이고. 가만있자, 부처님께 죄를 짓게 되었군. 요 꼬마 여승은 불연이라 하는데 잘들 모시도록……. 이 묘웅이란 놈은 누가 맡았지? 힘들었을 텐데 수고가 많았네. 그리고 현통과… 어라? 가만있자, 한 놈이 비는데? 아이구, 세상에! 비상!! 비상!!"

온양이 당황하여 사람들을 되돌아보며 큰 소리로 외쳤다.

평소 때 활짝 웃는 것처럼 보이던 온양의 낯빛은 하얗게 질려 있었고, 진중하던 평소의 말투도 어디다 내팽겨쳤는지 가늘게 떨리고 있었다.

"진금행! 진금행이 없다! 그놈을 잡아야 해! 모두들 목숨 조심하고! 여차하면 튀어야 하니까 조심들하라구!"

우왕좌왕하는 낭가촌의 식솔들을 보는 온양의 등 뒤로 식은땀이 흐르기 시작했다.

제 4 장

목사진 —종리 형제 진금행을 만나고, 진금행 목사진을 만나다

목
사
진

"그러니까 이것 때문에 나를 찾을 수 있었다 이 말이군."

진금행은 자신의 두툼한 손바닥을 쳐다보며 중얼거렸다.

"그… 그래……."

진금행 옆에선 왠지 어울리지 않게 주눅 든 모습의 종리우가 움츠린 모습으로 서 있었다.

"신기하군."

진금행은 제 손바닥 위에 올려진 조그마한 전지(剪紙)를 이모저모 뜯어보며 말했다.

전지, 아니, 정확히는 종이가 아닌 비단을 나비 모양으로 오려낸 것이었다.

비단에 오색 그림으로 채색된 천 조각. 하지만 사라첨접(紗羅籤蝶)은 생명이라도 있는 것처럼 가녀리게 날개 끝을 떨고 있었다.

진금행은 손바닥을 휙 뒤집었다.

그러면 당연히 비단천으로 만든 사라첩접은 갈지자를 그리며 땅에 떨어져야만 했다.

하지만 사라첩접은 배교의 술법이 깃든 물건이 아닌가.

나풀나풀 날아오르더니 진금행의 주위를 감싸고 도는데 흡사 나비가 꽃을 본 듯 희열에 들뜬 움직임이 틀림없었다.

다시 진금행이 손바닥을 펴자 사라첩접이 살포시 내려앉아 날개를 떨고 있었다.

"정말 신기하군."

진금행이 고개를 끄덕이자 종리우가 쭉 째진 눈으로 진금행의 눈치를 살폈다.

그 모습은 흑백살귀 때의 잔혹하고 독한 모습이 아니라, 집 잃고 오갈 데 없는 불쌍한 부랑자가 구걸할 때의 눈빛이었다.

"그, 그게 원래 도금향(導禽香)을 뿌린 사람을 찾는 데 쓰이는 것인데 왜 대, 대주를 따르는지 모르겠군. 틀림없이 대주는 도금향은 털끝만큼도 묻어 있지 않은데 말이야. 대주가 우리 배교와 관련이 없다면 절대 일어날 수 없는 일이지."

진금행이 종리우의 말을 듣자 씨익 웃었다.

"도금향? 그 따위는 별거 아니야. 그 늙어도 늙지 않고, 죽어도 죽지 않은 영감탱이는 분명 다른 술수를 부렸을 테니. 아무튼 그걸 해결해 줘야겠어. 안 그러면 내가 발 뻗고 자지 못할 거야."

진금행은 자못 신기한 듯 손바닥의 나비 조각을 보다가 불쑥 말했다.

"이게 사라첩접이라고? 그럼 나비 말고 제비도 있겠군."

"제비는 피시술자의 뜻을, 나비는 시술자의 뜻을 따르지. 대주가 진정으로 배교와 관련있는 사람이라면 제비를 만들어 띄울 때 대주의 뜻을 좇을 거야."

종리우는 떨렸다.

말끝마다 '대주'라고 부르는 자신의 뜻을 이 팅팅 불은 놈이 알지 자신이 서지 않았다.

"오호~ 그래? 그럼 제비는 어디 있지?"

"삭아 없어졌어. 만드는 법은 난 모르지. 만약 형에게 부탁한다면 모르지만……."

어떻게든 잘 보여야만 했다. 비록 간신히 치밀어 오르는 자괴감을 참고 있었지만 자신의 자제력이 어디까지인지 스스로도 몰랐기 때문이다.

"그런데 저놈은 왜 저러고 있지?"

진금행이 드디어 시선을 돌려 한 사람을 쳐다보는데, 그 상대가 옆에서 애쓰면서 나름대로 '아부'를 하고 있는 종리우가 아니었다.

아직 약간의 검붉은 기운은 온 나신(裸身)에 남아 있는 종리혁이었다.

배교의 호교법신으로 화하기 위해 불꽃을 피워 올렸을 때 모든 것을 태워 버린 듯 머리는 소림사의 땡중보다도 더 민둥머리고, 눈썹은 아예 한 올도 남아 있지 않았다.

어찌 보면 나병(癩病)을 크게 앓고 있는 환자와도 같은 모습.

거기다 호교법신 때의 일을 전해 들었는지, 멍한 시선을 뜻없이 던지며 퍼질러 앉아 있을 뿐이었다.

"소가 대가리를 한번 쓰윽 핥아먹은 것 같군……."

진금행은 재미있다는 시선으로 보고 있었지만, 정작 종리혁 자신은 죽고 싶은 마음뿐이었다.

불완전한 호교법신, 그때의 일은 하나도 기억이 나지 않았다.

그저 온몸이 가루가 될 듯 욱신거렸지만 그보다 더한 고통은 자신의 사부이자, 배교의 마지막 장로가 죽은 것이었다.

그것도 자신을 구하려……

이제 성녀고 배교고 간에 그저 죽고 싶은 마음뿐이었다.

"어이~ 제비 한 마리도 만들어주지? 예쁘게."

진금행이 불쑥 말을 건네자 종리혁이 멍한 눈으로 말했다.

"피… 술법자의 피를 묻히면 돼. 워, 원한다면 모두 주지… 난 이제 더… 더 이상 필요없으니까."

퀭한 눈으로 종리혁이 말하자 진금행이 종리우를 보며 물었다.

"쟨 왜 저래?"

하지만 이때까지 태연히 있던 종리우의 눈가 역시 벌게졌다.

그나마 자신은 버티고 서 있을 수 있었다. 그리고 복수도 꿈꿀 수 있었다. 하지만 여리디여린 자신의 형은……?

멍청하고, 그저 배교의 술법에만 미쳤던 순박한 자신의 형은 그런 힘도, 독기도 없을 것이 분명했다.

"우리가 대주를 찾아온 게 바로 그거야. 우리를 도와달라는……"

종리우가 옆에서 후욱 불면 먼지로 변할 것 같은 종리혁을 젖은 눈으로 불안한 듯 쳐다보며 말했다.

"오호~ 그래? 그거야 쉽지. 하지만 자네들도 나를 도와줘야 하겠어."

"……?"

진금행이 불쑥 내뱉은 말에 종리우가 영문을 모르겠다는 듯 쳐다보았다.

"기천사지 오필도 말이야. 대강 자네의 말을 들어보면 자네의 사부, 그러니까 배교의 마지막 장로가 장난질을 쳐놓은 것 같은데… 얘가 영 맛이 갔거든. 배교가 한 짓이니 배교가 풀 수 있겠지?"

오필도가 미친 원인은 치매 걸린 배교의 마지막 장로가 술수를 부렸기 때문이었다.

탄전(灘錢)이란 도박을 하면서 양양에 갔던 돈이 양음에 가 있는 등 등의 귀신이 곡할 재주.

오필도가 미쳐서 다행이었지, 만약 그렇지 않았다면 혀 빼물고 목매 달았을 정도로 사람 환장하게 만드는 재주였다.

"글쎄… 난 술법을 몰라서."

종리우가 곤란하다는 듯 미간을 찡그렸다.

"요, 요요화(妖曜譁)의 술(術). 자, 잘못하면 사람을 미치게도 하지……."

멍히니 있던 종리혁이 불쑥 말했다.

"요요화? '아름답게 빛나는 시끄러움'? 시끄러운 게 아름답게 빛날 수도 있나? 아가리에 햇불이라도 처넣고 떠드는 것인가 보군? 아무튼 알고 있는 걸 보니 그럼 고칠 수도 있다는 말이네?"

진금행의 말에 종리혁이 고개를 끄덕였다.

"처, 처음 홀리는 것이 어렵지. 한번 홀린 사람은 다음에도 쉽게 홀리지……."

"좋아, 그건 됐고, 그럼 진짜 원하는 것을 말하지!"

진금행이 고개를 끄덕이고는 종리우를 바라보자 종리우는 침을 꿀꺽 삼켰다.

저놈은 보통이 아니었다. 일단 외모부터가 남다른 놈이었고, 그 커다란 몸속에 마음은 짐작조차 할 수 없으리라.

그런 놈이 '진짜 부탁'을 한다면 쉽게 해결할 수 없을 게 분명하지 않은가.

"뭐, 뭐지?"

종리우가 긴장했는지 제 형처럼 더듬거리며 물었다.

"뭐, 별거 아니야. 너희들이 나를 쉽게 찾은 것을 보면 그 늙어도 늙지 않고, 죽어도 죽지 않는 영감탱이도 날 찾아올 텐데… 아무튼 배교의 술법을 아는 사람들이 날 찾아오지 못하게 만들어줬으면 해."

"하기는……."

종리우는 진금행이 무슨 말을 하는지 알 수 있었다.

도금향(導禽香)을 좇는 사라첨접이었다. 하지만 진금행의 몸엔 분명 도금향의 흔적도 없는데 미친 듯한 행동을 보여주지 않았는가.

분명 알 수 없는 일이 진금행과 사라첨접 사이에서 벌어지고 있었다.

"그런데 죽어도 죽지 않는 영감탱이라니?"

"그런 늙은이가 하나 있어. 내가 다른 일을 어떻게 좀 해보려 해도 뒷덜미가 뜨듯해져서 말이지. 일단 그 영감탱이를 죽이든, 아니면 내 뒤를 쫓지 못하게 해야… 그런데 네가 원하는 것은?"

진금행은 무림맹의 귀역을 떠올리자 자연 그 안에 스스로 가둬둔, 표변도를 전수해 준 신비인을 떠올리고는 진저리를 쳐댔다.

종리우는 뭔지 몰라도 저 괴물 같은 놈을 진저리 치게 만들 수 있는 게 과연 무엇인가 멍하니 떠올리다, 곧 제가 여기 온 일을 기억해 내고는 조심스럽게 말했다.

"천지문(天地門)의 두 개종자, 아니, 정확히는 혈첩(血帖)을 가진 천지혈뇌 중 천공과 지공에 대한 복수!"

종리우가 이를 악물고 말하자 진금행이 이상하다는 듯 대꾸했다.

"너희들이 밀영각이라며? 넌 흑백살귀(黑白殺鬼)고 저 민둥머린 우두마면(牛頭馬面)이고 그렇다며? 그렇다면 너희들의 힘으로……."

"그놈들은 악마야. 사람의 힘으론 어쩔 수가 없지. 그놈들을 죽이려면……."

종리우가 천공(天公)과 지공(地公), 해맑은 미소로 잔인한 손속을 보여주었던 두 청년을 기억해 내며 고통스런 표정을 지었다.

"좋아, 두 놈을 죽고 싶어도 죽지 못하게 만들어주지. 차라리 죽는 게 낫다고 생각하게 될 거야, 그놈들은."

진금행은 고개를 끄덕이며 말했다.

그런데 그 말이 진금행의 입을 통해 나오자마자 벌써 이루어진 것처럼 쉽게 여겨지는 것이 아닌가.

진금행의 고갯짓 한번에 사대봉공 중 두 봉공을 치단하는 일을 그저 개미 새끼를 손톱으로 눌러 터뜨리는 것보다도 쉬운 일이 되버린 것이다.

"네, 네놈 몸에 깃든 이상한 기운은 나로서도 어쩌지 못해. 무, 무슨 일인지 몰라도 포기하는 게 좋을 거야. 서, 성녀의 부, 불의 정화, 즉이, 이화정신례(以火淨身禮)를 받으면 호, 혹시 몰라도."

이때까지 멍하니 퍼질러 앉아 있던 종리혁이 불쑥 말을 건넸다.

"성녀?"

진금행이 영문을 모르겠다는 듯 묻자 종리우가 옆에서 거들었다.

"배교가 모시는 분이지. 마교 놈들이 쳐들어올 때 귀천(歸天)하시고는 아직 세상에 몸을 현신(現身)하지 않으셨어. 그분만 찾는다면 우리 배교는……."

"네놈들이 난다 긴다 하는 정보 가지고도 찾지 못한 물건을 내가 찾아야 한다는 건가?"

진금행이 어이없다는 듯 비웃자 종리혁이 대답했다.

"네, 네놈이 함부로 무, 물건이라 말할 분이 아니시다. 네, 네놈 몸에 깃든 이상한 배교의 기운을 지우려면 그, 그분밖엔 없으시지. 하, 하지만."

종리혁은 멍하니 주절거리다 곧 손바닥으로 바닥을 쓸어 한 움큼의 흙을 긁어 모았다.

그리고는 제 혀를 힘껏 깨물어 피를 입 안 가득 담아 흙 위에 뿜었다.

자신의 피로 범벅이 된 흙은 흡사 진흙처럼 찰기가 있어 종리혁의 손길대로 형태를 바꾸어가고 있었다.

종리혁이 몇 번 주물럭거리지 않아 한 사람의 형태를 띠고 있는데, 천공의 손길에 희생당할 자신의 몸 대신 대나이(大挪移) 수법으로 바꾸어 버린 백옥나신봉화신녀상(白玉裸身奉火神女像)이었다.

비록 백옥(白玉)이 아닌 흙덩이지만, 종리혁의 떨리는 손길이 닿자 볼록한 엉덩이와 봉긋한 젖가슴엔 뽀얀 기운이 흘렀다.

신비로운 나신상. 성결한 미소와 신비한 자태는 배교의 성녀다운 신비한 매력을 내뿜고 있었다.

종리혁의 손에서 신비로운 빛을 내뿜는 배교의 성녀상을 본 진금행이 회가 동한다는 듯 불쑥 말했다.

"우물(尤物)이군! 땡기는데?"

진금행의 무엇이 땡기는지 모를 종리혁이 아니었다.

"말 함부로 하, 하지 마라! 지금은 화, 화령탁(火靈託)마저도 없다고 했지만… 휴우~ 또 성녀를 찾는다 해도 무, 무슨 소용이 있겠느냐. 그래 봐야 사, 사부님께서 살아 돌아오실 것도 아닌데."

눈물을 한줄기 흘리며 종리혁은 자신의 손에서 신비로운 빛을 발하던 성녀상을 뭉개 버렸다.

"그래서 죽기라도 하시겠다는 건가?"

진금행은 비웃듯 종리혁을 보며 이죽였다.

하지만 종리혁은 반발하기는커녕 퀭한 눈을 들어 먼 하늘의 달을 쳐다보고 있는 게 아닌가.

이미 삶에 대한 미련도, 의욕도 모두 사라진 사람의 모습이었다.

"그런 꼴로 죽는다면 우습지도 않겠군. 온몸에 털이란 털은 하나도 없는 데다가 안 그래도 우습게 생긴 얼굴은 뭉개지다시피 됐고, 아래엔……."

진금행의 시선이 종리혁의 온몸을 샅샅이 훑으며 아래로 내려갔다.

이미 벌거벗은 종리혁. 게다가 법신으로 변하느라 온몸에 털은 모두 사라진 상태였다.

진금행은 움찔거리는 종리혁의 아래(?)를 보며 더 더욱 이죽이기 시작했다.

"…샅을 보니 털도 없는데 거시기만 삐죽 나왔군. 가만, 내가 저걸 어디선가 봤는데… 아하! 우문하 똥구멍에 작대기 박아놓은 것과 똑같아!"

이젠 아예 종리혁 눈앞에서 박수까지 쳐대면서 아래(!)를 내려다보는 진금행의 시선이 서늘했나 보다.

종리혁은 멍한 눈이 곧 당황한 눈으로 바뀌며 얼른 제 두 손을 아래에 가져가 그리 크지도 않은 물건(!)을 가렸다.

새우등처럼 굽은 종리혁의 몸을 보며 진금행이 킬킬대자 종리우가 보다 못했는지 으르렁거렸다.

"우리 처지가 비록 이렇게 되었지만 모욕은 참지 못해. 더 이상 모욕을 가한다면⋯⋯."

진금행의 킬킬거리던 몸이 휙 돌아 종리우를 째진 눈으로 쏘아보았다.

"웃기네! 모욕도 살아야 가능해. 그리고 네 형은 죽지 않아. 죽으려는 놈은 부끄러움 따위엔 신경 쓰지 않을 테니까!"

진금행은 짧게 말을 마치고는 한쪽 구석에 가서 이것저것 남아 있는 나무토막들을 끌어 모으고 있었다.

'그런가?'

종리우는 갑자기 멍해져서 한쪽 구석에 벌거벗은 채 쪼그리고 앉아 한껏 몸을 사리고 있는 제 형을 바라보았다.

부끄러움. 그랬다. 삶의 의미를 잃어버리고 죽음을 생각하는 사람이라면, 제 물건(?) 같은 사사로운 작은 일에는—종리혁의 물건은 특히나 작았다—신경 쓰지 않을 게 분명했다.

'그럼 저놈은 말 몇 마디로 형의 생각을 바꾸어놓았다는 말인데⋯⋯.'

종리우는 복잡하게 얽히는 생각을 흔들어 털어내었다.

"어이~ 이봐, 이리 와서 이것 좀 모아봐. 배가 나와서 그런지 허리 굽히기가 힘들군!"

진금행이 종리우를 향해 크게 소리를 쳤다.

'대단한 놈이든… 아니면 개잡종이든… 내가 알 바가 아니지!'

종리우는 가볍게 한숨을 내쉬고는 천천히 다가가 진금행을 따라 바닥 여기저기에 나무토막을 줍기 시작했다.

"부, 불을 켜면 놈들이 보지 아, 않을까?"

종리혁은 언제 가까이 왔는지 몰라도 막 모닥불의 키를 높이느라 작대기로 들쑤시고 있는 진금행을 향해 물었다.

진금행이 막 고개를 들어 종리혁을 쳐다보고는 피식~ 하고 웃었다.

건장한 사내. 그것도 머리털과 눈썹은 홀라당 타버려 민둥거리는 얼굴. 게다가 큰 덩치를 억지로 구겨 자신의 작은 물건을 필사적으로 가리려 애쓰는 종리혁의 모습이 웃겼기 때문이다.

"놈들은 어둠에 익숙해. 그럼 밝은 곳은 우리 차지지. 걱정 마, 도리어 쉽게 달려들지 못할 테니까."

"그, 그럴 수도 있겠군."

종리혁은 부끄러움에 얼굴이 빨게진 것인지, 아니면 보낙불의 붉은 불빛에 비추어 보여 발갛게 보이는 것인지 모를 고개를 푹 숙였다.

'말 몇 마디에…….'

종리우는 그런 자신의 형을 바라보며 고개를 갸웃거렸다.

솔직히 자신의 성질이 지랄맞다는 사실은 종리우 스스로도 인정하는 바다. 하지만 자신의 성질이 지랄맞은 것 이상으로 종리혁의 고집은 고래 심줄만큼이나 질기지 않았던가.

삶의 의미를 잃고 방황하는 마음을 돌리려면 아마도 피가 골백번도 더 치솟는 경험을 하고서야 가능한 일이었다.

그런 사람을 그저 말 몇 마디로, 그것도 개쪽을 주는 말로 되돌려 놓다니.

'괴물이군!'

종리우는 자신의 판단이 옳다고 생각했다. 아니, 자신의 판단보다는 자신의 느낌을 믿었다.

이런 놈이니 수하로 휘검청학 이교옥 같은 절정고수나 청성의 현통 같이 멧돼지 같은 놈을 둘 수 있으리라…….

그때였다.

"출출한데 잘됐군. 어디서 익하나 했더니."

어디선가 탁하고 갈라진 음색과 함께 무언가 종리혁 옆에 날라 떨어지는 것이 아닌가.

"허억~"

놀란 종리혁이 퉁퉁한 제 몸을 움찔거렸다.

동시에 종리우는 언제 빼 들었는지 협봉검과 함께 몸을 벼락같이 일으켜 세웠다.

"후후후~ 놀라지 말게나, 그저 퉁퉁한 개 한 마리에 지나지 않으니."

어두운 숲 속에서 나타난 사람은 그저 고개를 끄덕이며 안심하라는 듯 손바닥을 훼훼 휘저었다.

괴상한 방법으로 나타난 사람의 말은 맞았다.

종리혁을 기함하게 만든 물건은 개가 분명했다.

하지만 그것을 몰라본 것은 그 개가 보통의 개와는 다른 차림새였기 때문이다.

"암캐인가 본데… 쯧쯧, 어디서 몹쓸 짓이라도 당했나 보군."

진금행은 대수롭지 않다는 듯 혀까지 차며 고개를 가로저었다.

몹쓸 짓을 당한 암캐. 그 말이 적당해 보였다.

혀까지 빼물고 널브러진 개는 그저 붉은 제 속살만을 내보일 뿐 그 겉가죽은 어디로 갔는지 알아볼 수 없는 형태였기 때문이다.

거죽이 벗겨진 개.

그리고 그 개의 털가죽은 방금 나타난 사람의 어깨에 매달려 있었다.

추레한 면상의 늙은 거지.

하지만 종리우의 이목을 숨기고 이토록 가까이 올 수 있는 걸로 봐서는 보통 고수가 아닌 게 분명했다.

"그나저나 노인장은 누구슈?"

진금행이 얇게 도려진 눈을 들어 쳐다보며 물었다.

'맹랑한 놈!'

갑작스런 출현, 신비로운 자태, 영문 모를 문답.

이 정도면 저 불어 터진 놈도 놀랄 거라 생각했다.

하지만 자신의 계산된 출현(?)에도 저놈은 아무런 요동도 보이지 않는 게 아닌가.

노인은 앤지 떫게 느껴지는 입맛을 찍쩍 다시며 밀을 건넸다.

"나? 왕초. 거지 왕초네. 목사진이라고 하지."

목사진의 말에 종리우와 종리혁의 두 눈이 크게 떠졌다.

목사진. 그 세 글자는 무림의 골칫거리였다.

그 인간 됨됨이가 문제가 아니라 골칫거리인 거지들의 무리, 개방이란 단체를 이끌어가는 방주가 바로 목사진이었기 때문이다.

하지만 진금행이 그 일을 알 수가 없을 터……

"아항~ 노인장이 바로 그 주개육의 사부구려."

진금행은 고개를 끄덕이며 한쪽 자리를 툭툭 치고는 앉으라는 수인사를 건넸다.

목사진. 한번 몸을 떨쳐 일어나면 그 어떤 세력도 두렵지 않다는 개방의 방주.

하지만 진금행에겐 그저 잘 처먹는 주개육의 사부에 지나지 않았던 것이다.

목사진이 또 한 번 입맛을 쩝쩝 다시며 한쪽 자리에 털버덕 앉자 진금행이 궁금하다는 듯 물었다.

"그런데 무슨 볼일이요? 난 개방 종자들을 더 키울 생각이 없소만……."

안 그래도 조천대의 양식을 한량없이 축내는 주개육을 본 후라 자연 진금행이 개방 사람을 대하는 태도는 껄끄럽기 그지없었다.

"그냥 개 한 마리 구워 먹으려 불 좀 빌릴까 해서 왔지."

"개?"

목사진이 고개를 끄덕이고는 덧붙였다.

"세상이 그런 것 아니겠는가? 고기가 필요하면 고기를 내어주고 불이 필요한 사람에겐 불을. 그렇듯 서로 도와가면서 살아야 한다고 보는데……."

진금행이 목사진의 말을 듣자 턱을 괴고는 곰곰이 생각하더니 불쑥 종리 형제들을 돌아보며 말했다.

"뭐 해, 개 안 삶고?"

"개?"

갑작스런 말에 종리혁이 멀리 떨어진 두 눈을 끔뻑였다.

하지만 역시 눈치가 빠른 건 동생 종리우가 조금 나았다.

두말없이 거죽 벗겨진 알몸뚱이의 개를 들고는 협봉검을 들어 살과 뼈를 분리해 내는 것이 아닌가.

저자는 새한벽에 들었던 고수 이교옥을 개 부리듯 하는 놈이다.

그뿐인가? 차기 청성 장문인이 될지도 모를 현통마저도 턱 끝으로 부리는 걸 똑똑히 보지 않았던가.

아니, 그 정도가 아니었다.

자신이 닮고 싶어하는 사람, 그 살기를 내뿜던 인간 역시 저 뚱뚱한 놈 앞에서는 앓는 소리를 낼 정도니 자신이 아무리 배교의 후예요, 밀영각의 흑백살귀와 우두마면이라 해도 저 인간한테는 지금 자기 손에 저며지고 있는 개만도 못할 게 분명했다.

"형님도 보고 있지만 말고 거드슈."

종리우가 퉁명스레 종리혁에게 말하자 가만히 보고 있던 목사진이 불쑥 말을 건넸다.

"저쪽에 오다 보니 개 아가리에 찔러 넣을 좋은 나무가 있더군. 아마 한참 걸어야 보일 게야."

목사진의 말. 그것은 진금행과 긴히 할 이야기가 있으니 자리를 피해달란 것이었다.

그걸 모를 종리우가 아니었다.

역시 우두커니, 멍청하게 서 있던 종리혁의 팔을 잡고 종리우가 한쪽 어둠 속으로 사라져 갔다.

어느 정도 시간이 흐르자 일렁이는 모닥불을 바라보던 진금행이 볼을 씰룩이며 말했다.

"돕고 산다. 좋은 말이지. 하지만 노인장, 난 도움받을 것도, 또 줄 것도 없는 사람이유."

목사진이 신기한 종자를 본다는 듯—원래 진금행을 처음 보는 사람은 몹시 신기해한다—한참이나 바라보다가 옛이야기 꺼내듯 찬찬히 말을 이어갔다.

"134명이 죽었네. 누가 어떻게 죽였는지는 밝혀지지 않았지. 하지만 그 죽은 사람들로 인해 가장 이익을 본 사람은 남궁호라네. 남궁가의 가주이자 무림맹의 청룡단을 맡고 있지. 그 자객, 능력이 탁월한 자객이야. 그자가 바로 흑지주(黑蜘蛛)라고 불리는 혈루소면객(血淚笑面客)이지. 바로 밀영각의 흑백살귀(黑白殺鬼), 살막(殺幕)의 막주와 더불어 세 손가락 안에 꼽히지!"

말이 길어지는 듯하자 진금행의 얇은 눈이 면박을 주듯 목사진을 향했다.

"그런데……?"

진금행의 짜증난다는 말과 태도에도 목사진은 익히 들어 알고 있는지 계속 말을 이어갔다.

"자네가 그 혈루소면객에 대해 몰라서 그러는 거야."

목사진은 검은 하늘을 우두커니 바라보다가 동공이 커지며 가벼운 흥분으로 몸을 떨었다.

"무림에 대해서 잘 모르는 것 같으니 본격적인 이야기를 하기 전에 한마디만 하겠다. 예전에 말이야. 흑지주라는 분이 계셨어. 흑지주! 전 무림을 떠돌면서 맞짱을 뜨신 분이지. 그 양반이 사람 목숨 여러 개 작살내셨지. 흑지주! 그 양반 행동이 이래. 딱 죽이려는 사람 앞에 서면 말야, 너, 죽을 놈이냐? 너, 죽을 놈? 나 흑지주야~ 그리고 그냥 그 앞에 서. 서서 무조건 조~오~옷나게 내려치는 거야. 조~오~옷나게. 죽을 놈이 박살날 때까지. 무림고수하고 맞짱 뜰 때도 마찬가지야. 딱

나타났다. 헤이~ 너, 고수? 너~ 너, 죽을 놈? 나 흑지주야. 그냥 걸어
가. 뚜벅뚜벅 걸어가, 그냥. 그럼 무림고수는 갑자기 걸어오니까 어,
머야, 시팔 놈. 머야, 시팔 놈아~ 이러면서 음, 그냥 멍하니 보고 있어,
머, 멍하니 있게 돼 있다고. 엄, 그렇게 가만히 있다가 딱 걸려. 걸려…
그러면 타앗~"

한참 온몸을 벌벌 떨어대며 말하던 목사진. 갑작스레 진금행을 향해
일권을 쏘아냈다.

하지만 진금행이 누구던가. 무림맹주 진근양이 허리를 굽혀 인사를
드리던 신비인과 수없는 맞짱(!)을 뜨던 인물이 아니던가.

반사적으로 오른손을 올려 널찍한 얼굴을 가렸다.

"이바바바바바바바~봐, 이러케, 이러케 자세가 풀리게 돼 있어. 고수
란 게 반사적으로 수비 자세가 풀리게 돼 있어. 그럼 빠르게 딱 붙어 그
냥. 으이? 무조건 딱 붙어. 붙어서 하는 말이. 하~ 하이, 이 개~애~야
~새끼야. 내가 이렇게 웃고 있으면 너한테 쫄은 줄 아냐? 이러면서 또
조~오~옷나게 내려치는 거야. 무조건. 어? 이이 해골 빠개질 때까지.
그 무대뽀 정신! 무대뽀 정신! 그게 필요한 거야!"

"……."

멍……

보고 있던 진금행마저도 정신이 없었다.

물론 아무리 개방 방주라 해도 실상 알고 보면 거지 중에 상거지라
는 말과 같았다.

그러니 입에서 나오는 말이란 말이 욕설에다 앞뒤 안 맞는 데다가
뭔 말을 하는지 종잡을 수 없는 것 아닌가.

게다가 알지도 못할 '무대뽀' 라는 거지들에게만 통하는 뜻 모를 은

어까지 섞어서 침 튀어가며 말하니 정신을 차릴 수가 없지 않은가!

"그, 그런데요?"

"⋯⋯!"

진금행이 어벙한 표정으로 묻자 목사진이 얼추 곤두세워 손발까지 휘두르며 말한 내용이 전혀 적당하지 않다는 걸 그제야 깨달았다.

자신의 실태, 이미 강호에 널따랗게 소문이 난 실수를 또 한 번 저지르고 말았다는 무안에 얼굴이 시뻘겋게 변한 목사진.

제자리에 엉덩이를 털버덕 붙이고는 벌게진 얼굴로 헛기침과 함께 근엄한 자태로 돌아가 있었다.

"오늘 강조하고 싶은 것이, 이 무림의 희생 정신과 무림의 험난함에 대해서야. 험난함. 이 강호가 조~올~라~ 살기 힘들다는 뜻이지. 험난함! 험할 험(險)⋯ 어, 어려울 난(難)⋯ 그리고 희생 정신은 희생 희(犧)⋯⋯. 뭐, 그래. 마혈의 전설을 세운 진홍립. 그 초대 무림맹주만 해두 그랬어. 무공이 대빵 세서 무림맹주가 된 게 아니라 이 말이야! 밑에 사람들을 아끼고, 헐벗은 사람들 옷도 나눠 주고 그랬단 말이야! 그 마혈의 전설을 세운 진홍립이 말이야!"

"마혈이 아니라 성혈입니다, 목 방주. 마혈의 전설은 고검사신이구요."

갑작스레 끼어든 목소리.

눈치없는 걸로 한몫하는 종리혁이었다.

가슴엔 개를 익힐 나무토막을 한아름 안아 들고 온몸에 털이 사라져 버린 몸뚱이와 함께 어벙한 눈으로 목사진을 바라보며 뜬금없이 한마디 거들고 있었다.

하지만 목사진이 어떤 인간인가.

진금행 밑에서 행복한(?) 생활을 하는 주개육마저도 고개를 젓게 만들던 인물이 아니었던가!

목사진의 눈가가 벌게지며 추레한 얼굴은 흥분으로 벌벌 떨리기 시작했다.

퍼억~

갑작스레 몸을 일으킨 목사진이 냅다 종리혁의 귀싸대기를 날렸다.

"으윽! 억!"

갑작스레 나동그라진 종리혁의 몸 위로 뛰어 올라간 목사진이 사정없이 밟으며 고래고래 고함을 질러댔다.

"이 개~애~앳새끼야(퍽!)! 어디서 함부로 끼어들어!! 내 말… 으으으… 내, 내, 내, 내 말 잘 들어! 내가 무림맹주 피 색깔이 파란색! 그러면 그때부턴 무조건 파란색이야!! 어, 흐… 요, 요건 팅팅 불은 진금행이지만 내, 내, 내가 잘생긴 귀공자! 그러면 그때부턴 무조건 잘생긴 귀공자야!! 어, 이 개~애~애~새끼야(퍽!)!! 내가 무림맹주가 마혈! 그러면 무조건 마혈이야!! 내, 내 말에 토, 토, 토, 토다는 새끼는 전부 다 호로 자식이야. 호로 자식……! 무슨 말인지 알겠어? 턱 밑 살호(胡)! 로, 루, 아무튼 그, 그, 그러니까(퍽!) … 어이, 호로 새끼야! 너 때메 뭔 얘긴지 까먹었잖아! 이놈의 호로 자식, 죽여 버리겠어!"

저대로 두면 종리혁은 죽을 게 뻔했다.

분명 보아하니 자신이 상대해야 할 진금행에게 화가 난 것을 종리혁에게 푸는 게 분명했는데, 저 목사진이란 인간이 강호에 알려진 대로라면 이제 말릴 것은 아무것도 없었다.

더구나 그 패고 있는 사람이 개방 방주라면 무공에 있어 적수를 찾아보기 어려울 정도가 아니던가.

하지만 정보력이라면 밀영각이었다!

그래도 제 형보단 눈치 빠른 종리우가 목사진을 다행히 진정시킬 수가 있었다.

"무림의 험난함과 희생 정신을 말씀하셨습니다, 방주."

종리우의 말에 간신히 제정신이 돌아온 목사진.

씨근덕거리면서도 간신히 제가 할 말을 다시 찾아 들어갔다.

"그래! 희생 정신. 이 희생 정신이 우리 무림인들에게도 필요해. 내가 늘 강조하지만, 인간이 돼먹지 않은 어두운 무림인에게는 결코 햇빛은 비추지 않아! 햇빛! 이제부턴 서로 돕고 살든가, 아니면 손가락질받으며 천한 인간으로 살던가 둘 중에 하나야. 알겠어?"

흡사 폭풍우처럼 불어닥쳤던 광기 어린 폭행.

그 이후로도 몇 번의 폭행이 이어지고, 종리혁의 죽어 나가는 비명소리를 듣고서야 간신히 목사진이 하려던 말을 진금행은 알아들을 수 있었다.

"그러니까 그 흑지주가 혈루소면객이고, 강호에 혈첩이 나타났단 말씀이시구려."

진금행이 한심하다는 듯 목사진을 쳐다보며 묻자 목사진이 이제야 자신의 뜻을 알아준 것 같아 행복한 미소를 띠었다.

"그리고 그 혈루소면객이 바로 온양이고, 오늘 밤 이런 장난질을 친다 이 말이구려."

"그, 그렇지. 그러니 네가 얼마나 위험한 처지에 빠져 있는지 알겠느냐? 그러니 그 위험한 일을 헤쳐 나오려면 내 도움이……."

"도움? 글쎄, 누가 누굴?"

진금행이 어이없다는 듯 피식 웃으며 말을 하자 도리어 얼빵해진 것은 목사진이었다.

"그, 그야, 내가 자넬."

"노인장이? 요즘 공기가 안 좋아졌는지 정신없는 늙은이들이 점차 늘어나는군. 마 총관부터 시작해서 무림맹주는 노름 돈을 떼먹지 않나, 죽어도 죽지 않는 사부까지……."

진금행이 처음 들어본 우스개인 양 실없이 이죽거리며 혼잣소리하듯 중얼거렸다.

하지만 큰 변화가 그 중얼거림 안에 들어 있었다.

비록 그 손아귀에서 벗어나려 배교도들을 찾아다니고 있지만 무림맹의 귀역에서 만난 신비인을 저도 모르게 사부라 호칭하고 있었기 때문이다.

"하지만 살다 보면 은과 원이란 걸 맺어야 하지. 또 강호에서 밥 먹고 살려면 은혜를 입고 원한을 맺었으면 반드시 갚아야 하는 물건이지. 그래서 내가……."

"날 돕겠다는?"

진금행이 게슴츠레 뜬 눈으로 목사진을 보며 물었다.

"미, 맞아! 그렇지! 이 위기를 내가 탈출할 수 있노록 돕겠다는 말이야."

어쩜 이렇게 자신의 마음을 잘 아는가 싶어 목사진이 아까부터 가려웠던 뒤통수를 긁었다.

뒤통수가 근지러울 때는 뭔가 찜찜해졌을 때란 걸 잘 아는 목사진이 곰곰이 헤아려 보니 이건 뭔가 잘못돼 가고 있다는 걸 알 수 있었다.

'근데 저 자식이 아까부터 반말 짓거리네! 저놈이 어디서 봤다구 감히!'

그랬다. 연배가 다른 몸이었다.

아니, 그 이전에 나이부터 자신이 훨씬 위인 게 사실이었다.

그런 자신에게 언제부터 반말을 당연하다는 듯 찍찍 내뱉는 진금행과 그걸 또 자연스럽게 받아주는 자신의 모습을 발견하고는 막 또 한 번 발작하려 할 때였다.

"은혜라, 그거참 고약한 물건이군. 아예 내가 노인장에게 갚을 원한이 있다면 몰라도."

진금행이 귀찮다는 듯 거대한 볼 살을 움찔거리며 혼잣말처럼 궁시렁대는 것이 아닌가.

"원한? 너와 나 사이에 무슨?"

단순한 목사진.

방금 전 발작하려던 자신은 온데간데없고 진금행의 뜻 모를 말에 고개를 갸웃대고 있었다.

"이봐요, 노인장. 만약 윗사람이 아무 이유 없이 아랫사람을 친다면 어떻게 되지?"

"그야 있을 수 없는 일이지."

진금행이 알겠다는 듯 고개를 끄덕이고는 다시 한 번 물었다.

"그렇군, 만약 그런 일이 발생한다면? 그것도 무공과 강호 연배가 한참이나 위인 상대가 아랫사람을 핍박한다면?"

"그 또한 있을 수 없는 일이지!"

목사진이 당연하다는 듯 아예 주먹을 쥐어 자신의 가슴까지 평평 쳐가며 대답했다.

"강호 도리상 어찌 존장이 아랫사람에게 그런 행패를 부릴 수가 있겠는가! 내 개방의 아랫것들에게 가끔 손을 대긴 하지만 아~아~주,

너무나 화~악~실~한 이유가 있을 때지 괜한 심통으로 그러진 않는
다네."

하지만 목사진이 그렇게 다짐을 해도 진금행은 영 못 믿는 눈치였
다.

"그럴까? 이유야 많지. 괜히 아랫사람이 야려보는 눈초리가 마음에
안 들어서라든가, 선배를 대하는 태도가 불량스럽다든가 하는 아주 흔
하디흔한 이유들도 있고……."

진금행의 말에 왠지 목사진의 뒷덜미가 뜨뜻해졌다.

아주 흔하디흔한 그런 이유를 대며 패대기친 개방 제자가 한둘이 아
니었기 때문이다.

하지만 지금 여기 나타나 있는 사람은 개방이란 대방파를 이끄는 방
주의 신분.

곧이곧대로 그럴 수도 있다고는 말을 못했다.

"그런 일은 벌어질 수 없지. 선배가 무언가. 바로 흉금과 배포, 그리
고 살아온 연륜이 깊다는 게 아니겠는가? 만약 자네에게 그런 패악질
을 한 놈이 있다면 강호에 얼굴을 들고 나니지 못할 것일세. 암! 그거
내가 보장하지!"

"과연 그럴까?"

아무리 다짐한들 어떡하랴. 진금행이 못 믿겠다는 듯 두툼한 턱살까
지 흔들어대며 고개를 휘휘 젓는 것을.

답답하다는 듯 몸까지 벌떡 일으켜 세워서 다시 한 번 주먹 쥔 손으
로 자신의 가슴을 펑펑 내려치며 하늘에 대고 맹세하는 수밖엔 없었다.

왜… 그래야만 하는지에 대해선 전혀 생각을 못하면서.

"어떤 놈인가! 어떤 놈이 그렇게 선배 짓을 못하고 아랫것들을 이유

없이 핍박한단 말인가! 내 그런 놈이 있다면 당장 잡아와 자네 앞에 무릎을 꿇리고 싹싹 빌도록… 으잉!"

목사진은 더 이상 말을 잇지 못했다.

그리고는 한동안 얼이 빠진 듯 입을 쩍 벌리고는 잠자코 부르르 떨고 있는 자신의 주먹을 쳐다볼 뿐이었다.

'이, 이 물건이 왜 저기에 있는 게지?'

목사진은 정신을 차릴 수가 없었다.

왜 자신의 주먹이 냅다 내리꽂혀진 끝에 진금행의 두툼한 왼쪽 눈알이 있단 말인가!

곰곰이 생각해 보니 언뜻 진금행의 눈알을 보았던 것 같았다.

그 야려보던 눈!

생양아치처럼 쭈욱 째져 비웃음을 가득 담고 비웃던 그 재수없던 눈알!

머리가 삐쭉 서서 양껏 때려주지 않으면 피가 머리 위로 퐁퐁 솟을 것만 같던 괴상한 울분을 한없이 느끼게 했던 그 눈시깔!

그 요물이 이런 상황을 만들어낸 것이었다.

하지만 목사진은 뭐라고 할 수 없었다.

후배가 불량스럽게 쳐다본다고 해서 선배가 함부로 할 수는 없다고 방금 자신의 입으로 말하지 않았던가!

"이, 이건 오해네. 오해야! 내가 팔을 휘젓는데 왜 머리통을 디밀었는가! 이건 내 실수뿐만 아니라 자네 역시 실수를 한 것이네……."

애당초 이럴 계획으로 온 것은 아니었다.

단순히 주개육의 보고를 받고, 조천대란 이름이 차지하는 무게에 흥미가 있어서 온 것이었다.

더 나아가 조천대주인 진금행을 직접 만나보고 나서 만약 뜻이 통한다면 같이 일을 추진하고, 만약 맞지 않는다면 잘 구슬릴 생각이었다.

헌데 막상 와보니 요상한 일에 빠져서 진금행이 커다란 낭패를 겪고 있는 게 아닌가.

이걸 기회로 잘만 엮는다면 자신의 손아귀에 저 두툼한 놈을 잡고 흔들 수도 있겠다 싶어 자신있게 나타난 목사진이었다.

그런데 초장부터 이런 실수를 하다니!

"실… 수… 라… 고……?"

진금행이 떨떠름하다는 듯 중얼거리자 목사진의 얼굴은 누렇게 떴다.

그저 진금행의 널찍한 얼굴에 주먹 하나 박아 넣은 일로 끝날 일이 아니었다.

잘못하면 조천대주를 핍박했다는 혐의로 안 그래도 껄끄러운 무림맹 사람들로부터 공격당할 수도 있지 않은가.

그렇게 되면 무림맹주를 공격한 흉적으로 엄한 누명을 쓸 수도 있는 일이었다.

"과… 연… 그… 럴… 까……?"

아무리 탄력 좋은 진금행의 두툼한 살이라도 개방 방주의 강맹한 주먹을 얻어맞고 무사할 리는 없었다.

왼쪽 눈탱이가 퉁퉁 분 상태로 진금행이 이죽이자 당장 다급해진 것은 목사진이었다.

"아니라니까! 아니야! 오해야, 오해! 내가 왜 자넬 핍박하겠는가! 생각해 보게, 내가 자네를 때릴 이유가 없지 않은가. 그저 휘두르다 재수없게 자네 얼굴에 걸린 것뿐이야. 내가 발로 자네 얼굴을 문지르기라도 했다면 또 모를까! 이번 일은… 허거걱!"

이럴 수가!

목사진은 경기를 일으킬 만큼 놀라야만 했다.

이놈의 오른발은 왜 진금행 얼굴을 살포시 밟고 문대고 있단 말인가!

언제! 왜! 무엇 땜시! 진금행의 널찍한 얼굴에 자신의 오른발이 터억 가 붙어 있단 말인가!

'아무래도 노망이 난 모양이야, 이런 제기랄! 그냥 주개육에게 방주 자리를 넘겨주고 그냥 튀어버릴까?

목사진은 머리 속에 무수한 생각들을 떠올리며 두근거리는 심장을 간신히 억제하고는 살포시 발을 들어 올렸다.

하지만 이미 거기엔 너무도 선명히 발자국이 찍힌 널찍한 얼굴이 존재할 뿐이었다.

그 야려보던 눈.

그 재수없는 눈동자가 또 한 번 희번덕거린 게 원인이었다.

도저히 손을 봐주지 않는다면 숨이 넘어갈 만큼 재수없이 진금행의 눈동자가 이죽거리지 않았다면 이런 천인공노할 일은 벌어지지 않았으리라…….

불어 터진 입술 사이로 진금행이 나불거렸다.

"표, 표변도(豹變刀)… 화, 확실히 효과가 있긴 하군……."

'……?

목사진은 무슨 말인가 싶어 멍하니 찢겨진 진금행의 입술을 쳐다보았다.

"사, 사부가 날 속이진 않았어… 다, 다섯 개의 빈틈을 분명 보, 보았으니까."

목사진이 보기에는 잔뜩 불어 터진 놈이 진짜 터진 입을 나불대며 무슨 말을 하는지 몰랐지만 진금행 스스로는 매우 놀라고 있었다.

그 죽이도 죽지 않는 매우 젊은(!) 늙은이가 전수해 준 표변도의 효능이 이토록 탁월할지 스스로도 몰랐던 것이다.

표변도의 기초 중에 기초인 제1장의 무공.

총 아홉 초식 중 그 첫 번째인 '적을 야려보기'가 이토록 수월하게 성공할 줄은, 그래서 개방 방주마저 격통시킬 줄은 몰랐던 것이다.

"재, 재미있군……."

어이없는 듯 뒤로 꺾인 목을 간신히 앞으로 잡아 빼며 진금행이 중얼거렸다.

"그, 그렇지?"

목사진이 헤벌쭉 웃으며 고개를 끄덕였다.

그래도 재미없다는 말보다는 재미있다는 반응이 나왔다.

일단 자신이 진금행의 널찍한 얼굴에 손을 댔다는 것을 부인할 수는 없었다.

손뿐인가? 발까지 들어 한껏 문질러 대지 않았는가.

"노인장, 일단 자신이 한 말이니 책임을 지겠지? 남아일언은 중천금이니!"

목사진에겐 빠져나갈 구멍이 없었다.

중천금은커녕 콧구멍에 박고 죽을 땡전 한 푼 없는 거지 신세라고 발뺌하기엔 이미 너무 늦은 일 같았다.

"강호인이라면 은과 원은 확실히 갚는다라 했던가? 이미 원한을 맺었으니, 어떠우? 내가 풀까, 아니면 노인장이 스스로……."

진금행이 터진 입술 사이로 흐르는 피를 내뱉으며 말을 하자 목사진이 두 눈을 질끈 감았다.

"원하는 걸 말하게!"

"두 가지지? 손으로 맺은 원한 하나와 발이 또 하나니까."

"……."

할 말이 없었다.

"그, 그렇다고 하지! 얼른 어떻게 풀지 말해 보게. 나도 서둘러 말할 것이 있으니까!"

"좋아좋아! 그럼 일단 두 가지는 확보했고, 또 하나 확인해 보고 싶은 게 있어."

"……?"

진금행의 눈이 가늘어지며 뜻 모를 미소를 짓자 목사진이 뭔 말인가 싶어 감은 눈을 살포시 떴다.

"다섯 개의 빈틈은 확인했는데… 그중 내가 과연 몇 개나 취할 수 있을지 그게 궁금하단 말이야!"

진금행의 헤실거리는 말과 함께 팅팅 불은 눈꺼풀이 파르르 떨리기 시작했다.

그리고 두툼한 눈꺼풀 사이로 또 한 번 표변도의 정화가 불꽃을 태웠다.

야려보는 재주 하나는 확실히 깨우친 진금행이었고, 표변도를 전수한 신비인마저 탄복하게 만든 진금행이었다.

그러니 거지로 굴러먹던 목사진으로서는 감당 못할 위력이 충분했다.

슛~

바람을 가르는 소리를 내며 목사진의 주먹이 그림자도 따를 수 없는 속도로 진금행의 면상으로 날아들었다.

하지만 이번에 진금행 또한 가만히 보고만 있지 않았다.

하긴 멍하니 바라만 보다 맞기엔 너무도 뼈 아픈 고통이 확실했으니까.

진금행의 육중한 신형 또한 목사진의 주먹만큼 빠른 속도로 튕겨 쏘아져 갔다.

그리고는…….

* * *

"넌 왜 대주에게 쩔쩔매는 것이지?"

구잔양은 고개를 천천히 들었다.

이미 자신은 온몸이 결박당한 채 어두운 창고 안에 버려진 상태였다.

멍한 눈을 들어 주위를 살펴보아도 흐릿할 뿐 방금 누가 말한 것인지 볼 수 없었다.

하지만 목소리의 주인이 누군지 금방 알 수 있었다.

활짝 웃는 얼굴, 묘웅의 괴상한 모습에도 맑게 웃었던 별나도록 좋은 비위를 가진 온양이란 인간이 틀림없으리라.

"난… 죽은 놈과는… 말을 안 해."

탁하게 갈라진 목구멍 사이로 더욱 탁한 목소리가 천천히 새어 나왔다.

"오해를 하는군. 미안하지만 죽은 건 아니야. 단지 죽은 척했을 뿐이네. 아~ 속인 건 미안하이. 하지만 어쩔 수 없었어."

온양은 어둠 한구석에서 온몸을 구겨 던져진 채 힘겹다는 듯 고개도 제대로 가누지 못하는 구잔양을 향해 웃음기 가득한 목소리로 천천히 설명했다.

"내 재주가 원래 그런 거였고, 또 그것으로 유명했던 적이 있었네. 속인 건 미안하지만 함부로 보여주는 재주는 아니야. 그 재주를 익히기 위해… 정말 죽는 게 나을 정도로 고생을 했으니까."

슬픈 기억들. 매부리코노인의 학대를 견뎌가며 간신히 익힌 재주를 말하는 온양의 어조는 담담했지만, 어둠 속에 잠긴 얼굴은 해맑게 웃는 얼굴 그대로였다.

"잘… 못 알아… 듣는군. 난 죽은… 시체하고는 말을 안 해!"

구잔양은 갈라진 혀로 입천장을 훑으며 제 온몸에 남은 상처마냥 조각조각난 말을 토해냈다.

'재미있는 놈이군. 그렇게 모진 고문에도 살기가 전혀 사그라들지 않으니 말이야. 그나저나 애들이 너무 심하게 손을 본 모양이군. 내 말을 전혀 알아듣지 못한 걸 보니.'

온양은 다른 건 몰라도 이미 몇십 번은 까무러쳤어야 할 고문에도 당당히 살아남아 지독한 독기를 뿜어내는 구잔양의 살기 하나만큼은 인정해 주고 있었다.

"그건 내 얄팍한 눈속임에 지나지 않는다네. 그 태활장 편액 밑에서 달려 올라가 목이 뒤틀린 것 말일세. 보기 드문 재주긴 하지만 불가능한 재주만은 아니야. 모진 목숨의 어린아이라면 익힐 수 있지. 그게 나였다네."

온양은 또 한 번 자상하게 일러주고 있었다.

웃는 얼굴과 천천히 또박또박 일러주는 말만 보아서는 방금 주개육을 잔인하게 짓밟은 사람이 온양이란 걸 믿을 수 없을 정도였다.

'이미 정신을 놓은 상태로 중얼거리는가 보군. 날 아직도 죽은 시체로 여기는 것을 보니.'

온양은 왠지 구잔양이 딱해져서 혀까지 차며 고개를 좌우로 흔들었다.

귀신이 산다는 태활장(泰閣莊).

아니, 기예단을 탈출한 사람들이 모여 사는 낭가촌이 바로 태활장이었다.

자신의 목줄을 잡고 134번의 살인을 지령했던 남궁호의 손아귀에서 빠져나오려면 남궁호가 그토록 중요하게 여기는 진금행을 사로잡을 필요가 있었다.

그래서 낭가촌의 식구들과 손을 합쳐 태활장에 몰아넣고 하나하나 포획한 것인데 정작 손에 넣고 남궁호와 홍정해야 할 물건인 진금행을 놓쳤으니 이런 낭패가 없었다.

무시무시한 놈.

무섭게 뚱뚱한 데다가 알고 보면 정말 무서운 놈.

진금행이란 자에 대해서 질 알아야만 했다.

그 교활한 대가리와 무서운 심기 또한 두려웠지만 온양은 다른 사람들이 모르는 또 한 가지 모습의 진금행을 잘 알고 있었다.

아니, 두 눈으로 그 무서움을 직접 보기까지 했지 않은가.

비록 엉성한 자세였지만 자연과 하나가 되어 나무몽둥이를 휘둘러 거목의 중단을 베어가던 그 놀라운 기세!

절정검객의 기도를 넘어서는 가공할 신위를 틀림없이 확인했던 온양이었다.

그런 진금행을 놓쳤으니 결국 온양이 취할 수 있는 것은 단 한 가지뿐이었다.

바로 진금행이란 자가 어떤 인간이냐 하는 것.

그것을 알아야 대처를 할 수 있었다.

그래야 다음에 맞닥뜨릴 때 칼자루를 자신이 쥘 수 있었다.

그것이 바로 온양과 낭가촌 가족들이 조천대원들의 몸을 헤집으며 고문하는 이유가 되었다.

"그래서 그 대주에 관해서 묻고자 하는 것이네……."

온양의 함빡 웃는 입 사이로 천천히 낮은 목소리가 흘러나오자 구잔양이 찢어진 입술을 바르르 떨었다.

'웃는 것인가? 저 몸을 하고서도?'

온양은 새삼스런 시각으로 구잔양을 바라보았다.

살기로 똘똘 뭉친 독종이란 것은 진작 알고 있었지만 이 정도일 줄은 몰랐다.

"정… 말… 말귀를 못 알아듣는군. 난 죽은……."

온양은 고개를 절레절레 흔들었다.

아직도 저자는 자신이 기예단의 재주를 피워 그렇게 꾸며댄 것이란 걸 모르고 있는 것이다.

태활장에 들어올 때 자신의 목뼈가 돌아가 귀신의 장난으로 보이려 한바탕 연극을 했다는 말은 아예 듣지 못한 게 틀림없었다.

그저 기계적으로 대꾸하고 있을 뿐…….

온양이 옆에 수하에게 고개를 끄덕이고는 몸을 돌려 뒤돌아 가려 할 때였다.

"…시체와는… 말하지 않아. 네놈은 죽은 것과… 다름없으니……."

"……!"

돌아선 온양의 몸이 제자리에 멈췄다.

그 모습이 재미있다는 듯 부어올라 거의 감겨진 눈을 힘겹게 뜨고는 구잔양이 킬킬댔다.

"그, 금행이에게 수작질을 부리고도 살아남는 놈은 보지 못했어. 알겠어? 네, 네놈은 죽은 놈과 다름없다는 내 말. 그러니까… 히, 힘들게 두 번 세 번 말하게 하지… 말란……."

힘에 겨웠는지 구잔양의 말소리가 점점 잦아들고 있었지만 온양의 가슴에는 커다란 파문을 만들고 있었다.

그런 온양의 기색을 눈치 챘는지 온양 뒤에 묵묵히 서 있는 사내가 조심스럽게 말을 꺼냈다.

"큰형님, 다음 놈은 우문하란 놈입니다."

"알고 있네!"

왠지 무겁게 가슴을 짓누르는 어둠을 털어내려는 듯 온양이 장포를 툭 쳐 올리며 그 옆방으로 향했다.

"킬킬킬… 쿨럭~ 킬킬……."

하지만 그런 온양의 등 뒤로 구잔양의 음침한 웃음소리만이 자욱한 어둠을 한 꺼풀 덧씌우고 있었다.

우문하는 구잔양과는 달리 흉한 모습이 아니었다.

아니, 멀쩡해도 이만저만 멀쩡하지 않았다.

사지가 결박당해 묶여 있다는 것만 빼면 흡사 자신의 방에라도 있는 것처럼 편안해 보이기까지 한 모습이었다.

"다른 방에선 무슨 일이 있었는지 대충 짐작하겠지?"

온양은 활짝 웃는 얼굴을 우문하 앞으로 바싹 들이밀고 낮게 으르렁 거렸다.

끄덕끄덕.

우문하는 당연히 잘 알고 있다는 듯 고개를 끄덕였다.

'잘 돼가는 것 같군'

온양은 안도의 한숨을 가볍게 내쉬었다.

이 우문하란 인간은 구잔양과 어딘가 같아 보이면서도 다른 사내였다.

조천대에서 얻어듣기론 구잔양이 염효로 활동하는 그 옆에서 차엽 방을 운영하던 자라고 들은 것 같았는데, 온양으로서는 그 점이 이해가 가지 않았다.

구잔양이 염효로 썩히기 아까운 자라면, 우문하는 차엽방을 하기엔 너무도 적당해 보이지 않는 자였다.

차엽방이 어떤 곳인가.

강호 왈패들과 칼을 섞고, 여차하면 거칠고 흉포하기로 소문난 녹림 패거리들과도 피를 봐야 하는 사이가 아닌가. 게다가 차를 팔 땐 상인 들과 함께 머리를 견주고 주판 알까지 튕겨야 하니 보통내기가 아니고 선 발가락도 디밀지 못하는 곳이 바로 차엽방이었다.

그런 차엽방을 치질이라도 걸렸는지 매일 엉덩이에 고약이나 갈아 붙이던 우문하란 자가 어찌 맡아 했단 말인가.

온양은 도무지 믿기지가 않았다.

그래서 도리어 우문하에겐 고문을 가하지 않았다.

또한 구잔양같이 독종에게는 고문이 통하지 않을 거란 것도 이미 알 고 있었다.

하지만 구잔양에게 행한 고문은 실은 우문하가 듣고 보게 하기 위함이었다.

'겁이 많아 강자에겐 쉽게 고개를 숙이는 자!'

이것이 우문하에 대한 온양의 평가였다.

구잔양이 악문 이빨 사이로 뱉은 신음성에 저 우문하란 자는 오금이 저리는 것으로도 모자라 오줌까지 지렸을 게 분명하리라.

잔뜩 겁을 먹은 상태이니 그저 몇 마디 물어본다면 진금행에 대해 아는 모든 것을 눈물콧물과 함께 토해내리라.

온양은 잔뜩 기대를 가지고 우문하의 얼굴을 살폈다.

하지만 뭔가 이상했다.

잔뜩 겁에 질려 있어야 할 우문하의 쌍통이 도리어 안심이라는 듯 평안해 보이지 않는가.

뭔가 잘못 들은 게 아닌가 싶어 온양의 활짝 쪼개진 입이 또 한 번 열렸다.

"저 구잔양이란 자도 오래 버티진 못할 게야. 우리 애들 손이 조금 과한 것 같았어. 어때? 다음 차례가 아마 네놈이 될 텐데⋯⋯."

우문하가 온양의 얼굴을 보며 얼빵한 표정을 지었다.

"어라? 그럼 네가 고문을 가해 지리된 거야?"

"그렇네."

처음으로 온양의 얼굴에 만족스런 웃음이 감돌았다.

물론 잔인하게 보이려 더욱더 짙게 웃긴 했지만.

그리고 더욱 잔혹스런 분위기를 풍기기 위해 목소리를 한 겹 내리깔 았다.

"우리 아이들 손에 걸린 놈은 살아남는다는 게 더 큰 지옥이지!"

하지만 만만해했던 온양의 기대와는 달리 우문하는 안도의 한숨을 내쉬는 게 아닌가!

"그럼 다행이네!"

"······?"

뭔가 이상하게 돌아간다고 생각한 온양이 더욱 얼굴을 가까이 대며 으르렁거렸다.

안 그래도 잔뜩 찜찜해진 온양이었다.

그 찜찜함이 구잔양을 만나고 나서는 더욱 커져 이젠 뱃속까지 부글부글 끓어오르고 있었다.

그러니 자연 사람들을 부드럽고 편안하게 만들던 온양의 여유는 찾아보기 힘들었다.

"뭔가 착각하고 있는 거 같은데, 내 동생들을 저렇게 키운 게 바로 나야. 원한다면 내가 직접 네 힘줄을 뽑고 창자를 긁어낼 수도 있지! 명심해! 내가 직접 너를 고문하겠단······."

평소의 태도와는 달리 으르렁대는 온양의 코에다 대고 우문하가 온양보다 더욱 활짝 웃었다.

"그러니까 다행이지! 이왕 당할 고문, 어차피 당하는 것 아니겠어? 하지만 고문하겠다 하고 달려드는 놈은 안 무서워. 나도 그렇게 여러 번 해봤거든. 찻잎 다리는 항아리에 넣고 삶아 죽인 놈도 한둘이 아니고 말이야. 하지만 그렇지 않은 놈도 있더라구. 예를 들어 진금행 같은 놈. 이놈은 이유가 없어도 고문을 해. 그저 지 기분이 좋지 않으면 고문을 하거든. 정말 지랄맞은 놈이지! 낌새도 보이기 전에 그냥 덮쳐 버린단 말이야. 그나저나 고문할 준비는 다 됐는가? 기다리기 지루한데 얼른 해치우자고! 한따까리하고 얼른 잠이나 자야겠으니······."

"······!"

온양의 얼굴이 활짝 웃는 그대로 굳어졌다.

진금행을 잘못 만나서 그렇지 우문하 역시 왈패로 한가락 하던 놈이 분명했다.

강구의처럼 강단있어 보이는 놈보다는 그래도 밑에 애들이 낫겠다 싶어 택한 게 구잔양과 우문하였다.

또, 사실 구잔양보다는 우문하게 기대를 걸고 있었다.

저놈이라면 무슨 말이든 내뱉으리라, 모진 고문을 상상하며 똥오줌을 지린 채 땅바닥을 설설 기며 정신없이 모든 말을 토해놓으리라.

그렇게 생각했었다.

하지만 우문하 역시 차엽방을 운영하던 가락은 아직 남아 있었다.

온양의 딱딱하게 굳은 얼굴을 싱글거리며 보던 우문하가 무슨 생각이라도 떠올랐는지 눈을 동그랗게 뜨고 물었다.

"아참, 그나저나 혹시 말뚝 같은 거 가진 거 있어? 너, 말뚝 좋아해? 아이구, 그럼 좀 곤란한데……."

우문하가 인상을 찡그리며 말하자 온양은 어이가 없다.

'말뚝? 말뚝은 또 왜?'

정신이 아득해지는 온양의 영문을 놀라 그냥 어이없이 한껏 웃고 있는 얼굴에 창문을 통해 들어온 달빛이 아름답게 부서지고 있었다.

제 5 장

표변도 —진금행 눈알을 야리고, 목사진 머리를 싸매다

"괜찮아?"

누가 들을까 한껏 목소리를 낮추어 소곤대는 말투.

하지만 현통의 귀엔 천둥이 치는 것보다 더욱 또렷하게 들렸다.

"으… 음……."

현통의 고개가 미미하게 떨렸지만 정작 고개는 위아래로 까닥이지 못했다.

치밀한 준비와 빈틈없는 대응.

현통의 무공을 이미 충분히 고려했는지 마혈(痲穴)과 아혈(啞穴)까지 짚어놓은 놈들이었다.

그것도 모자라 혹시 두터운 내공으로 풀어낼까 싶어 한 식경마다 들어와 다시 한 번 온몸의 혈을 찍고 다시 소의 힘줄을 꼬아 만든 줄로 온몸을 친친 감아놓기까지 했으니, 제아무리 현통이라도 그저 널브러

쓰러져 있을 수밖에 없지 않은가.

"모두 다 잡힌 거야?"

작은 목소리가 또 한 번 물었다.

현통은 큼지막한 눈을 질끈 감았다 떴다.

그래도 이 사람은 충분히 알아들을 것이다.

만약 이놈이 못 알아듣는다면 세상에 알아들을 놈이 하나도 없을 테니까.

"한심하군. 아무튼 알았어."

고개를 절레절레 내저은 놈은 다시 몸을 돌려 도둑고양이처럼 살금살금 걸어가고 있었다.

저 덩치가 소리도 내지 않고 걷다니!

현통은 믿지 못할 광경에 눈을 부릅뜨다가 처음 저놈이 자신이 갇힌 곳에 들어올 때 자신조차 눈치 채지 못했음을 뒤늦게야 깨달았다.

"으음… 음… 음음……."

현통은 온 힘을 쥐어짜 내어 버둥거렸다.

이왕 들어왔으면 구출해 줘야 할 게 아닌가!

자신이 조천대원 중 하나고 저놈이 조천대주가 분명하다면 말이다.

동네 개가 죽어 널브러졌어도 그냥 지나치진 못할 텐데 저놈은 그냥 홀쩍 가버리려 하다니!

"쉬잇!"

진금행이 얼른 고개를 돌려 손가락을 제 두툼한 입에 가져다 대었다.

"이봐, 잘 생각해 봐. 너같이 미련한 곰탱이를 구하면 내가 온 걸 다 알 거 아니야. 그럼 안 되지. 그러니까 한번 잘 견뎌봐. 아무튼 내가 여길 휘저어놓을 테니까."

거대한 진금행의 몸뚱이가 어둠 속으로 점차 스며들듯 사라지고 있었다.

점차 사라지는 진금행의 널따란 등짝을 원망스런 눈으로 보는 현통.

하지만 얼마 후 다시 한 번 혈을 찍으려 왔던 낭가촌에 사람은 왠지 현통의 눈이 어울리지 않게도 헤실대며 웃는다고 느꼈다.

'짜샤, 너두 이젠 다된 거야. 대주가 왔거든. 너두 이젠 죽었다, 이 자식아! 무량수불~'

현통이 비록 소리는 못 내지만 속으론 통쾌하게 웃고 있었다.

하지만 그러다 문득 현통의 머리 속에 떠오르는 의문 하나.

'그런데 대주 낯짝이 왜 그 모양이지? 누구에게 흠씬 두들겨 맞은 거 같았는데 말이야. 에잉~ 설마, 간을 배 밖에 달고 다니는 놈이 아니고서야 감히 대주에게……'

왠지 어둠 속에서 봤던 진금행의 시퍼런 얼굴이 팅팅 부어오른 것같이 보였던 게 아마도 흡입했던 독 기운이 꽤나 오래갔기 때문이라고 짐작해 보는 현통이었다.

"어이~ 이리 나와봐~"

권태로운 진금행의 목소리가 태활장 안에 메아리치고 있었다.

그 목소리에 낭가촌의 사람들은 일제히 온양의 얼굴을 쳐다보았다.

활짝 웃는 온양의 얼굴은 여전했지만 왠지 긴장으로 잔뜩 굳어진 채였다.

"큰형님, 어떻게 하실……"

모인 사람들 중 하나가 걱정스러운 표정으로 물었다.

"……."

하지만 온양은 아무 대답도 하지 못했다.

온양 스스로도 갈등에 휩싸여 있었기 때문이다.

'어떻게 해야 한단 말인가!'

밤하늘을 쳐다보던 온양의 휘영청 굽어진 눈매에 복잡한 상념이 흘렀다.

"어이, 귓구멍을 막고 사나?"

진금행의 껄끄러운 목소리가 또 한 번 밤하늘의 정적을 깼다.

"큰형님."

도저히 참지 못하겠다는 듯 사내 하나가 한 발 나서며 온양의 얼굴을 쳐다보았을 때였다. 온양이 무언가 굳은 결심을 한 듯 전에 볼 수 없었던 결연한 태도를 보이며 말했다.

"너희들은 모두 다른 곳으로 피하도록. 잡아들인 사람들도 모두 놓아주고."

"형님!"

온양의 말이 너무나 의외였던지 비명처럼 사내가 부르짖었다.

"내 복수는 꿈도 꾸지 말아라. 너희들이 상대하기엔 벅찬 놈이야. 나 혼자 감당할 수 있다면 감당하겠지만… 너희들은 나를 잊고 멀리 가 살도록 해라."

온양은 쌀쌀맞아 보일 정도로 몸을 홱하니 돌려 앞으로 걸어나갔다.

"그럴 순 없습니다! 저희들의 목숨을 살리신 큰형님을 이렇게는……!"

"맞습니다!"

낭가촌의 식구들이 여기저기서 말도 안 된다는 듯 큰 소리로 부르짖었다.

온양의 고개가 천천히 뒤로 돌아가며 싸늘하게 말했다.

"이번에도 너희들의 목숨을 살리려는 게야! 내 말을 듣지 않는다면 더 이상 내 형제들로 생각하지 않겠다! 저놈이 저렇게 나올 땐 이미 모든 함정을 파놓고 부르는 게야. 나 온양, 부끄럽지 않게 살아왔고, 부끄럽지 않게 끝맺음하겠다."

"큰형님!"

낭가촌 식구들 중엔 벌써 눈물까지 흘리는 사람들도 있었다.

온양은 그런 사람들의 시선 하나하나를 맞추다가 천천히 입을 열었다.

"날 부끄럽게 만들지 말아라. 어차피 남궁호에게 가져다 바칠 목숨이었다. 듣기로는 저놈의 성질이 지랄맞다고 하니 너희들이 아무리 피한다 해도 저놈의 마수에서 벗어날 수 있을지 모르겠구나. 내 마지막 부탁이다. 제발 들어다오."

"형… 님……."

맨 앞에 나왔던 사내가 무릎을 털썩 꿇고는 고개를 푹 숙이고는 어깨를 떨었다.

"오라버니……."

주개육을 홀렸던 쌍둥이 자매 역시 눈에 눈물을 가득 담고 온양을 바라보았다.

"저희들이 해볼게요. 개방의 후개를 가지고 놀았던 저희들이에요. 저희들이……."

온양은 고개를 가로저었다.

"차라리 고검사신과 사대봉공을 상대하는 일이라면 내가 먼저 너희들에게 도움을 청했을 것이야. 하지만 저놈은 무림맹쯤은 발가락 새에 때만큼도 생각 안 하는 놈이다. 흡사 제 주머니 속의 물건쯤으로 생각하는 놈이지. 내 마지막 부탁마저 저버린다면 내가 먼저 너희들을 버릴 것이다."

온양이 이런 적이 없었다.

이렇게 싸늘하게 대한 적도, 또 진심으로 걱정해 준 적도 없었다.

항상 치밀하고 정확했으며 냉철했던 온양이다.

그런 온양의 입으로 토해낸 말이면 정확할 것이다.

"나는 간다. 너희들은 오랜 후에, 아주아주 오랜 세월을 보내고서 내 뒤를 따라오너라. 남궁가가 겁내고 무림맹을 들었다 놨다 하는 놈의 진정한 실력이 어느 정도인지 나도 알아볼 것이니 너무 걱정만 하지 말고."

온양이 끝내 말을 잇지 못하고 몸을 되돌리려 할 때였다.

"그놈 실력이야 끝내주지!"

어디선가 늙수그레한 목소리가 들려왔다.

모든 사람들이 시선이 향한 태활장의 대문 위에는 오뚝하니 한 사람이 올라가 있는 것이 아닌가!

"……?"

온양과 시선이 마주친 늙은이는 껄껄 웃고는 가볍게 몸을 놀려 온양 앞에 떨어져 내렸다.

"신비의 혈루소면객에게 이런 사내다움이 있었는지 내 몰랐네. 정으로 뭉친 형제들을 돌보려 제 한 목숨을 팔았다니, 이 늙어 깃물러진 눈에도 물기가 맺히는구먼."

목사진이었다.

하지만 방금 한 말은 적당하지 않았다.

목사진의 눈이 짓무르긴 했지만 그것이 늙어서 처졌기 때문만은 아니었다. 분명 누군가에게 된통 두들겨 맞은 듯 시퍼런 멍까지 들어 있었기 때문이다.

"자네의 그 호탕한 모습이 마음에 들었네. 비록 내 제자를 함부로 대하긴 했지만 내 괘념치 않겠네. 아니, 도리어 자네와 낭가촌 식구들을 위해 내가 그 진가 놈에게 말을 잘 해주겠네!"

목사진의 말을 통해 그제야 이 노인이 누군지 알아차린 온양이 얼른 포권으로 예를 차렸다.

"후배, 감히 개방 방주를 뵙습니다!"

온양의 인사를 보고서야 이 볼품없는 늙은이가 천하제일방파인 개방을 이끄는 목사진임을 알고는 낭가촌의 모든 사람들이 놀랐다.

천하 거지 떼들을 모두 모아놓은 개방.

만약 개방에서 마음만 먹는다면 온양의 신분과 낭가촌이 어떻게 결성된 것인지 쉽게 알아볼 수 있었으리라.

목사진은 그런 모습을 보며 한없이 흡족해졌다.

'암, 이래야지. 강호 선배들을 이렇게 대집해야 마땅한 게야! 그런데 그놈은 가정 교육이 어찌 된 건지 노인장 운운하며 대거리질을 안 하나, 눈깔을 요상하게 뜨고 째려보질 않나, 게다가 감히 드잡이질을 벌여 눈탱이를 밤탱이로 만들질 않나… 아구, 쓰리다……'

목사진은 제 눈두덩이를 손바닥으로 주물거리며 입맛을 쩝쩝 다실 뿐이었다.

"난 이놈을 살려주기로 했어! 이놈이 사람을 꽤 죽이긴 했고, 또 남궁호를 돕기도 했지만 죽인 놈들 면면이 죽어 마땅한 놈들이었거든. 게다가 이런 수작을 핀 것도 따지고 보면 다른 이들을 올곧게 지켜주기 위해서⋯⋯."

목사진이 떠듬거리며 나름대로 온양을 위해 변명의 말들을 늘어놓고 있었다.

"어이, 노인장. 또 무슨 수작이유? 또 한 대 쥐어터지고 싶수?"

하지만 진금행이 어떤 놈인가! 그런 수작쯤은 이빨도 먹히지 않을 놈이 진금행이 아니던가.

"크흐흘~ 끓는다, 끓어! 야, 이놈아! 지금 니 쌍통을 물에 비춰보거라! 어디 온전한 곳이 있는가! 아예 죽사발을 내려다가 참았거늘 어디 천지를 모르고⋯⋯."

목사진이 도저히 못 참겠다는 듯 이를 질겅질겅 깨물다가 밤하늘을 향해 포효할 때였다.

"어쭈우우~ 내가 그놈의 주둥이를 분질러 버리려다 참은 게 잘못이군. 아직도 이죽일 아가리가 남았다니!"

진금행 역시 지지 않았다.

도리어 멀뚱멀뚱 눈알을 데구르르 굴리면서 멍하니 서서 구경하는 건 온양이었다.

뭔가 커다란 일이 두 사람 사이에서 오간 것이 분명했다.

그리고 그 일이란 게 가히 좋지 않은 일임에 틀림없었다.

"이, 이게 어찌 된⋯⋯?"

온양의 등 뒤로 식은땀이 흘러내리며 멍하니 활짝 쪼개진 입을 벌리고 있을 때였다.

"서로 치고 패더만."

싸늘한 목소리.

온양이 화들짝 놀라 옆을 보았더니 어느샌가부터 쭉 찢어진 눈매에 강팍한 얼굴을 가진 사내가 자신을 재미있다는 듯 쳐다보고 있었다.

"개싸움도 그런 개싸움이 없을 게야."

씨익 웃으며 친밀감을 나타내는 사내를 온양은 너무도 잘 알고 있었다.

자신과 같은 살수의 길을 걷는 절정자객.

진금행을 노리려 온 녹색 복면인과 함께 자신을 곤란에 처하게 만들었던 사람이 아닌가.

한 가지 일에 매진하는 사람들이 흔히 그렇듯 오로지 무공에 빠져 살아온 강호인 중에는 종종 이해 못할 성격을 가진 사람들이 많았다.

하지만 그중 편협하고 폐쇄적인 사람들을 들라면, 숙명적으로 죽음의 그림자에 몸을 묻고 살아가야 하는 살수들이 첫손에 꼽힐 것이다.

"어떻게… 개방 방주의 일봉이장(一棒二掌)에 누가 감히……."

온양은 고개를 곧 목사진과 진금행 쪽으로 돌리며 이해가 안 된다는 듯 중얼거렸다.

살인 기예에 있어선 절정에 오른 두 사람이었나.

사칫 잘못 경계를 소홀히 한다면 상대의 숨소리가 귓전에 들리는 순간이 자신이 마지막 숨을 세상에 토해놓는 순간일 수도 있었다.

하지만 온양과 종리우는 그런 것엔 신경도 쓰고 있지 않았다.

아니, 서로 한차례씩 격렬하고도 차가운 죽음의 살수를 펼친 경험이 있어서인지 서로 묘한 친밀감까지 드는 게 아닌가.

"글쎄, 아무리 개방에 타구봉(打拘棒)과 강룡십팔장(降龍十八掌)을 펼치는 두 손바닥이 있다 한들 목 방주도 쉽지 않은 눈치던걸."

종리우 또한 자신과 같은 길을 걷는 사람을 처음 만나 죽음의 기예 대신 친근한 대화를 한다는 사실에 가벼운 흥분을 느끼며 시선을 돌렸다.

거기엔 막 개싸움을 시작하려는 두 마리의 개들이 입에 거품을 물고 으르렁대고 있었다.

"아가리는 너 같은 놈의 주둥이를 두고 이르는 말이다! 위아래없이 아무나 씹어 돌리는 네놈의 주둥이 말이얏!"

목사진이 늙어서 축 늘어진 목살에 핏줄까지 세우며 으르렁거렸다.

하지만 방금 전까지 같이 으르렁대던 진금행은 도리어 그 큼지막한 허리를 굽혀 땅바닥에서 돌멩이 하나를 집어 드는 게 아닌가.

손에 든 돌멩이를 위아래로 통통 쳐 올려 무게를 재보는 듯하던 진금행이 목사진을 쳐다보며 낮게 으르렁대기 시작했다.

"그래! 계속 짖어봐! 내 그 개대가리를 허개 버릴 테니!"

뒷골목의 생양아치들도 저렇게 천박하게 싸움을 하지는 않을 게 분명했다.

"어찌 저런……."

온양이 제 처지도 잊은 채 고개를 가로저으며 곤혹스런 표정으로 웃을 때였다.

"그래서? 어떻게 됐는데?"

문득 정신을 차린 온양의 귀에 갑작스레 커다란 목소리를 억지로 눌러 소곤대는 목소리가 들렸다.

저 목소리, 온양만은 알 수 있었다.

청성의 현통. 그 무식하고 대책없는 놈의 목소리가 분명하지 않은가.

"그, 그래서 대, 대주가 한 방 먹였지!"

현통의 질문에 대답하는 더듬거리는 목소리는 흥분으로 가늘게 떨리고 있었다.

"캬하~ 멋지군! 아무리 거짓말이라 해도 듣는 순간만은 멋있어!"

분위기 파악도 하지 못하고 혼자 경탄성을 제멋대로 뱉어내는 또 다른 목소리.

그 목소리가 들리자 온양의 이마엔 한줄기 땀방울이 흘러내리기 시작했다.

혈루소면객.

항상 살인을 할 때면 활짝 웃는 얼굴 한가운데로 한줄기 혈루(血淚)가 흐른다는 신비의 자객.

그 혈루소면객 온양의 얼굴은 지금 곤란한 듯 잔뜩 찌푸려져 있었으며 온 얼굴엔 땀으로 범벅이 되어가고 있었다.

'휘검청학 이교옥! 화산 새한벽에 든 고수까지 나타났으니!'

온양의 마음은 복잡하기 이를 데가 없었다.

하지만 온양의 마음을 심란하게 만드는 목소리는 계속 등 뒤에서 울려 퍼지고 있는 게 아닌가.

"솔직히 우리 사부, 꼭지 돌면 무섭다구! 밥 먹을 땐 개도 건드리지 말란 이야기만큼 유명한 게, 우리 사부 눈깔 돌아가면 황제도 못 건드린단 이야기야!"

저건 틀림없이 개방후개 주개육의 목소리가 분명하리라.

"그래서 어떻게 됐나요?"

청아한 목소리, 저건 불연일 게고.

"오모모~ 그래요, 빠알리~ 말해 봐요오~ 이상한 오라버니~"

역겨운 목소리, 저건 묘웅의 목소리일 게다.

온양의 웃는 얼굴은 이젠 우는 것처럼 일그러졌다.

낭가촌의 식구들이 목숨을 걸고 사로잡은 인물들이 태평스럽게 등 뒤에 줄줄이 주저앉아 재미있는 구경을 하고 있는 듯하지 않은가.

'설마 우리 낭가촌 식구들이 모두……?'

온양은 불길한 생각이 들었다.

하지만 설혹 낭가촌 식구들의 목숨이 저세상으로 갔다 한들 온양이 할 수 있는 것은 아무것도 없었다.

이미 저쪽에는 휘검청학 이교옥만 나와도 온양 스스로 해볼 수 있는 여지가 없었다.

혹시 도망가서 복수를 노린다 해도 이미 자신과 같은 경지의 자객이 떡 버티고 있지 않은가.

뒷꼭지에서 들리는 목소리가 하나둘씩 늘어갈 때마다 온양의 마음 은 무거워져만 갔다.

"아, 맨 처음엔 모, 목 방주가 우세한 듯싶었어. 그, 금나수(擒拿手) 가 현란하게 돌아가고 지, 지공(指功)이 허공을 그, 긁을 때면 보고 있 던 내, 내 심장까지 도려지는 것 같았지. 하, 하지만 진 대주 역시 만만 하지 않았지. 그 무, 무서운 공세 속에서도……."

더듬거리는 목소리는 점차 드높아져 파르르 떨리고 있었다.

종리우는 그 목소리의 주인공을 너무도 잘 알고 있었다.

바로 종리혁, 자신의 형이 아닌가.

진금행의 말을 듣고 포로(?)로 잡혀간 사람들을 빼온 것까진 알겠는 데, 왜 그 앞에서 신나서 더듬거리며 조금 전 화톳불 옆에서 있었던 목 사진과 진금행의 한 편의 무협활극(武俠活劇)을 전해주고 있단 말인가.

조금 전까지만 해도 사부가 죽은 충격 때문에 세상 살기 싫은 사람처럼 축 늘어졌던 인간이 말이다.

"현란하게 돌아가는 사부의 손놀림은 내가 잘 알지. 뼈와 살이 타는 날을 한두 번 겪은 게 아니었거든! 그래, 그 무서운 공세 속에서 대주가 어떻게 했는가. 꼴딱~ 응? 현란한 보법은 저 덩어리론 무리일 거고, 철포삼(鐵袍衫) 무공으로 그냥 무식하게 밀어붙였는가? 꼴딱~"

주개육이 엉덩이를 들썩이는 것으로도 모자라 연신 목구멍 속으로 침까지 삼키며 이야기를 재촉했다.

종리혁이 언제 이렇게 뜨거운 시선을 받아본 적이 있었던가?

그저 밀영각 안에 숨어살며, 그것도 본모습이 아닌 우두마면과 흑백살귀의 모습으로 대가리만 뱅글뱅글 돌리며 배교의 술법만 피우는 걸로만 일생을 보낸 인물이었다.

그러던 종리혁이 강호에서 한가락한다는 인간들의 뜨거운 시선을 받자 자연 흥분에 휩싸이는 건 당연한 일!

더더구나 그중엔 예쁘장한 불연의 맑디맑은 눈동자까지 있으니 종리혁의 피가 끓어오르는 것도 이해 못할 일이 아니었다.

"그, 그래서 그 무서운 목 방주의 공세 속에서도, 지, 진 대주는… 계속해서… 현란하게… 침을 찍찍 뱉었지!"

"침을?"

멍한 사람들의 시선이 털이란 하나도 찾아보지 못할 종리혁의 대가리만 멍하니 쳐다보았다.

"으응, 침. 화, 확실하게 봤어. 차, 참으로 걸죽하더만. 온갖 침들이 그 안에 다, 다 들어 있는 것 같았지. 가래침, 묽은 침, 거품 이는 침… 그렇게 침을 찍찍 배, 뱉은 틈으로 계속 도발적인 말을 하니까, 이, 이상하게 목 방주가 흐, 흥분을 하는 것 같더라고. 단 한 수만 제대로 맞으면 진 대주가 곤죽일 되, 될 것 같았는데 계속 비, 빗나가기만 하니……"

종리우가 고개를 돌려 멍하니 한참 이야기를 흥겹게 풀어내고 있는 자신의 형을 쳐다보았다.

찌릿.

갑자기 종리우의 뒷덜미가 뜨듯해졌다.

'저, 저자야.'

종리우는 알지 못할 흥분에 가슴이 뛰었다.

몸이 많이 상한 듯 한구석에서 주개육의 등에 몸을 비스듬히 기댄 채 자신을 향해 거친 시선을 보내는 사내.

자신의 심장을 얼어붙게 만든 잔인하고 꺾일 줄 모르는 사내.

그래서 꼭 자신이 닮아야 하는 사내.

바로 구잔양이었다.

구잔양은 비릿하게 웃다가 힘에 겨운 듯 양손을 천천히 위로 들어 올렸다. 천천히 검지를 편 주먹을 자기 눈 높이까지 들어 올린 후 천천히 마주쳐 갔다.

구잔양의 손동작이 무엇을 의미하는지 종리우는 너무나 잘 알고 있었다.

'너와 나의 실력은 딱 이 정도 거리야.'

느물거리는 말투로 종리우 스스로가 구잔양에게 말했던 손동작과 너무도 똑같지 않은가.

단지 종리우의 주먹은 서로 멀어져 갔지만, 지금 구잔양의 두 손은 그 거리가 점점 가까워지고 있는 게 차이였지만.

그리고 그 손 사이로 보이는 구잔양의 잔인한 미소와 흡사 '넌 이제 죽었어' 하는 말보다 더 떨리게 하는, 번질거리는 눈동자는 종리우의 등에 소름이 돋아나게 하고 있었다.

"어리! 조용히 해봐! 이제 막 붙을 모양이니까!"

현통이 흥분된 목소리로 크게 외쳤다.

순간 모든 것이 정적 속에 파고들었다.

서로 으르렁대던 두 마리의 개가 드디어 거친 숨만 내뿜으며 허연 이빨을 드러내려던 순간이었기 때문이다.

"어느 놈이 더 셀까?"

주개육이 멍하니 입을 쩍 벌리고 목사진과 진금행을 쳐다보다 궁금하다는 듯 불쑥 내뱉었다.

그래도 그 두 놈(!) 중 늙은 한 놈(!)은 자신의 사부인데도 천연덕스럽게 두 놈 운운하는 것을 보면 주개육 됨됨이도 알 만하리라.

"난 목 방주! 그래도 늙은 생강이 매운 법이지!"

현통이 당연하다는 듯 고개를 끄덕이다 주먹을 불끈 쥐고는 한마디 내뱉었다.

"어라? 지네는 개 눈깔을 박았나 보군. 난 진 대주 쪽에. 그래도 이 몸은 자네가 보지 못한 대주의 새로운 면을 본 적이 있거든."

이교옥이 현통의 말이 이치에 맞지 않는다는 듯 쏘아주고는 고개까지 젖혀 술호로를 꿀꺽꿀꺽 넘겼다.

"에이, 썅! 개방을 뭘로 아는 거야! 그래도 늙은 놈이 노련한 법이라구! 나이와 경륜을 우습게 보다 큰코다친다 이 말이야!"

이교옥보다 몇 살 더 처먹은 게 켕겼는지 현통이 현통답지 않게, 아니, 너무나 현통답게도 욕설과 함께 이교옥을 향해 처절히 부르짖었다.

"어라라? 그럼 시체가 가장 무섭겠네! 늙은 놈이 강하다면 늙어 죽은 놈은 더 강할 거 아냐! 한 백 살 먹은 치매 걸린 노인이 가장 강할지도 모르겠군!"

이교옥도 지지 않았다. 씨근덕거리며 노려보는 현통의 두 눈깔을 마주 보며 실실 쪼개면서 이죽이고 있었다.

"이런, 니미랄! 그럼 자네 말대로라면 애새끼가 더 강하단 말인가? 아니, 아예 갓난아이가 더 강하단 말이로군! 더 싱싱하니 얼마나 힘이 좋겠어! 이게 말이 되냐구! 함 붙어보자는 거야? 응? 네놈 말대로라면 아예 떠꺼머리 총각이 숲 속에서 용두질하다 싸질러 놓은 허연 정액덩어리가 천하제일인이겠구먼, 천하제일인이겠어!"

현통이 슬슬 열을 받아가는 듯하자 이교옥의 눈동자에도 왠지 모를 광폭한 광채가 빛을 발했다.

"옳아! 현통 도사 팔뚝이 그리 강한 걸 보니 그 허연 덩어리를 잘도 만들어냈는가 보군! 딸꾹~ 그래, 기분은 좋았수?"

이번엔 이쪽에 두 도사가 맞부딪칠 형세였다.

갑작스럽게 흥분한 것도 이해가 가지 않는 일은 아니었다.

개방의 방주가 누구던가.

천하제일방파의 주인이자 고수 중에 진정으로 고수라 불릴 만한 사람이 아니던가.

게다가 진금행은 누구던가.

새롭게 떠오르는 신성 중에 신성이자 아무도 그 진정한 무공 수위를 모르는 신비에 휩싸인 인물이 아니던가.

그 둘이 막 붙으려 하고 있었다.

그러니 자고로 칼밥을 먹고 산다는 무림인치고 피가 끓지 않는 사람이 없었다.

바로 그것이 어찌 보면 원한을 깊게 맺었다 할 수 있는 밀영각의 종리 형제와 조천대원들, 그리고 조천대를 배신한 온양이 서로 한 공간에서 나란히 퍼질러 앉아 흥미진진한 대결을 지켜보며 숨죽이고 있는 이유가 되었다.

"에이, 제기랄. 시끄러워 구경 못하겠군. 그렇게 자신있으면 목숨 걸고 내기를 해, 내기를."

한숨과 함께 뱉어내는 조그마한 음성.

어찌 보면 가장 무공이 약하고, 지금은 몸이 상해 큰 목소리를 낼 힘조차 없는 사람이었지만 감히 그 말을 어길 간 큰 놈은 없었다.

바로 그 말을 한 구잔양을 잘 아는 놈들이라면 말이다.

"좋아, 난 늙은 놈! 늙은 놈이 세다는 놈들, 다 여기 붙어!"

찔끔 목을 움츠린 현통이 짐짓 큰 목소리로 엄지손가락을 내밀며 외쳤다.

"아미타불, 사문의 존장을 존경하라 했으니… 불연이는 현통 시주에게……."

불연이 긴 속눈썹을 부끄럽다는 듯 내리깔며 조용히 종알거렸다.

"오머어~ 불연 아우는 무슨 소리를 하는 게야? 남자는 뭐니 뭐니 해도 싱싱한 게 최고라구! 난 대주가 마음에 들어! 난 화산의 멋진 오라버니에게 붙겠어!"

묘웅이 말도 안 된다는 듯 강하게 도리질을 하며 말했다.

"어느 놈이 이기든 이기는 놈 우리 편!"

한쪽은 사부요, 한쪽은 대주이니 주개육이 끝까지 중립을 지키겠다는 뜻을 확실하게 나타냈다.

온양의 얼굴이 더욱 확실하게 구겨졌다.

이 무슨 우습지도 않은 개 같은 경우란 말인가.

목사진이 스스로 나서서 낭가촌 식구들을 구명해 주겠다고 했지만 아직 모를 일이었다. 아니, 이미 낭가촌 식구들의 목숨이 하나도 남아나지 않았는지도 모를 일이었다.

이상하게 온몸이 번질거리며 털이 앙상하게 다 빠진 괴상한 몰골이긴 했지만, 저 법술을 펼치는 눈 사이가 먼 사내의 솜씨라면 정말 귀신 같은 솜씨로 낭가촌 식구들의 목숨을 앗아가고도 남았기 때문이다.

바로 그때였다.

"큰형님은 어느 쪽에 걸겠습니까?"

온양의 귓전에 친숙한 목소리가 들렸다.

바로 자신 앞에 나타나 태활장에 조천대를 끌어들이고 모두 사로잡아 남궁호와 거래를 할 계획을 꾸몄던 낭가촌의 셋째였다.

온양의 고개가 반사적으로 뒤로 돌아갔다.

분명 그였다.

그리고 그 사내 뒤로 반가운 얼굴이 하나둘씩 눈에 들어왔다.

"언니는 누굴 거 같아요? 난 저 뚱뚱한 놈이 강해 보이는데?"

"무슨 소리! 개방 방주께서 득수하셔야 우리가 산다구. 그 반대면 우린 곤란해."

온양은 조그마한 목소리로 나란히 붙어 소곤대는 열여덟째와 열아홉째 누이동생도 볼 수 있었다.

주개육을 홀렸던 미소가 사라지고 걱정스런 표정이긴 했지만 각기 왼쪽과 오른쪽에 붙은 붉은 점은 여전히 매력적이었다.

쌍둥이의 소곤거림을 듣자 온양은 깨달을 수 있었다.

아직까지 낭가촌 식구들의 목숨은 무사한 것이다.

아니, 무사한 정도가 아니라 조천대와 얼마간의 거리를 띄우고 온양 바로 뒤에 옹기종기 모여 목사진과 진금행의 결투를 흥미진진하게 바라보고 있는 것이 아닌가.

온양은 이 말도 안 되는 두 마리의 개싸움에 자신과 낭가촌 가족들의 목숨이 달려 있음을 깨달았다.

목사진이 이긴다면 진금행의 무서운 기세도 한풀 사그라질 게 분명했다.

그렇게 되면 당장 어울리지 않은 인간들이 모여 있던 조천대도 허물어질 게 뻔한 일. 그리고 그 덕분에 온양과 낭가촌 식구들은 목숨을 부지할 테고, 개방은 무서운 조천대를 깨뜨린 위세를 타고 무림맹에 새로운 강자로 떠오를 것이었다.

'무서운 계산이고, 또한 냉철한 심기군. 목 방주에 대해 전하는 강호의 말들은 모두 틀린 게야. 이때까지 숨죽인 채 이런 기회만을 노렸던 거군!'

온양의 머리 속은 개방 방주 목사진이 계획하고 진행시켰을 무서운 심계(心計)에 진저리를 쳤다.

'만약 진금행이 이긴다면?'

온양은 거기까지 생각이 미치자 자신도 모르게 온몸을 부르르 떨었다.

상상이 가지 않았다. 저 돼먹지 못한 놈이 다행히 한 수 이긴다면 이 세상이 어떻게 뒤집어질 것인지……

하늘만이 알 일이었다. 아니, 하늘도 외면할 정도의 일이 벌어질지도 모를 일이었다.

'휴우~ 정말… 이건… 말도 안 되는군.'

온양은 생각도 하기 싫다는 듯 고개를 절레절레 내저었다.

그러나 온양도 알지 못하는 사실이 있었다.

실상 목사진은 그렇게 치밀하거나 야심이 많은 사람이 아니었다.

그저 건방진 놈 하나를 만나 도움을 주겠다는 자신의 호의를 무시한 돼먹지도 않은 놈에게 톡톡히 훈계를 했던 일이, 도리어 자신의 눈알이 멀 뻔한 괴상한 일을 만나 흥분에 길길이 뛰어대고 있을 뿐이었다.

"이제 붙는군."

누군가 작은 목소리로 중얼거렸다.

비록 작디작은 목소리였지만 폭탄이 터질 거란 경고성처럼 모든 사람들의 심장을 폭발할 듯 뛰게 만드는 힘이 있었다.

드디어 목사진의 신형이 바람처럼 진금행을 향해 움직이기 시작한 것이다.

바람처럼 진금행을 향해 쏘아져 가는 목사진.

탄력있는 나무가 휘어진 것처럼 숙여진 목사진의 옆구리에 붙어 있던 오른손이 움찔거렸다.

"혹약재연(或躍在淵)! 아니, 밀운불우(密云不雨)!"

주개육이 자리에서 벌떡 일어나 큰 소리로 외쳤다.

자신의 사부의 오른손이 무엇을 꾀하고 있는지 잘 아는 주개육이 도무지 참을 수 없어 입을 놀린 것이다. 간만에 먹는 것 외에 좋은 일에 쓰임을 발휘하는 주개육의 아가리였다.

목사진의 오른 팔뚝의 근육들이 미묘한 움직임을 보이며 비틀렸다.

그리고는 천천히, 하지만 너무도 빠른 속도로 공간을 뒤틀며 뻗쳐

나갔다.

"시~이~스~응~유~욱~료~옹(時乘六龍)~!"

주개육이 너무도 놀랍다는 듯 커다란 아가리를 쩍 벌리고는 큰 소리로 시승육룡이라고 부르짖었다.

주개육은 똑똑히 기억했다, 저 초식이 얼마나 형편이 없는 것인가를.

다른 강룡십팔장의 초식과 비교해 보면 어쩌다 곁다리로 끼었다고 생각할 만큼 별것 아닌 아이들 손장난이라고만 생각했었다.

하지만 목사진의 손바닥이 묘하게 뒤틀리자 하늘이 내려앉고 땅이 뒤틀리는 위력이 나오고 있지 않은가!

주개육이 제 창자가 입에서 튀어나올 정도로 놀라고 만 시승육룡의 강력한 장법이 밀려오자 진금행도 가만히 있지만은 않았다.

얼른 뒤로 크게 한 발 뛰어 물러서며 드디어 진금행도 회심의 일초를 날린 것이다.

"카악, 퉤이!"

굵디굵은 가래침!

미처 가래의 끝이 끊기지 않아 아직도 두툼한 진금행 아가리에 꼬리는 붙어 있었지만, 그 앞은 어느새 목사진의 면상으로 다가들고 있는 게 아닌가!

시승육룡.

주개육이 별것 아니라고 생각했던 강룡십팔장의 일초가 이처럼 강맹한 위력을 보일 수 있는 것은 목사진이 혼신의 힘을 다했기 때문이다.

자연 진력을 다해 공력을 끌어올리느라 탁기를 뱉어내려 벌려진 목사진의 아가리로 가래침은 파고들고 있었다.

털!

목사진의 주둥이가 힘있게 닫혔다.

아가리에 들어온 것이라면 설령 똥이라 해도 절대 놓치지 않는 게 개방 제자들의 바른 몸가짐이었고 생존 철학이었다.

당연히 목사진도 본능이 시키는 대로 입 안으로 쏘아져 들어오는 것을 낼름 허공에서 채간 것은 당연한 일.

하지만 채간 물건이란 게 가래요, 또 채간 수단이 주둥이란 게 문제였다.

'걸죽하군!'

목사진의 머리 속을 채운 첫 번째 감상이었다.

그리고 횡하게 머리 속이 비워졌으니 자연 처음 호기있게 내뻗었던 시승육룡이 헛되이 허공을 가르고 만 것은 당연한 일이었다.

"맛있었수? 어이~ 내가 씹어보니 쫄깃하던데, 노인장도 그 맛을 아우? 니들이 그 맛을 아냐구!"

느물거리는 진금행의 태도.

한쪽 다리는 연신 경망스럽게 떨어대고 까딱 외로 꼰 대가리에선 연신 그 지랄맞은 눈빛이 감돌고 있으니 어찌 목사진이 참을 수 있으랴!

목사진은 이미 늙디늙은 생강이었고, 그만큼 노련했다.

그러나 세상에 쓴맛 단맛 다 보고 살아왔지만, 이런 가래 맛은 보질 못하지 않았는가.

목사진의 눈자위가 벌겋게 물들더니 미친 듯 몸통을 뒤틀어 진금행에게 쏘아져 왔다.

"우워어~ 내 이놈을 죽이지 않으면……!"

몸속엔 피가 미친 듯 끓고 있었고 머리는 치밀어 오르는 부아로 벌겋게 달아올랐다.

하지만 그 와중에도 목사진의 뒤를 켕기게 하는 생각이 슬며시 떠오르고 있었다.

'이, 이러면 안 되는데… 아까도 유리했던 싸움을… 이렇게 흥분하다가 된통 당했었는데… 내가 왜 부동심(不動心)을 이렇게… 쉽게… 잃어… 버리다니……. 왠지… 찜찜한걸.'

이미 흥분한 목사진의 눈동자에 진금행이 무언가를 잔뜩 노려보는 작디작은 눈알이 꽂혔다.

그리고 커다란 몸 동작과 함께 진금행의 팔이 크게 원을 그린다 싶었을 때, 목사진은 자신을 향해 무서운 속도로 쏘아져 오는 무언가를 볼 수 있었다.

강렬한 소리와 함께 쏘아져 오는 것이 진금행이 조금 전에 바닥에서 주운 작은 돌멩이였음이 뒤늦게 깨달아졌다.

그런데 왜 작은 돌멩이가 애 일곱 낳은 여인네의 커다란 궁둥짝만해 보이는 걸까?

띠익!

커다란 바위산을 번개가 내리꽂혀 쪼갠 듯한 굉음이 울려 퍼졌다.

그리고는…

주개육의 못 믿겠다는 듯 커다랗게 부릅뜬 눈은 한 사람의 신형이 천천히 뒤로 쓰러지는 것을 볼 수 있었다.

*　　　　*　　　　*

"그런데 무슨 일이 있었어? 그동안 많은 일이 있었던 것 같군."

오필도가 두리번거리다가 어리둥절한 표정으로 물었다.

"서, 성공했어. 대, 대성공이야. 드디어 요요화(妖曜譁)의 술(術)을 깨, 깨칠 수 있었어."

검붉은 종리혁의 얼굴은 더욱 시커멓게 변했다.

경륜이 있어야만 한다는 술법.

깨달음이 있어야 깨칠 수 있는 술법을 드디어 자신이 해낸 것이다.

생각해 보면 그동안 많은 일이 있었고, 그런 일을 하나하나 겪으며 성장해 왔던 것도 같았다.

자신을 길러준 배교의 마지막 장로의 처참한 최후도 겪었고, 고립무원(孤立無援)의 세상에서 피눈물을 흘리기도 했지 않은가.

종리혁은 두 줄기 감격의 눈물을 옆통수로 줄줄 흘리고 있었다.

두 눈이 너무 넓게 떨어져 있었기 때문에.

"어? 저 노인은 누가 또 행패를 부린 거지? 왜 저러고 있는 거냐구!"

배교 노인의 술법에 홀려 그동안 정신을 잃고 있었던 오필도가 퀭한 눈빛을 한쪽 구석으로 던졌다.

거기엔 치매 걸린 노인 하나가 추레한 몰골로 쪼그려 앉아 있었다.

흡사 계집애처럼 깍지 긴 손으로 무릎을 모으고 앉아 마냥 허공만 멍하니 쳐다보는 노인의 머리통엔 붕대가 친친 감겨져 있었다.

그 노인 앞에 걱정스런 표정으로 똑같이 쪼그려 앉아 있던 주개육이 천천히 손가락 두 개를 펴서 노인 앞에다 흔들고 있었다.

"사부, 이거 보여요? 이 손가락이 보이냐구요."

주개육이 답답하다는 듯 묻자 목사진의 멍청한 눈알이 주개육의 손가락을 향한 채 고개를 끄덕였다.

"그럼 이게 몇 개예요? 예? 손가락 몇 개가 사부 눈알에 보여요?"

목사진은 헤벌쭉 입을 벌리고 헤헤거리며 웃다가 갑자기 주개육의 손가락에 콧구멍을 들이밀고 냄새를 맡기 시작했다.

킁킁~

주개육의 표정이 묘하게 변했다.

안 그래도 정신 상태가 걱정스러웠던 사부였다.

이러다 혹시 오필도란 놈처럼 미치진 않을까 싶은 걱정에 똥구멍이 움찔거리기도 했다.

그러나 정녕 한탄할 지경이었다.

미치는 방법도 가지가지라지만, 어찌 똥개로 변할 수 있단 말인가. 그래도 어찌 됐든 개방의 방주인데 말이다.

하지만 주개육의 걱정은 기우에 지나지 않았다.

따악!

주개육은 뒤통수에서 익숙한 통증이 느껴지며 생기가 도는 사부의 목소리를 들을 수가 있었다.

"이 자식이! 사부가 골 싸매고 있는데 너는 돌아다니면서 개를 처먹을 수 있느냐! 어라? 킁킁~ 닭도 하나 해 처먹었네?"

주개육은 그 순간 걸음아 날 살려라 도망가는 수밖엔 없었다.

스스로도 그랬지만, 저 사부라는 종자가 얼마나 먹는 것에 민감한지 잘 알고 있었기 때문이다.

주개육에겐 천만다행이었다.

제자에게 간만에 따사로운 훈도(?)를 내리느라 몸을 움직이는 순간 목사진은 머리를 쪼갤 듯한 통증을 느껴야만 했기 때문이다.

"으흥흥~"

앓는 소리와 함께 머리를 감싼 붕대를 부여잡고 방바닥을 데굴데굴 구르는 목사진.

"미친 늙은이네?"

정신 차린 오필도가 그 모습을 보다가 어이없다는 듯 중얼거렸다.

조금 전까지만 해도 스스로가 헐렁헐렁 벌렁벌렁대며 미친 짓을 해 댔다는 것은 전혀 모르는 채.

거기다가 오필도가 모를 일은 계속 연이어 벌어지고 있었다.

한쪽 구석에선 왠지 낯설진 않지만 처음 보는 인물이 목에 힘주어 외치고 있었으니 말이다.

"그러니까 누가 이긴 거냐 이 말이지!"

어울리지 않게도 목소리를 돋워 묻는 사람은 종리우였다.

바로 조천대의 대원들을 앞에 두고서 태연하게.

조천대와 종리우가 어떤 사이던가, 서로 칼을 들이밀고 길길이 달 밝은 밤에 뛰어다녔던 사이가 아니었던가.

하지만 그런 종리우를 이상하게 쳐다보는 사람은 없었다.

불연이 이상하다는 듯 고개를 갸웃거렸다.

"이 불연이는 이상해요. 대주는 맥을 짚어본 결과 내공이 없는 게 확실해요. 그런데 내공이 없는 사람이 던진 돌멩이에 어찌 고수 대갈 빡이… 어머, 내 정신 좀 봐! 아미타불!"

검은 것을 가까이하면 검게 물든다던가?

불연도 많이 오염된 게 확실했다.

자신도 모르게 대갈빡이란 단어를 입에 올리고는 스스로 놀라 손바 닥으로 제 입을 틀어막았지만, 듣는 사람들은 모두 무슨 뜻인지 잘 알 고 있었다.

진금행이 날린 돌멩이.

그 작은 돌멩이에 초절정고수 중 하나인 개방의 방주 해골은 무참히도 금이 가버렸기 때문이다.

고수의 몸에 깃들은 높은 내공은 자신의 몸에 위해가 가해지면 기파를 내뿜는 건 잘 알려진 상식이었다.

그런데 이런 이해 못할 사단이 벌어지다니!

"그러니까 내가 이긴 거란 말이지. 왜 쉬운 말을 어렵게 하나? 이해를 못하겠어? 결! 바로 결이야. 칼로 자르기 힘든 대나무도 칼끝을 결 끝에 가져다 대면 힘들이지 않고 잘라지지. 또 솜씨 좋은 장인은 정으로 바위에 한 번만 내려쳐도 커다란 바위가 잘라지고 말이야!"

이교옥이 내기에서 이긴 것이 기쁘다는 듯 건들거리며 헤실헤실 웃었다.

"조, 좋아! 그러니까 대주가 운 좋게 그 결에 맞추어 돌을 때려 박았다고 인정할게! 하지만 내기는 내가 이긴 거야. 목 방주는 그래도 저렇게 입을 잘도 놀려대며 움직이긴 하잖아? 하지만 대주는 그냥 스르르 쓰러져 피를 게워냈다구! 그게 움직일 수 없는 증거지, 내가 이겼다는!"

현통이 말도 안 된다는 듯 큰 소리로 반박했다.

"저기… 내가 볼 땐 대주에게 간질 같은 질환이 있어서 그런 것 같은데… 내가 볼 땐 분명 방주는 대가리에 돌이 틀어박히고 쓰러졌지만, 대주는 아무 상처도 입지 않았거든? 그냥 모든 게 끝나구 나서 스르륵 쓰러졌단 말이야."

우문하가 자신없는 목소리로 자신의 의견을 피력했을 때였다.

"오모모! 무슨 쏘리이! 똥구멍이 쓸 만해졌다 했더니 주둥이 구멍에 문제가 생긴 모양이네에! 오라버닌 이기상인(以氣傷人)이란 말도 몰라 욧? 그게 바로 초절정고수들만이 보이는 심형검(心形劍)이란 거예욧!"

묘웅이 고개를 도리도리 내저으며 강하게 부정했다.

"지랄하네! 내가 네년 아랫도리를 찢어버린 후 한 오십 년 후에 죽어 염라전에 간다면 나두 네년의 그 심형검인가 뭔가 하는 것에 죽은 것이냐?"

구잔양이 조금은 원기를 회복했는지 묘웅에 낯짝에 대고 폭포수같이 험한 말들을 쏟아냈다.

"오모모~ 이 오라버니는 또 왜 이 지랄이야! 이봐! 년이라 불러준 건 고맙지만 확실히 하자구우! 대주는 오십 년 후에 쓰러진 게 아니야! 분명 방주가 쓰러진 후 얼마 안 돼 그 즉시 쓰러졌단 말이야앗!"

묘웅이 바락바락 대들었다.

이들이 이렇게 두 패로 나뉘어 싸우게 된 건 우습지도 않게 무적(?)의 신위를 보여줬던 진금행이 정신을 잃어버렸기 때문이다.

그것도 벌건 선혈을 칠공에서 콸콸 쏟아내면서.

공교롭게도 개방 방주 목사진이 거품을 보글보글 물고 쓰러진 직후에.

그러니 과연 한판의 박투전에서 누가 이겼는지가 첨예한 대립을 보이고 있는 것이었다.

목사진의 시승육룡. 그것은 흔히 보는 무공이 아니었다.

개방을 높게 떠받들었던 강룡십팔장의 정수 중의 정수였다.

비록 직접적인 타격은 받지 않았다 해도 강룡십팔장의 정수와 목사진의 높은 내공이 가져다 준 충격은 진금행에게 있어 가볍지만은 않았다. 진금행의 온몸을 옥죄고 있던 금제(禁制)가 드디어 요동을 쳤기 때문이다.

그 결과 진금행은 피를 토하고 쓰러져 지금까지 정신을 차리지 못하고 있었고, 바로 이 점 때문에 조천대의 대원들은 서로 핏대를 세워가며 과연 누가 승리했는가에 대해 입씨름을 하고 있었던 것인데…….

"저기… 그런데 무슨 일인진 몰라도 말이야, 궁금한 게 있어서 말이지."

방금 전 정신을 차려 무슨 일이 어떻게 돌아가는지 모르는 오필도가 퀭한 눈으로 주위를 돌아보며 물었다.

"……?"

방금 전까지 바락바락 입씨름을 해대던 종자들이 모두 멍하니 오필도의 얼굴을 쳐다보았다.

"저기, 그 심형검 말이지. 나도 들은 기억이 있긴 하거든. 그 전설의 무상검(無常劍), 오로지 일묘 선사만 성공했다는 그 검을 정말 저 노인이 썼단 말인가?"

둘레둘레 쳐다보며 대답을 갈구하는 오필도의 눈망울을 보면서도 사람들은 대답할 수 없었다.

그리고는 인제히 시선을 돌려 개방 방주 목사진을 쳐다보았다.

안 그래도 과히 보기가 거북한 얼굴을 잔뜩 찡그리고는 붕대를 감은 머리를 감싸 쥐고 쪼그려 앉아 있는 초라한 노인.

목사진의 그 모습을 보고는 도저히 전설의 무상검이니 의기상인이니 하는 말을 꺼내진 못했다.

"아, 아무튼 그럼 누가 부대주인 게야?"

우문하가 멍한 눈을 들어 주위를 둘러보며 답변을 구하고 있었다.

"하긴, 대주가 쓰러진 비상시국이니 부대주가 결정해야 할 일이 오죽 많아? 당장 저 낭가촌인가 뭔가 하는 기예단 애들을 죽일지 살릴지 결정도 해야 하고 말이야. 아무튼 정하긴 정해야 돼. 그것도 빨리!"

도망갔던 주개육이 문 밖에서 고개를 빼꼼이 내밀고는 답답하다는 듯 내뱉었다.

이들이 내건 내기 조건은 단순한 것이었다.

만약 대주가 죽는다면 당장 공석이 되는 조천대의 대주 자리는 누구에게 돌아가느냐 하는 것이고, 둘째는 만약 진금행이 산다면 다음 부대주 자리는 누가 맡느냐 하는 것이었다.

말은 안 해도 불꽃 튀기는 쟁탈전.

어찌 보면 우습지도 않은 인간들을 모아놓은 무리였지만, 또 어찌 보면 이만한 인물이 한데 모이기도 힘든 게 바로 조천대였다.

하지만 아무도 그런 걱정을 하지 않아도 될 일이 벌어졌다.

"부대주? 누가 감히 부대주라는 거야?"

갑작스럽게 나른한 목소리가 울려 퍼졌다.

"대주!"

불연이 반갑다는 듯 몸을 발딱 일으키며 희색 어린 얼굴로 크게 외쳤다.

"난 저 인간 멀쩡할 줄 알았어!"

구잔양이 그럴 줄 알았다는 듯 눈을 지그시 감았다.

"다행이야. 잘못하면 또 속을 뻔했으니."

우문하가 가슴을 쓸어 내리며 조그맣게 혼잣소리를 했다.

"질기군. 과연 대주다워."

이교옥이 아쉽다는 듯 두 눈을 게슴츠레 뜨며 술호로를 입에 가져다 대고 크게 한 모금 삼켰다.

"난 말이야, 커서 내 뒤통수를 칠 놈은 애당초 키우지 않아. 벌레 몇 마리는 키워도."

진금행이 약간 창백하긴 했어도 거대한 몸을 이끌고 방문 앞에 오만하게 버티고 서서는 아랫것들을 휘둘러보고 있었다.

"대주… 정말이지 난… 난… 궁금했어… 너무도……."

주개육이 진금행의 거대한 몸에 매달리듯 파고들며 너무도 궁금하다는 듯 눈을 초롱초롱 빛내며 말을 잇지 못했다.

"뭐가?"

진금행의 짜증 어린 대꾸에 주개육이 입술에 침을 한차례 바른 후 간신히 물어보았다.

"어떤… 식단이지? 오늘 먹을 게 말이야. 식단을 정할 대주가 없으니 난 정말 미치고 환장하는 줄 알았단 말이야!"

진금행의 한심하다는 눈빛이 주개육의 더럽고 추접한 얼굴 위를 향했다.

"그러니까 혈첩이 그렇게 중요한 문제란 말이구려?"

"그렇네!"

자꾸 깨질 듯 아파오는 두통에 관자놀이를 힘껏 문질러 대는 목사진이 진금행의 표정을 살피며 조심스럽게 말을 건넸다.

무서운 놈이었다.

괜히 잘못 건들다간 본전도 못 뽑을 놈이 분명했다.

비록 묘하게 말끝을 흐리며 맞먹으려 드는 놈이지만, 그 정도는 자신의 넓은 흉금으로 충분히 이해해 줄 수 있었다.

자신을 한 방에 보낸 놈이었다. 괜히 지랄맞은 성질을 부리다간 이번엔 목숨도 보전할 수 없을지 모르는 일이 아닌가.

"그리고 그 문제를 풀기 위해선 우리들이 힘을 모아야 한다는 말이고."

"그렇지! 노부가 네게 부탁하려던 일이 바로 그것이란다. 생각해 보거라. 순수한 열정을 지닌 너희 같은 젊은이들이 아니라면 이 일을 해결할 사람이 누가 있겠느냐. 마교? 얼씨구나 좋다 하고 자신들이 혈첩을 손에 넣으려 할걸? 무림맹? 솔직히 요즘 와선 마교와 다른 게 뭐가 있나 궁금해. 그러니 너희들, 때 묻지 않은 너희들 같은……."

목사진은 천천히 설명해 나가다 문득 주개육의 면상을 바라보았다.

땟국물이 왕창 묻은 얼굴에 누런 콧물 자국까지 있는 주개육을 보자 도저히 '때 묻지 않은'이란 표현을 낯간지럽게 쓸 수는 없었다.

"순수한 영혼을 지닌……."

목사진은 황급히 말을 바꾸던 경황에 묘웅을 바라보게 되었다.

'저건 년인지 놈인지 모를 놈이니 뒤죽박죽된 영혼이 아닌가! 절대로 순수한 영혼은 아니지!'

목사진은 얼른 다른 말을 바삐 주워담아야만 했다.

"에헴! 착하디착한!"

아아, 말을 얼른 바꾸어 이어가던 목사진이 이번에 보게 된 건 구잔양이었다.

독기 서린 눈매, 꽉 다문 얄팍한 입에서 느껴지는 잔인함.

착한 것하고는 거리가 먼 구잔양을 보고는, 오늘따라 왜 이렇게 일이 뒤틀리는지 답답해지는 목사진이었다.

"아무튼 우리랑 손을 잡아야 한단 말은 알아듣겠수. 그런데 이 몸에게 떨어질 콩고물이 도대체 뭐냔 말이오."

짜증이 났는지 진금행의 입에서 단어들이 짧아지고 있었다.

"어험, 무림 전체지! 생각해 봐, 이 세상 천하를 사대봉공 같은 괴물들 손에서 구해낸 영웅들을 감히 배척할 곳이 어디에 있겠는가! 무림맹을 달라고 하면 납죽 내놔야 할걸?"

목사진이 어르고 달래듯 한마디 건네자 진금행의 눈이 가늘어졌다.

아마도 저 교활한 대가리로 한참 주판알을 튕기고 있으리라.

"우리가 뭘 하길 바라는 거유?"

이윽고 수지타산을 마친 진금행이 목사진의 얼굴을 쳐다보았다.

"일이 아주 잘 되어가는 것 같아. 사대봉공 측에서 아마 혈첩을 손에 넣은 게 분명해. 그러니까 혈첩 속 귀문(鬼紋)을 풀기 위해 저 종리 형제를 찾아간 게 아닌가! 이 기회를 잘 노려야 할 게야. 또 일을 꾸미려면 혈루소면객 온양과 낭가촌 식구들의 능력도 필요할 테니 살려두자는 것이고. 또 일을 어떻게 풀어갈지는 지금부터 의논하면 될 게 아닌가?"

목사진이 밀영각의 종리 형제를 바라보며 말을 끝냈다.

"일이 어찌 돼가든 저놈 목숨은 임자가 있지! 아무도 함부로 손을 못 대!"

구잔양이 말도 안 된다는 듯 이를 으드득 갈아붙였다.

그 말뜻은 분명했다.

종리우, 자신이 죽이겠다고 천명한 이상 그놈의 목숨은 제것이란 뜻이었는데, 먹이를 지키는 늑대처럼 말을 뱉는 구잔양의 눈알은 번질거렸다.

"그래, 그놈 너 가져! 하지만 그전에 잠깐 빌려쓰는 건 괜찮겠지? 솔직히 조금 망가질지도 모르겠지만 어쩌겠어, 네놈이 이해해야지."

하지만 천적은 따로 있는 법이었다.

종리우의 천적이 구잔양이 되었듯 구잔양의 천적은 진금행이었다.

흡사 제 주머니 속에 물건을 꺼내듯 대수롭지 않게 요구하는 진금행 말에 구잔양의 고개는 자동적으로 끄덕여졌다.

"그래, 이왕이면 깨끗하게 써줬으면 좋겠군."

금방 꼬리를 내리는 구잔양.

진금행은 당연하다는 듯 몇 번 끄덕이고는 턱을 괴고 중얼거렸다.

"일단 밀영각의 정보와 개방의 정보를 맞추어보고, 개방 거지들을 부려서 무림정세를 좀 알아보고, 패대기 쳐줄 벌레들과 밟아줄 벌레들을 가른 다음에……."

진금행의 목소리가 조금씩 낮아지고 있었다.

그 낮아지는 만큼 수명이 줄어드는 강호고수가 한둘이 아닐 게 분명하리라.

물론 진금행에겐 벌레에 지나지 않겠지만.

제 6 장

고문 — 불연 고름을 짜내고, 당경 눈물을 짜내다

고
문

"흐읍~"

당경의 세모꼴 얼굴이 젖혀지고, 얇은 입술이 크게 벌어지며 몇 번의 심호흡을 했다.

그러자 가슴속이 왠지 뻥 뚫리며 흘기분한 기분이 들었다.

'확인해 봐야 해. 아니, 모든 걸 알아봐야 해.'

당경은 속으로 다짐하며 멀리 양추산(釀秋山)을 쳐다보았다.

심중에 담은 커다란 비밀.

점점 더 재미있어지는 무림.

그리고 그것을 알고 있는 자신.

무언가 큰일이 벌어질 게 분명했다.

그리고 당경은 그것을 좀 더 앞당기고 싶었다.

또 널찍한 돼지의 얼굴에 경악이 어리는 것을 보고 싶었다.

자신의 독침이 그 돼지 심장에 꽂히는 순간에 놀랄 경악 어린 표정을…….

'어쩌면 내가 질투를 하는 것인지도…….'

당경은 왜 자신이 여기까지 찾아왔는지 되새겨 보았다.

그 별 볼일 없는, 아니, 한참이나 쳐다봐야 할 정도로 뚱뚱한 놈 대신 자신이 그분의 아들이고 싶었는지도 몰랐다.

친아들을 죽인다고 자신이 대신 아들이 될 순 없겠지만…….

'아니, 그것보단 그분의 피를 끓게 만들고 싶었는지도 모르지…….'

그게 더 정확할지도 몰랐다.

만약 자신이 알고 있는 비밀이 사실이라면, 친아들의 죽음 앞에 변화될 그분의 모습을 보고 싶었을지도 모르겠다는 생각을 하며 당경의 발걸음은 경쾌하게 앞으로 내디뎌지고 있었다.

*　　　　*　　　　*

"그 자식이 또 왔다고?"

이교옥이 어이없다는 듯 멍하니 물었다.

온양과 종리우는 서로의 얼굴을 보다가 고개를 끄덕였다.

고수는 고수를 알아본다고 했던가?

그 말이 옳은지 그른지는 알 수 없지만 자객은 자객만이 알아볼 수 있다는 걸 온양과 종리우는 너무도 잘 알고 있었다.

혈루소면인 온양과 밀영각의 흑백살귀 종리우는 본능적으로 또 다른 살수, 그것도 전에 한번 마주쳤었던 자객이 이곳에 잠입했음을 다른 사람은 못 맡는 냄새를 통해 너무도 잘 알 수 있었다.

"오긴 왔나 본데?"

진금행이 볼을 씰룩이며 온양의 얼굴을 뚫어져라 쳐다보았다.

아직 온양과 낭가촌의 식솔에 대한 진금행의 최종 결정은 내려지지 않았다.

아니, 그보다 더 큰 다른 문제를 상의하는지 한참 동안을 개방 방주 목사진과 머리를 맞대고는 쑥덕대고 있을 뿐이었다.

"실수라고?"

머리에 붕대를 친친 감은 목사진이 의외라는 듯 묻자 종리우가 고개를 끄덕이며 대답했다.

"그런 놈이 있습니다. 얄미운 놈이죠."

종리우는 숲 속에서 한바탕 당했던 기억을 떠올리며 이를 으드득 갈았다.

이교옥의 검이 숲 속을 가를 때 도망가기는커녕 종리우의 흔적을 적에게 알려줘 낭패를 겪게 만들었던 놈, 꼭 한 번 손을 봐줄 거라고 벼러왔는데 겁없이 이곳에 찾아오지 않았는가.

"내게 맡겨주게."

온양이 정중한 태도로 진금행에게 요구했다.

하지만 진금행은 묘한 미소만 지을 뿐 대답이 없었다.

그 미소를 보자 자신이 비굴하게 이 기회를 노려 점수나 따보려 나섰다는 느낌이 들어 온양의 얼굴은 모멸감으로 벌겋게 달아올랐다.

"저자가? 이상하군. 저자는 맹주의 네 번째 제자인 당경이란 자가 틀림없는데."

목사진은 턱 밑을 긁으며 중얼거렸다.

"맹주의 제자? 어라? 저자는 내가 봐도 그때 그놈이 틀림없는데? 다른 건 몰라도 저 사마귀처럼 길쭉한 세모꼴 얼굴은 너무나 눈에 익은걸?"

현통이 이상한 이야기도 있다는 듯 혼자 중얼거렸다.

굳이 현통이 아니라도 그날 밤 녹색복면인을 본 사람이라면 한눈에 맨얼굴로 나타난 당경이 바로 그 사람이란 걸 알아볼 수가 있었다.

"그럼 그 소문이 정말인가 보군요."

주개육이 고개를 돌려 사부인 목사진 귀에다 대고 소곤거렸다.

언젠가부터 무림맹 내에선 이상한 소문이 돌았다.

처녀들이 간살당한 일에 당경이 관련되어 있다는 소문과 이유없이 죽어간 많은 사람들 뒤엔 당경의 음험한 마음이 숨어 있다는 소문이 바로 그것이었다.

"이 자식아! 넌 어째 입에서 구린내가 나냐! 이 좀 닦고 다니라고 그랬지!"

목사진이 코를 씰룩이며 주개육을 향해 으르렁거렸다.

주개육은 입맛을 쩝 다시고는 퉁명스럽게 말을 건넸다.

"그건 그렇고, 급한 일이 터졌다고 개방 제자한테 연락받지 않았어요? 내가 분명히 봤는데……."

"조금 있다 갈 거야, 여기 일 좀 더 구경하고 나서. 맹주의 넷째 제자가 여긴 웬일인지 확인을……."

목사진이 뻐등대며 대답하자 주개육이 은근한 목소리로 말했다.

"전해진 걸 보니 대지급(大至急)이던데……. 아웅~ 나도 나중에 방주 직에 오르면 게으름이나 피워야겠군."

목사진은 천연덕스럽게 하품을 해대는 주개육을 향해 눈이 째져라 쏘아보았다.

'이 얄미운 놈! 하긴 내가 모범을 보여야……'

목사진은 드디어 투덜대면서 발을 돌려야만 했다.

"거, 대강 보니 커다란 싸움이 어디선가 벌어질 거란 소식 같던데, 아이구, 무릎 뼈가 시큰거리는 내가 꼭 가봐야 할 커다란 싸움이 어디에 있다구서리. 어이, 진 대주. 우리가 의논하던 건 나중에 내가 갔다와서 마저 하자구. 그리고 저놈이 왜 여기 왔는지 나한테 꼭 알려주고 말이야."

"그러죠."

진금행이 고개를 까닥이고는 다시 시선을 갑작스럽게 나타난 당경 쪽으로 향했다.

목사진의 입장이 어떤지는 몰라도 조천대에게 있어 당경이란 꼭 손을 한번 봐주어야 할 인간이었다.

하지만 듣자 하니 무림맹의 넷째 제자가 분명한 듯한데, 한참 재미있게 손을 봐주려고 할 때 틀림없이 목사진이 반대하고 나설 것은 분명한 일.

자연 뒤돌아 나가는 길에 아무도 인사말을 전해주지 않자 목사진은 머쓱해질 수밖에.

"반갑소. 난 당경이라 하오. 못난 놈이 운이 좋아 무림맹주의 네 번째 제자가 된……"

당경은 최대한 활짝 웃으려 노력하며 포권을 취해 보였다.

하지만 곧 떫은 감 씹은 듯 인상이 구겨졌다.

더운 콧김과 함께 당경 앞으로 성큼 나선 인물.

'그래, 나 무식해' 하고 마빡에 써 붙이고 다니는 현통이 씩씩거리면서 당경을 향해 눈을 부릅뜨고는 한마디 하는 게 아닌가.

"너, 나 알지?"

"하하. 무, 무슨 말을……."

당경이 억지로 미소를 지어 보이며 웃는데 현통은 웃을 마음이 없는 게 분명했다.

"너, 나 알잖아! 알지? 알아, 몰라!"

"그, 그야 청성의 유명한 현통 도사를 모르는 강호인이 어디 있다고……."

당경이 억지로 띤 미소를 일그러뜨리며 변명을 할 때였다.

"어이~ 네 불알은 잘 있어? 그날 그냥 싸그리 훑어버릴려고 했는데 잘도 도망가더구먼!"

이교옥이 이죽거리자 멀리 서 있는 당경은 화악 끼쳐 오는 술 냄새를 맡을 수 있었다.

"휘검청학이 도인이 아니시오. 이거 당경이 처음 인사드리는 것 같구려."

당경이 쓰린 속을 참으며 다시 한 번 포권을 취해 보였다.

"어쭈? 이게 어디서 수작질이야! 잘못하면 깜빡 속아 넘어가겠네!"

주개육이 어이없다는 듯 고개를 절레절레 흔들며 히죽 웃었다.

당경은 정신이 없었다.

서로 속고 또 대강 속아주고, 그러는 것이 강호였다.

제아무리 심증이 확실하다 한들, 물증이 없다면 서로의 체면을 돌봐주는 게 무림인의 습성이었다.

자신이 녹색복면인이라 생각하지 못할 거라고는 믿지 않았다.

하지만 무림맹주의 제자인 자신에게 처음부터 이렇게 무식한 방법으로 나오리라고는 생각하지 못했다.

그래도 최소한 무림맹주의 제자 신분에 걸맞는 수인사가 오가리라 생각했었는데……

'내 불찰이군. 이것들이 인간이라 생각했던 내가 잘못이었어.'

당경의 얼굴이 딱딱하게 굳어졌다.

"진금행 대주는 어디 있지? 대주에게만 전할 이야기가 있어. 다른 사람들은 모두 빠져줬으면 좋겠군."

당경이 이대로는 안 되겠다고 생각했는지 굳은 얼굴로 내뱉듯 말을 건넸다.

"어쭈우~ 이게 아직 조천대 맛을 못 봤군!"

이젠 우문하까지 나서서 어깨를 씰룩거리며 뇌까렸다.

'형편없는 놈들! 경우란 눈곱만큼도 찾아볼 수 없는 놈들! 점점 상태가 안 좋아지는군!'

당경은 불쾌한 기분을 억지로 억누르며 다시 한 번 또박또박 말을 건넸다.

"나는 분명히 말했다. 너희들 대주에게만 볼일이 있다고. 너희와 나는 급수가 달라. 그러니 물러가 줬으면 좋겠군."

당경이 여차하면 한바탕 붙어야겠다는 결심을 할 때였다.

"우리라면… 급수가 대강 맞겠지?"

당경의 눈에 언뜻 놀라움이 스쳐 지나갔다.

사람들 틈에서 걸어나오는 두 사람.

그중 웃는 얼굴 온양은 예상했지만 다른 한 사람은 전혀 예상하지 못한 사람이었다.

자신과 같은 경지에 오른 또 다른 살수인 종리우였기 때문이다.

'이자가 왜 여기에……'

당경의 눈에서 당황한 빛을 읽었는지 온양의 웃는 얼굴이 더욱 화사해졌다.

"너를 대주와 함께 두지는 못하지. 너같이 위험한 놈을……"

비로소 당경은 자신이 범 아가리에 들었다는 것을 깨달았다.

흑월회의 추단현예의 솜씨는 당경의 목숨을 앗을 수 있을 만큼 고절했다.

하지만 이 조천대에서 대강 추려낸다면 추단현예 정도는 되지 않겠는가.

더욱이 이들 중엔 자신의 흔적을 충분히 찾아내고 암습을 막아낼 수 있는 비슷한 능력의 살수가 두 명이나 되니 도리어 당경의 실력을 발휘할 수 있는 여지는 더욱 작아지는 것이 아니겠는가.

'곤란하게 되었군!'

당경이 이를 악물고는 으르렁거렸다.

"조천대의 대주가 아니라면 나는 할 말이 없어. 아니, 전해주러 온 비밀마저도 토해놓지 않겠어. 너희들이 어떻게 나오든 나는 절대로……!"

당경이 눈에 독기를 품은 채 악다문 이빨 사이로 한 자 한 자 끊어가듯 말을 이어갔지만 중간에 멈추어야만 했다.

"이 자식이 가만 두고 보자니까 우습지도 않네!"

현통이 거만한 꼴은 눈 뜨고 보지 못하겠다는 듯 휘두른 커다란 손바닥이 당경의 머리로 날아들었기 때문이다.

　　　　　*　　　　　*　　　　　*

"안 되겠군."

구잔양이 고개를 저으며 물러났다.

"이왕 이렇게 된 거 끝장을 보고 싶은데……."

구잔양은 아쉽다는 듯한 눈길을 들어 진금행을 보았다.

"일단 살려는 둬야지. 어찌 됐든 그 비밀이란 걸 들어는 봐야 하니까……."

진금행이 치솟아오른 구잔양의 살심을 몇 마디 말로 잠재웠다.

"히이익~ 힉~"

당경은 꽁꽁 묶인 상태에서도 거친 숨을 내쉬고 있었다.

당연했다.

누구라도 자신의 옆구리에 커다란 구멍이 세 개가 뚫려 폐를 다쳤다면 그런 숨소리를 낼 수밖에 없었다.

아니, 도리어 그 상처 깊숙이 독염(毒鹽)을 밀어 넣어 가슴속을 불지르는 것 같은 고통 속에서도, 신음 소리 하나 내지 않는 당경의 참을성이 대단한 것이었나.

"진금행, 히익~ 어때? 궁금하지? 내가 아는 한 가지 비밀이 있는데 말이야. 히익~ 힉~ 무덤까지 가져갈 계획이야. 히익~ 솔직히 너를 죽이려 했는데, 그냥 비밀을 가져가는 게 히이익~ 더 좋을 거란 생각이 드는군."

당경은 도리어 웃었다.

진금행은 전혀 모르고 있는 사실을, 흑월회주의 하나밖에 없는 귀한 외동아들도 모르는 엄청난 비밀을 자신이 알고 있다는 것이 뿌듯하게 느껴졌기 때문이다.

"내, 내가 한번 나서보지."

우문하가 진금행의 눈치를 살피며 구잔양이 조금 전 앉아 있던 자리에 털썩 앉았다.

"내가 말뚝이 몇 개 있거든? 조금 굵긴 하지만 참을 만할 게야."

우문하가 빙긋 웃으며 당경에게 친절하게 설명을 해주고 있었다.

"언제든, 무엇이든, 히익~ 어떤 방법이든 환영이야."

당경은 축 늘어진 눈꺼풀을 들어 우문하를 보고는 비릿한 웃음을 웃었다.

"그럼 없어?"

진금행이 답답하다는 듯 묻자 종리혁이 움찔거렸다.

"의, 의지를 꺾는 술법은 있어. 하지만 그, 그걸 사용하면 저 오필도란 이, 인간처럼 미치게 되지. 겨, 결국 비밀은 듣지 못하게 되지."

종리우의 넓게 떨어진 양쪽 눈이 끔벅거렸다.

"배교, 배교하더니 별 볼 것 없군. 꼭 필요할 때 써먹을 방법이 없다니."

"바, 방법이 없는 건 아니야. 내, 내가 전수를 받지 못해서 그렇지. 마, 만약 성녀만 찾게 된다면⋯⋯."

종리혁이 그런 말은 참지 못하겠다는 듯 오랜만에 반발해 봤지만 진금행의 짜증 어린 눈빛을 대하고는 금방 자라목처럼 움츠러들었다.

그때 어두운 안색으로 강구의가 방문을 열고 나서고 있었다.

진금행이 말없이 쳐다보자 강구의는 어쩔 수 없었다는 듯 고개를 가로저었다.

"독종이더군, 구잔양만큼이나……."

그 말로써 모든 상황을 알 수 있었다.

강구의마저도 당경의 입을 여는 데 실패했다는 것을.

모두의 입에서 작은 한숨이 터져 나올 때였다.

"그놈은 당당하게 무림맹주의 제자 신분을 밝히면서 여기에 왔어. 왜? 나를 죽이기 위해."

진금행이 주위 사람들 얼굴을 하나하나 둘러보았다.

"그놈이 복면을 했을 땐 이유가 있었겠지. 나를 죽이라고 사주한 사람을 보호하기 위해서였을 거야. 아니, 무림맹주의 제자란 자신의 신분을 속이기 위해서일지도 몰라. 하지만 오늘 그놈은 제 밑천까지 다 털어낼 결심을 하고 나타난 거야. 그건 두 가지 중 한 가지. 목숨을 걸고 날 죽여야 할 이유가 있거나, 아니면 무림맹주의 제자란 신분도 가볍게 버려야 할 만큼의 커다란 비밀이 있다든가. 그런데 말이야, 그게 도대체 뭐냔 말이지."

진금행이 답답하다는 듯 중얼거리는 소리에 주개육이 속으로 투덜거렸다.

'그걸 알면 내가 거리에 점방을 치리지, 네놈 밑에서 밥이나 얻어먹고 있겠냐! 그나저나 그 당경이란 놈도 무척 질기고 독한 놈일세! 강구의까지도 두 손 두 발 다 들었다면……'

그때 뾰족한 목소리와 함께 불연이 방 안으로 깡총 뛰어왔다.

"안녕하세요? 불연이에요."

하지만 해맑던 불연의 미소는 강구의가 열어놓은 방 안을 보자 곧 딱딱하게 굳어져 가고 있었다.

"어머, 이게 무슨 일이에요? 어쩜 사람을 저렇게… 아미타불. 저 사람은 이제부터 제가 돌볼 거예요. 아무도 저 사람 곁엔 오지 말라구욧!"

불연의 말에 우문하가 찔끔거렸다.

"그래도 이 사람에게 들을 정보가 있어서……."

하지만 불연이 매섭게 쏘아보자 찔끔 놀라 목을 움츠렸다.

다른 건 몰라도 상처받은 영혼! 불쌍한 생명을 지키려는 불연의 태도는 위대한 모성애의 발로요, 그 어느 누구도 감히 항명하지 못하는 절대 신위였다!

"정보가 몇 푼이나 하는지 모르지만 어찌 사람 목숨을… 안 돼요. 아무튼 안 되네요. 그러니 제가 이 사람을… 어머머, 불쌍해라. 옆구리에 저 상처 좀 봐……."

불연이 방 안으로 들어서 이젠 고개를 가눌 힘도 없는지 축 늘어져 있는 당경을 포근하게 감싸 안으며 눈물을 흘렸다.

"제가 잘 돌봐 드릴게요. 상처도 깔끔히 감싸줄 거구요. 이 소사미 언니의 정성으로… 꼭… 꼬옥!"

불연의 젖은 눈빛이 번쩍이고 있었다.

하지만 왠지 그 시선이 꼭 먹잇감을 손에 넣은 맹수의 눈매와 닮았다고 느껴지는 이유가 왜였을까?

간만의 자신의 재주, 즉 너무도 과도한 애정을 맹목적으로 퍼부을 좋은 상대를 만난 희열이 그 눈빛엔 있었다.

당경, 다른 사람 손아래에서는 그나마 숨이 붙어 있었는진 몰라도 이젠 진짜 죽었다!

비록 죽어가는 목숨 다시 살게 되겠지만… 죽는 것보단 못하리라!

"당경이 불겠다고 하는데?"

우문하가 방문을 걷어차며 들어와서는 희열에 들뜬 목소리로 말했다.

"이잉? 설마."

강구의마저도 믿지 못하겠다는 듯 강하게 부정했다.

자신의 모진 고문에도 입을 열지 않던 강단있고 뚝심 좋은 사내였다. 아니, 독하디독한 놈이었다. 그런데 어찌 이리 쉽게…….

"네놈 귀로 들었느냐?"

구잔양이 묻자 우문하가 목을 움츠리고는 우물쭈물한다.

"아, 아니, 그게… 그게 말이야."

우문하의 우물쭈물거린 이유를 일행은 자객을 가두어놓은 방 앞으로 가면서 알게 되었다.

처절한 비명. 그 묘한 신음성과 비명이 방 안에서, 불연이 너무도 살갑게 보듬어주는 세심함을 너무도 절실하게 느끼고 있는 당경의 처절한 비명 소리가 울려 퍼지고 있었던 것이다.

그것도 괴상한 소리와 함께.

찌걱. 찌걱. 찌걱. 찌찌걱~

"으아아아악! 모든 것을 말하겠소, 모든… 것… 을……!!"

분명 저 처절하고 소름 돋게 하는 목소리가 우문하가 방문을 열고 무슨 일인가 알아볼 엄두를 나지 않게 만들었으리라.

그래도 역시 믿기지는 않았지만 냉혈한인 당경이 스스로 불겠다고 말한다는 우문하의 말은 맞긴 맞았다.

그런데 더욱 이상한 일이 벌어지고 있었다.

처절했던 당경의 목소리가 요상하게 변해가는 것이었다.

이상한 소리와 함께.

찌걱. 찌걱. 찌걱. 찌걱~

"헐떡, 헐떡… 으어어엉~ 그건 안 돼에… 절대루… 으허헉… 헉헉. 헥헥. 캑캑."

묘한 울림으로 변해 헐떡이는 당경의 비명 소리.

그리고 그 묘한 울림은 왠지 사람들의 얼굴을 달뜨게 만드는 힘이 있었다.

"무슨 일이 있는 게지?"

주개육이 이해가 가지 않는다는 듯 고개를 일행 쪽으로 돌리고 물을 때였다.

당경의 헐떡임이 곧 또 다른 비명으로 바뀌고 있었다.

찌걱. 찌걱. 찌찌걱. 찌이이~걱 찌걱~

"으으응… 으응… 응… 이젠 더 이상… 도저히… 으허헉! 또! 안 돼!! 절대로!! 차라리 나를 죽여라! 으허헉!!"

또다시 불연의 알지 못할 무자비한 고문이 펼쳐지려 하는 게 분명했다.

"저러단 죽겠군!"

당경의 차가운 목소리가 어느덧 변해 이미 모든 혼백이 달아나 버린 듯한 나른한 비명 소리(?)로 바뀐 절규를 듣던 강구의가 고개를 저으며 말했다.

"불연 아우! 이리 나와보게나!"

불연의 무자비한 손속(!)을 차마 지켜보지 못하겠다는 듯 주개육이 큰 소리로 불연을 불렀다.

이윽고 쾅~ 하는 큰 소리와 함께 문이 박살나듯 열리면서 불연이 씩씩대며 나오는 게 아닌가.

그것도 처절한 눈물을 눈 밑에 단 채.

온양과 구잔양, 그리고 우문하와 강구의의 모든 고문도 꿋꿋하게 견디던 사내를, 얼마 안 되는 시간에 걸레로 만들어 버린 게 분명한 불연이 도리어 울고 있다니!

"너무들하셨네요! 너무들하셨어요!!"

불연은 도리어 사람들을 나무라듯 원망스럽게 쳐다보며 큰 소리로 꾸짖고 있었다.

"잉? 뭘?"

방금 전까지 이상하고도 괴이한, 죽어가는 사람에게도 들어보지 못한 괴상한 신음성을 너무도 독하기 짝이 없는 악랄한 당경의 입에서 토해내게 한 게 누구이던가.

그런데 그런 불연이 도리어 사람들을 쳐다보며 나무라듯 말하는 내용이 이상했다.

"저 사람을 보니 이미 오른쪽 눈알은 튀어나와 실명의 위기에 있었어요. 곧 내수경으로 누르고 쑥잎을 진을 내어 발라 천으로 압박하여 묶었으니 시력은 되찾겠지요. 하지만 그 수단이 너무 독했어요. 그리고 오른쪽에 난 세 구멍은 정말 저로서도 치료하기가 난감하더군요. 누가 쇠꼬챙이로 그리 깊숙이 찔러 넣은 거지요? 또, 누가 그 사람 옆구리에 난 구멍으로 소금을 밀어 넣은 거예욧!"

불연의 슬픈 눈매를 잔인한 구잔양마저도 감히 마주 보지 못했다.

자신이 바로 소금을 밀어 넣은, 그것도 독소금을 밀어 넣은 장본인이었으니 더욱더.

불연은 그 처참한 광경이 다시 떠오른다는 듯 눈가에 이슬이 더욱 많이 맺히고, 깊은 한숨을 후유~ 하고 불어내고는 말을 이었다.

"다행히 제게 아미산의 금창약이 있어 대강 치료는 했네요. 하지만… 하지만… 그것만은……."

불연은 온몸을 바르르 떨며 치를 떨었다.

그리고는 도발적으로 하얗고 청순한, 순백의 얼굴을 발딱 들고는 추궁하듯 사람들을 쳐다보았다.

"누가 저 사람의 배를 내가중수법으로 부수고, 천근추의 수법으로 발로 배를 짓이긴 것이에욧!"

싸늘한 불연의 눈빛. 그 빛은 청초하고 순결한 모습만큼이나 사람들의 심사를 불편하게 만들었다.

어찌 생각하면 구잔양의 눈빛보다 더욱더 무섭고 뒷덜미가 뜻뜻해지는 눈빛, 바로 순결하고 청초한 비구니의 눈빛이었다.

"근데 누가? 구멍을 낸 건 구잔양이고 눈알을 튀어나오게 한 건 절각도 어른인데? 아참, 소금도 구잔양이군……."

주개육이 하나하나 손으로 꼽아가며 불연을 저토록 화나게 한 수법을 발휘한 놈이 누군가 헤아리고 있을 때였다.

"저는 그 사람을 보니 남색가인 줄 한눈에 알아보았어요. 항문에 말뚝 열두 개를 꽂았더군요. 필히 자위를 즐기는 남색가겠지요?"

하지만 불연은 참지 못하겠다는 듯 화난 모습으로 씩씩대며 말을 이어가고 있었다.

"오모못!"

불연은 괴상한 비명 소리와 함께 손바닥을 제 광대뼈에 붙이고 요상한 비명 소리를 토해내는 묘웅을 멍하니 바라보았다.

한참 볼을 오무려 몇 번을 힘껏 빤 여공이 긴 한숨과 함께 연기를 천공과 지공 얼굴에 뿜었다.

"혈첩(血帖)! 그것을 잊은 것은 아니겠지? 혈첩은 우리 사대봉공 모두의 것이야. 누구 하나가 가지기엔 너무 큰 물건이지. 그러니 어찌 우리가 그냥 보고만 있겠는가."

"킥!"

뇌공 여량의 말에 천공이 개살스럽게 웃었다.

하지만 여량이 그런 천공을 보는 눈빛은 기분 나쁘다기보다는 재미있는 물건을 보는 듯한 눈빛이었다.

"무엇이 그리 재미있는가?"

"사실 우리 형님과 난 그 혈첩이 필요없어. 잘 알고 있을 텐데? 우린 무림 정복의 꿈 따윈 꾸지 않는다는걸."

지공 역시 활짝 웃으며 큰형인 천공 대신 말을 건넸다.

"그런 놈들이 감히 협작질을 해서 혈첩을 태화련(太和聯)의 련주(聯主)인 태화태세(太和泰歲) 옥인재(玉仁齋) 손아귀에서 빼앗았단 말인가? 옥인제가 그리 호락호락한 놈은 아닌데도 등질 각오를 하고 빼앗는단 말인가?"

혈공인 개활시 임서가 말도 안 된다는 듯 딱딱하게 굳은 표정과 함께 말했다.

"후우~ 그뿐만이 아니지. 혈첩 속의 귀문을 해석하려 밀영각, 아니, 배교의 우두마면을 찾아가지 않았는가 말이야."

뇌공 여량 역시 혈공 임서의 말에 동감이이라는 듯 깊숙이 빨아들였던 담배 연기를 토해내었다.

"좋아, 솔직히 우린 혈첩의 무공이 필요했어. 왜냐하면 혈첩이 나타났고, 그 뒤를 쫓는 무리의 눈알이 드디어 우리에게로 향했거든."

의외로 천공이 순순히 시인하고 나섰다.

하지만 그것이 뇌공 여량과 혈공 임서가 두려워서가 아니란 것은 그 뒷말을 이어가는 지공의 말속에 잘 들어 있었다.

"물론 우리 두 형제는 천지문(天地門) 뒤로 숨어들면 그만이지. 다행히 천지문의 이름이 그리 나쁘게 알려지진 않았거든. 하지만 너희들은 그러지 못해. 천하디천한 목숨을 이어가는 천 것들은 늘 돼먹지 않게도 될성부른 꿈을 꾸거든."

천공이 동생인 지공의 말이 옳다는 듯 고개를 끄덕였다.

"바로 그 점이야. 너희들, 즉 시체나 파먹는 쥐새끼 한 마리와 썩어 문들어진 시체는 무림을 뒤흔들 꿈을 꾸고 있단 말이야. 결국 우리가 맞아야 할 적은 두 갈래지. 하나는 우리 뒤를 쫓는 무림인들이고……"

천공의 말에 이어진 지공의 말.

"또 하나는 바로 너희들, 두 늙은 종자들이지!"

천공과 지공의 뜻은 명백했다.

너희들 허접쓰레기인 놈들과 자신들은 다르다는 뜻을 명백하게 나타내고 있는 것이다.

"흐음, 잘난 놈들의 병폐가 있지. 그게 무엇인지 자네는 아는가 썩은 시체?"

뇌공 여량이 혈공 임서에게 물었다.

썩어 문들어지는 턱뼈를 놀리며 임서가 당연히 안다는 듯 끼기덕거리는 괴상한 소리와 함께 목뼈를 놀려 고개를 끄덕였다.

"모든 잘못은 다른 사람이, 잘된 일은 자신들이 했다고 생각하는 것이지. 정말 돼먹지 못한 생각이야. 혈첩만 아니라면 얼굴도 마주 대하기 싫은 종자들이야."

뇌공 여량이 마음에 드는 대답이란 듯 고개를 끄덕였다.

"맞아맞아! 어린것들이 아직 세상을 잘 몰라서 그런 것을 우리가 어찌하겠는가. 이럴 땐 고검사신과 같은 마혈의 주인을 간절히 기다린다네. 저런 어린놈들의 목뼈를 한번 쓰다듬어 줄 마혈의 주인을……."

여량의 말이 끝나기가 무섭게 지공의 비웃음 소리가 높이 울려 퍼졌다.

"하하~ 마혈의 주인이라… 언제적 마혈의 주인을 뜻함이지? 형님, 이 늙은 놈들이 제놈들의 묘자리를 찾나 봅니다. 개새끼를 때리니 낑낑대며 주인을 찾아대는 걸 보니 말입니다."

지공의 말이 뇌공 여량의 마지막 남은 여유를 없애 버렸다.

음침하게 가라앉은 여량의 눈동자 사이로 하얀 번개 문양이 드러나고 있었다.

사대봉공 중 뇌공만이 가진 표식!

미간 한가운데서 요사스럽게 빛나는 광채가 짙어짐에 따라 혈공 임서의 몸에도 변화가 일었다.

흡사 몇 년의 세월이 한꺼번에 지나간 것처럼, 그나마 몇 겹 되지 않는 살들이 뼈 사이로 파고들듯 말라붙어 버리는 것이 아닌가.

게다가 겉으로 드러나 있는 뼈들은 온통 붉은빛으로 출렁이고 있으니 괴사(怪事) 중의 괴사라 할 만했다.

하지만 눈앞에 드러나고 있는 공포스런 광경에도 천지문의 두 공자는 여유로운 표정이었다.

아니, 도리어 눈까지 지그시 감고 지금 이 상황을 음미하는 표정이 아닌가.

하지만 천지문의 두 공자가 강적들을 눈앞에 두고도 여유를 부리는 것은 결코 아니었다.

번쩍~

지공의 눈꺼풀이 위로 들려졌을 때 그 안엔 하얀 흰자위만이 채우고 있었다.

검은 눈동자는 사라지고 하얀 흰자위만 남은 눈을 뇌공 여량과 혈공 임서 쪽으로 돌리고는 그래도 눈에 보인다는 듯 싱긋 웃고 있었다.

지공의 사라진 검은 눈동자는 어디로 갔는가.

그 눈동자는 자신의 형인 천공의 눈알에 들어 있었다.

눈 하나에 두 개의 눈동자.

천공은 그렇게 네 개의 눈동자을 들어 주위를 바라보는데, 그 태도와 자세에서 기세가 서릿발같이 뻗어 나오고 있었다.

"이제 본격적으로 두 개대가리들이 설쳐 볼 모양입니다. 예의상 구경을 해주어야 하겠지요?"

지공이 키득거리며 형에게 말하자 천공 역시 싱긋 웃었다.

"내가 그 우습지도 않은 꼴을 보려 이렇게 네 개의 눈동자를 가졌나 보이. 발정난 두 개의 대가리들이 흘레붙는 꼴이 기대만큼 재미있어야 할 텐데……."

기세를 팽팽히 세운 사대봉공들이 일촉즉발의 기묘한 대립을 하자 깊은 숲 속에 세워진 허름한 목옥 안에선 알지 못할 긴장이 흐르고 있었다.

이젠 아예 눈이 세 개 달린 듯 이마에서 하얀 광채를 쏘아내던 뇌공 여량의 얼굴이 문득 굳어졌다.

그와 동시에 천공의 눈알 네 개가 잠깐 흔들렸다.

"아직은……."

뇌공 여량의 입이 문득 열리며 뜻 모를 말을 내뱉었다.

하지만 천공은 그게 무슨 뜻인지 알았는지 고개를 끄덕이며 대꾸했다.

"…때가 아닌 것 같군."

지공이 허연 눈동자를 들어 지붕을 쳐다보며 키득거렸다.

"개대가리들이 인기가 좋은 모양입니다. 구경꾼들이 많이 몰려오는 것 같군요."

이젠 완전히 붉은색으로 물든 해골의 모양을 하고 있는 혈공 임서가 아래턱 뼈를 달그락거렸다.

"돼먹지 않은 농담은 그만 했으면 좋겠군. 동쪽에… 셋, 그보다는 늦지만 북쪽에… 일곱이군. 엄청난 속도야. 쉽지 않겠는걸?"

천공이 임서의 말에 동감이라는 듯 고개를 들어 네 개의 눈동자로 동생을 보며 물었다.

"아무래도 우리 넷 중 하나는 꼬리를 달고 온 것 같군. 어떻게 한다……."

"어떻게 하긴 뭘 어떻게 합니까. 우리야 저 개대가리들과 다르다 한들, 저들은 우릴 똑같은 사대봉공으로 볼 게 아닙니까. 피에 굶주린 악마로요."

지공이 허연 눈동자로 제 형을 쳐다보며 웃음기가 가시지 않은 목소리로 대답했다.

"그렇지? 아직은 어쩔 수 없이 사대봉공(四大奉公)으로 손을 합해야 하겠지? 그런데 아우, 이걸 어찌하나."

천공이 아쉽다는 듯 고개를 좌우로 내젖자 지공이 허연 흰자위를 크게 뜨고는 형을 바라보았다.

"뭐가 말입니까?"

동생의 호기심 어린 표정을 보면서 천공이 껄껄 웃었다.

"이 우형은 솔직히 피가 고프다네. 악마인지 아닌지는 모르겠지만 오늘따라 유달리 피가 고프군!"

천공의 말에 동생인 지공뿐만 아니라 뇌공 여량과 혈공 임서까지 껄껄대며 웃었다.

지공의 웃음소리는 아직 치기 어린 아이의 웃음처럼 높이 울렸고, 뇌공 여량은 늙은 노인의 해소 기침처럼 탁한 웃음소리를 연이어 내뱉었다.

혈공 임서는 흡사 억지로 웃는 것처럼 딱딱 끊어지는 웃음소리였지만, 그 목소리가 이상하게 듣는 사람의 귀를 후벼 파는 듯한 묘한 울림을 가지고 있었다.

이들이 커다랗게 웃는 것은 정말 천공의 말이 우스워서가 아니었다.

한 번도 서로 맞춰보지 못한 기세를 융화시켜 보고 기세를 돋우어 스스로의 내기를 진력시키려 함이 분명했다.

각기 다른 네 명의 웃음소리가 정점에 달했을 때였다.

쿠와앙~

허름한 목옥의 방문이 날라가며 뿌연 먼지가 좁은 방 안을 가득 채웠다.

그리고 모든 것을 삼켜 버린 먼지 속에 사람의 그림자가 얼비쳐 보였다.

점차 먼지가 가라앉으며 사물을 어느 정도 알아볼 수 있을 정도가 되었을 때 갑작스런 목소리가 울려 퍼졌다.

"얼띠구? 그 무뎝다던 놈들이 이놈들이야? 어라리요? 괴땅하게 땡긴 놈들로만 추려도 이렇게는 못 모으겠는데?"

먼지가 가라앉는 사이로 제일 먼저 나불대는 혓바닥이 보이는 인물.

마 총관이었다.

"생긴 건 이상해도 사람 잘 물어뜯는 재주는 높이 살 만하지. 아직 물려본 적은 없지만."

"확실해! 잘 물어! 워이워이~ 쉭쉭! 물어봐~ 쉭쉭~"

천공의 네 개의 동자가 이건 또 어떤 종자들인가 하고 쳐다보았다.

검은 대가리와 흰 대가리.

그 두 가지만 뺀다면 모든 게 똑같은 노인네들이었다.

무림맹의 수신이위 문성천과 문재천이었다.

거기다 한술 더 떠 문재천은 하얀 대가리를 연신 흔들며 어디서 주워왔는지 몽둥이 하나를 자신들 앞에 내놓고 흔드는 게 아닌가!

"안 문다고 의심하지 마! 이놈들, 잘 문다는 얘기는 엄청 많이 들었어! 확실해! 확실하다구! 쉭쉭~ 물어! 물라니까!"

무선좌위(武仙左位) 문재천이 들고 있는 몽둥이가 눈에 거슬려서일까?

지공이 허연 눈자위를 부릅뜨고는 크게 소리를 질렀다.

"왈왈! 내 오늘 네 허연 대가리를 물어뜯을 것이다!"

지공이 갑작스럽게 정말로 짖어대자 찔끔 놀란 문재천이 얼른 뒤로 한 발 물러서며 마 총관을 향해 그것 보란듯이 외쳤다.

"것 봐! 확실하지? 잘 문다니까! 대가리를 문다잖아, 대가리를! 다른 곳도 아닌 대가리……."

문재천의 말은 이어지지 못했다.

"어라?"

문재천은 멍청해진 얼굴을 돌려 자신의 쌍둥이 형제인 문성우위(文聖右位) 문성천의 검은 대가리를 쳐다보았다.

"언, 언제 키가 그렇게 커졌지? 나랑 키가 똑같았었는데……. 확실해! 확실히 똑같……."

하지만 문성천의 얼굴은 굳어진 채 자신의 발 아래를 쳐다보고 있는 게 아닌가.

문재천도 따라서 멍청한 얼굴을 숙여 자신의 무릎을 쳐다보았다.

괴상한 일이었다.

언제부터 자신이 무릎으로 걸어다녔단 말인가.

아니, 무릎을 굽혀 걷는 것도 아니라, 아예 무릎부터 댕겅 잘려져 무릎 아래의 발은 보이지도 않았다.

"이, 이상하네. 확실해! 이상한 일이야!"

갑작스런 변고에 문재천이 떠듬거릴 때였다.

"위험!"

급히 내뱉은 것처럼 말은 짧고 그 내용도 긴박한 것이었지만, 그 어조는 높낮이가 없이 단순해서 아무런 경각심도 가지게 하지 않았다.

하지만 그 후에 문재천 주위에서 벌어진 일은 경악할 만한 것이었다.

번쩍!

하늘에서 뇌전이 문재천의 머리로 떨어져 내렸다.

"합!"

그와 동시에 문성천이 흡사 살아 있는 생명처럼 문재천의 다리를 삼킨 땅을 향해 일장을 내리쳤다.

마 총관은 분명 방금 전 술수를 부린 것이 틀림없는 사람을 향해 달려들었다.

끼기기기긱~

이마 사이에 하얀 빛을 쏘아내고 있는 노인의 얼굴을 마 총관이 박(剝)자 결이 운용된 조공(爪功)으로 긁어 내려가자 허공에서 쇠를 긁어대는 듯한 소리가 터져 나왔다.

촛파파파파~

문재천 머리 위로 떨어져 내리는 뇌전(雷電)은 허공 중에 떠오른 노란 부적에 막혀 하얀 불똥을 사방으로 튕겨내고 있었다.

"빨리!"

문재천에게 경고성을 발한 하얀 백의의 사내가 낯색을 굳힌 채 문성천을 향해 다급하게 말했다.

백의의 사내, 문추룡은 자신의 허공에 띄워 보낸 부적을 향해 손가락 두 개를 들어 가리키고 있었다.

하지만 점차 기세에서 뒤지는지 문추룡의 손가락은 점점 내려가고, 그 손가락에 따라 뇌전을 막아내고 있는 부적 또한 땅으로 가라앉고 있었다.

아아~ 빼앗은 배교의 술법에 명교의 정수를 함께 담은 재주를 지닌 명교(明教) 우사(右使) 문추룡마저도 밀리고 있는 것이다.

정녕 인간의 한계를 뛰어넘은 사대봉공의 재주였다.

문성천이 어영차~ 하는 기합성과 함께 끌어당기자 그제야 문재천의 양발이 땅에서 뽑아졌다.

그리고 방금 전까지 문재천의 양발을 삼키고 있던 땅에 뇌전이 떨어져 내렸다.

콰앙~

새하얀 빛에 일순 모든 사람들의 눈이 멀 만큼 충격을 받았다.

커다란 굉음은 사람들의 귀를 멍하게 만들 정도의 위력이 있었다.

그 모든 것이 순식간에 벌어지고 끝난 것이다.

모두들 한동안 말을 잃어버려 기묘한 정적이 주위를 휘감았을 때였다.

"킬킬킬~ 과연 썩은 시체의 재주가 쓸 만하군. 그럼 난 누구랑 논다……?"

지공이 허연 눈을 들어 주위를 둘러보다가 똑같은 형색의 네 명을 발견했다.

"자네들의 대가리 수가 제일 많군. 난 놀아도 크게 노는 것을 좋아하거든."

지공이 몸을 일으켜 단심십이수(丹心十二手) 앞으로 향하자 단심십이수의 수장은 얼른 굵은 침을 꿀꺽 삼켰다.

말로만 듣던 사대봉공이었다.

하지만 이건 듣던 것보다 더 무서운 괴물들이 아닌가.

그러나 자신들은 이런 자들로부터 무림맹주 진근양을 보호하도록 키워진 단심십이수였다.

"잠깐!"

지공은 네 명 중 우두머리인 듯한 사람이 손바닥을 들어 제지하자 고개를 갸웃거렸다.

"무슨 일이지? 겁이 나는가?"

단심십이수장은 고개를 저으며 대답했다.

"겁은 무슨! 각오하고 왔거늘! 단지 내 상대가 네놈인지 확실하지 않아서 그래. 맹주께 확답을 받고 나서 내가 놀아줄……."

이 긴박한 순간에 단심십이수장의 고질병이 도진 것이다.

무엇이든 정확하고 치밀하게 확인 과정을 거쳐야 비로소 안심하는 병.

그 어떤 약으로도 치료할 수 없는 단심십이수장의 병통이 또 도진 것이 확실했다.

"오호~ 그래? 킬킬~ 하지만 난 기다려 줄 수가 없는걸!"

지공이 말도 안 된다는 듯 턱끝을 좌우로 흔들며 키득대다가 발을 들어 땅을 힘껏 밟아갔다.

쿵~

소리는 미약했다.

하지만 지공의 발 아래에 담긴 기파(氣波)를 못 느낄 단심십이수가 아니었다.

일제히 날아오르며 검을 빼내 지공을 향했다.

그제야 자못 놀아볼 만하다는 듯 지공의 얼굴엔 미소가 흘렀다.

"우슬(右膝)!"

"좌견(左肩)!"

무림맹의 수신이위(守神二位) 중 우위(右位) 문성천이 일갈하며 혈공 임서의 오른쪽 무릎을 향해 검을 뻗었다.

그 호흡에 맞추어 수신이위 중 좌위(左位)인 문재천이 임서의 왼쪽 어깨를 잘라내겠다는 듯 검을 내리그었다.

무림맹의 수신이위가 덜떨어진 인물들이긴 하지만 그 몸 안의 무공까지 덜떨어지는 것은 절대 아니었다.

하지만 몸 안에 든 무공으로 따져 보자면 혈공 임서 쪽이 좀 더 나은 것은 틀림없었다.

혈공 임서는 차근차근 앞으로 걸어올 때마다 수신이위의 신형은 소금씩 뒤로 물러섰다.

호흡을 고르려는 듯 임서의 해골이 입을 쩍 벌렸다.

그 모습은 지금 상황이 몹시도 재미있다는 듯 껄껄 웃는 것처럼 보였다.

단심십이수 역시 네 명이 손을 맞춰왔고, 무림맹의 수신이위는 쌍둥이 형제로 태어났지만 역시 손발을 맞추어 무엇을 하는 것에 가장 뛰어난 건 문추룡과 마불통이었다.

뇌공 여량을 맞아 마불통, 즉 마 총관이 '모화한(暮華寒)'의 절기를 유감없이 발휘하는 가운데 옆에선 문추룡이 배교의 법술로 뇌공의 이지를 흐트러뜨리고 있었다.

뇌공의 손가락이 묘하게 얽힐 때마다 그 가운데서 가공할 섬전이 쏘아져 나갔지만 불행히도 그 모든 것은 문추룡의 법술로 어느 정도 막아내고, 그 빈틈을 마 총관의 손 그림자가 가득 채우고 있었다.

또 문추룡의 손에서 괴상한 모습의 부적이 허공에 떠오를 때마다 갑작스레 여기저기서 사람의 모습이 불쑥 나타났다.

또 문추룡의 입에서 단조로운 주문이 계속 이어지면 난데없이 짙은 어둠이 여량의 눈을 막아버리는 등 도대체 여량은 정신을 차릴 수가 없을 정도였다.

하지만 정작 여량의 목줄을 움켜쥐는 것은 문추룡의 법술이나 마 총관의 무공에 있는 것이 아니었다.

"때끼야, 어린놈이 어른들 앞에서 뻐끔뻐끔거리다니! 내 네놈의 아가리를 째고 혀를 빼내야만 똑이 띠원할 것이다!"

'뭔 소리랴?'

바로 마 총관 입에서 쏟아지는 해석 불가능한 소리들.

어떻게 들으면 무공 구결을 외우는 것 같고, 또 어떻게 들으면 따쿵 따쿵하는 기합 소리처럼 들리다가, 나중에는 분명 자신을 향해 욕을 하는 소리인 것 같으니 환장할 지경이 아닌가.

욕설이든 뭐든 알아들어야 대꾸를 해줄 텐데, 정신을 기울여 듣다 보면 어느새 그 빈틈을 비집고 마 총관의 월광투벽(月光透壁), 일학잔월(一鶴殘月), 월소매로(月掃梅路), 월포독계(月包獨鷄), 객수월파(客愁月波) 등등 오광필살(五光必殺)이 쏘아져 들어오니 뇌공 여량으로서는 속이 뒤집힐 지경이 분명했다.

어찌 됐든 예전 명교의 좌우쌍사(左右雙使)는 그런대로 싸움을 유리하게 이끌고 있는 것이다.

펑!

각기 세 패로 나뉘어 치열하게 겨루던 싸움은 굉음과 함께 소강 상태를 보여야 했다.

"크흐흑!"

모인 고수들 중 가장 무공이 뒤떨어지는 단심십이수들은 네 걸음을 뒤로 물러나서야 겨우 신형을 바로 세울 수가 있었다.

단 한 차례 오간 장법(掌法)이 가져다 준 충격파는 그렇게도 컸다.

모두의 시선이 단 한 사람에게 향했다.

사람 좋아 보이는 인자한 웃음을 짓고 있는 무림맹주 진근양이었다.

그런 진근양을 바라보는 천공의 네 개의 눈동자가 파르르 떨렸다.

'무, 무서운……'

정신이 아찔했다.

단 일 장만 겨루었다.

그 일 장에 자신의 모든 것을 걸었다.

하지만 자신의 가슴은 뻐근해지고 숨조차 가쁠 지경인데 저 노인네는 그저 양 볼만 조금 달아올랐을 뿐 멀쩡하지 않은가.

'과연 무림맹의 주인답군. 성혈(聖血)의 주인다워!'

천공은 입 안 가득 채우고 있는 쓰디쓴 침을 옆으로 뱉고는 싱긋 웃었다.

"성혈의 주인이 이쯤밖에 안 된다면 마혈의 주인이 너무 슬퍼하지 않을는지요?"

천공의 비웃는 입꼬리에 매달린 것은 명백한 조롱의 뜻이었다.

사대봉공 중에 가장 실력이 출중하다 알려진 천공의 재주였다.

하지만 그런 사대봉공조차 마혈의 주인인 고검사신의 수하에 지나지 않았다.

겨우 수하에 지나지 않은 자신과 일장을 겨루고도 크게 앞서지 않은 진근양의 실력을 노골적으로 비웃은 것이었다.

"그래도 한 대 패주었더니 당장 존댓말이 나오지 않는가! 그리 손해 본 건 아니라네."

진근양이 은은하게 물든 얼굴에 미소를 지었다.

"마혈과 함께 오른 이름이 성혈이니 제가 존중해 드려야 하겠지요."

천공 또한 지지 않고 꼬박꼬박 말꼬리를 물고 늘어졌다.

하지만 진근양의 태도는 별로 괘념치 않는다는 듯 장포를 툭하니 오른손으로 치며 옷매무새를 고칠 뿐이었다.

"마혈이라……. 허허, 자네들은 아직도 마혈의 주인을 추종하는가 보군. 그럼 얘기할 여지가 적어지겠는걸?"

진근양이 아쉽다는 듯 혀를 차자 천공의 눈알이 번뜩였다.

"아직 주인을 정하진 않았습니다. 단지 자유롭고 싶을 뿐입니다. 무림에서 우리들을 놓아준다면 우리 또한 무림을 놓을 것입니다. 예전 사대봉공은 죽은 지 오래고 우리는 새로운 사대봉공들이니까요."

둘 사이에 오가는 뜻은 명백했다.

아무리 고검사신이 피의 악마요, 사대봉공의 악행이 드높다 해도 이미 오랜 세월 이전에 벌어진 일이었다.

진근양의 말은 만약 예전 일을 잊지 못해 또다시 나쁜 마음을 먹는다면 용서하지 못하지만 그 뜻을 버린다면 언제든 용서해 주겠다는 것이었다.

그런데 천공 역시 진근양의 뜻에 호응할 조짐을 보이지 않는가.

진근양이 반색하며 물었다.

"좋네! 자네들의 뜻이 그렇다면 이 일을 조용히 묻어둘 용의가 있네. 내 비밀리에 일을 꾸며 무림맹을 나서고, 또 뜻이 맞는 몇 사람만 대동하고 온 이유 역시 거기에 있다네."

천공이 고개를 갸웃거리며 네 개의 눈동자가 분주히 좌우로 오가고 있었다.

"뜻이 아무리 좋아도 믿음이 없는 말은 담을 곳이 없는 법입니다."

"나, 진근양이 맹세하겠네. 이 성혈의 주인이 확답하거늘 믿지 못하겠는가?"

천지혈뇌(天地血雷)로 이루어진 사대봉공들은 분주히 서로의 눈치를 살폈다.

성혈의 주인 말이었다.

그걸로 믿음은 충분히 가고도 남았다.

더구나 한 수 부딪쳐 보자, 과연 그 이름에 어울리고도 남을 실력이 있지 않은가.

"그럼 이 길로 발을 돌리면 서로 만날 일이 없어지겠군요."

천공이 다시 한 번 확답을 받겠다는 듯 진근양을 바라보자 진근양의 얼굴엔 곤혹스러움이 떠올라 있었다.

"하지만 조금의 예는 갖추어야 하겠지. 먼저 강호를 어지럽힐 혈첩 이란 마물을 먼저 건네받아야겠네. 그리고 자네가 혈첩을 손에 넣느라 해한 생명들을 위해 죗값은 치러야 하겠지."

"크하하하하~"

진근양의 말이 끝나기가 무섭게 지공이 허연 눈자위를 번뜩이켜 미친 듯 웃어댔다.

"형님, 제가 뭐라고 그랬습니까. 우린 겉과 속이 다 검지만 저놈들은 겉은 하얗더라도 뼛속까지 검은 족속들이라고 하지 않았습니까! 더 들을 것이 없습니다."

"그렇군!"

천공의 네 눈동자 역시 분노로 번질거렸다.

하지만 진근양은 안타깝다는 듯 발을 굴렸다.

"오해네! 그저 말 몇 마디로 자네들을 속이려는 게 아니야. 잠시 자네들을 보호하려는 것이네. 물론 정확히는 전 무림을 보호하려는 게야!"

"보호?"

진근양의 말에 뾰족하게 대응한 건 뇌공 여량이었다.

"성혈의 주인이 사대봉공을 보호한다는 겐가? 흥! 지나가는 개도 웃 겠군! 우리 사대봉공을 어느 누구로부터 보호한다고……."

콧방귀까지 뀌면서 말도 안 된다는 듯 투덜거리는 뇌공의 말을 자르 고 진근양이 신중한 태도로 말했다.

"고검사신으로부터!"

"……!"

순간 분위기가 싸늘하게 바뀌었다.

고검사신이란 이름이 가져다 주는 공포는 그토록 큰 것이었다.

그리고 그 무게는 사대봉공이라고 다르지는 않았다.

전 무림을 상대로 허옇게 이빨을 드러낼 충분한 실력과 담력을 지닌 사대봉공이었지만, 그 상대가 고검사신이라면 다른 문제였다.

고검사신에게 개만도 못한 취급을 받았던 사대봉공이었다.

그 말은 고검사신의 성격이 지랄맞다는 사실과 함께, 사대봉공을 개 처럼 끌고 다닐 정도로 무공이 고강했다는 말도 되었다.

"고검사신은 이미 오래진에 죽어 뼈를 가루 내어 뿌렸다 들었거 늘……."

믿지 못하겠다는 듯 온몸의 뼈다귀들을 마주쳐 굉음을 내면서 혈공 임서가 신음 소리를 내었다.

"물론 고검사신은 죽었지. 내 조상이신 초대 맹주 진홍립 어른 또한 이미 흙으로 돌아가신 지 오래라네."

"우릴 언제까지 놀릴 셈이지?"

진근양의 탄식하듯 내뱉는 말에 지공이 허연 눈자위를 뒤집어 까며 으르렁거렸다.

"하지만 성혈이 이어져 왔듯, 마혈 또한 이어졌다네. 휴우~ 모두 다 밝히진 못하지만……."

진근양의 말에 뇌공 여량이 알겠다는 듯 곰방대를 힘껏 빨아댔다.

그 모습엔 드디어 마혈의 주인이 나타났다는 사실이 가져다 주는 공포심을 감추고자 하는 초조함이 배어 있었다.

"그래서 우리들의 일을 먼저 해결하려고 하는 것이군. 마혈의 주인에게 모든 힘을 집중하기 위해."

여량이 몇 모금의 연기를 뱉고는 진근양을 쳐다보며 말했다.

"부인하지 않겠네. 마혈의 주인이 나타난다면 제일 먼저 사대봉공의 후인들을 찾을 것인즉, 자네들 역시 내 제안을 따르는 것이 좋을 것이네."

진근양의 설명에 천공이 알 것 같다는 듯 고개를 끄덕였다.

"그럼 또다시 사대봉공을 무림맹 귀역(鬼域)에 가두겠다는……."

끄덕끄덕.

진근양은 잘생긴 대춧빛 얼굴을 끄덕였다.

"그렇네, 개인적으론 자네들이 참회할 수 있는 기회가 되고 더 나아가서는 마혈의 주인을 두려워하지 않아도 되는……."

"킬킬킬~ 과연 그렇게 무서운 인물일까? 그 마혈의 주인이란 사람이!"

지공이 킥킥대며 천공을 쳐다보았다.

"형님은 어떻게 생각하십니까. 우리 또한 마혈을 지닌 사람 몇을 만나보았지만, 하나같이 불구로 태어나거나 죽은 채 세상에 태어나지 않았습니까. 전 정말 마혈의 주인이 있다고는 믿지 않습니다. 또한 설령 있더라도……."

지공의 허연 눈동자가 진근양 쪽으로 향했다.

"그 또한 듣던 것만큼 강하다고는 생각하지 않습니다. 기껏해야 성혈의 주인 정도?"

"흐음~"

지공의 말을 들은 천공이 알 수 없는 깊은 신음성을 토해내었다.

모든 것은 불확실했다.

마혈의 주인이 정말 그토록 강한지도 모를 일이었다.

그저 엄청나고 과장된 전설이 떠내려올 뿐, 그 위력이 어느 정도인지 헤아릴 증거가 없었다.

또 무림맹주 진근양이 자신들을 풀어줄 거란 약조 또한 그랬다.

저 늙은이가 어느 날 꼴까닥 숨을 넘긴다면, 그 약조는 누구에게 따져야 한단 말인가.

자신들이 손에 넣고도 해독하지 못한 귀문(鬼紋)처럼, 복잡하게 얽혀 돌아가는 일 중에 확실한 건 하나도 없었다.

그 점을 동생 지공이 자신에게 넌지시 일러준 것이다.

단지 일장에 지나지 않지만 한 수 겨뤄본 느낌으론 자신이 무림맹주 진근양에게 조금 처지는 게 사실이었다.

하지만 그 차이란 백지 한 장 정도에 지나지 않는 것 또한 확실했다.

만약 본격적으로 손을 섞는다면 수천 초를 나누고서야 결말지어질 것이다.

자신이 지켜본 바로는 네 명과 겨루고 있는 지공은 한 수 접고 들어가도 될 만큼 우위를 차지하고 있었다.

무림맹의 검은 머리와 흰머리를 상대하는 혈공 임서 또한 한결 여유를 가질 정도의 실력은 되었다.

단지 혀 긴 이상한 놈과 알 수 없는 배교의 환술을 펴는 놈과 겨루는 뇌공 여량만이 조금 처졌는데, 그 차이가 크지는 않았다.

"흐음……"

천공의 네 개의 눈동자가 진근양을 천천히 위아래로 훑었다.

무서운 노인. 과연 무림맹을 차지할 만한 실력이 충분해 보였다.

하지만 자신과 동생이 손을 합친다면 진근양을 충분히 꺾을 수 있으리라.

천공 머리 속에서 분주하게 튕겨지던 주판 알이 어느 순간 딱 멈추어 섰다.

만약 모두 개 떼처럼 엉켜 돌아간다면 승산이 어느 쪽에 있을지 확신이 들었기 때문이다.

자신이 진근양에게 오래 버틴다면 지공이 단심십이수 네 명을 물리치고 자신과 손을 합칠 수 있으리라.

그럼 사대봉공의 승리가 확실했다.

만약 자신이 진근양의 손 아래에서 얼마 버티지 못한다면 모두 죽는 일만 남을 것이 분명했다.

"참고… 견디고… 그래서… 이기는 수밖엔……"

천공의 입에서 끊어진 단어들이 흘러나오자 그 속에 어떤 계산이 있는지 모두 알 수 있었다.

지공의 허연 눈알이 더욱 번질거렸다.

뇌공의 이마에 박혀 있는 표식은 더욱 하얀 빛을 토해냈었다.

혈공의 뼈는 아예 혈해(血海)에 잠긴 듯 붉은빛을 더했다.

"어쩔 수 없군."

진근양 또한 아쉽다는 듯한 감상을 토해내었다.

제일 먼저 움직인 것은 진근양이었다.

구부려진 무릎에 온몸의 무게 중심을 옮기고는 왼쪽 주먹에 모든 힘을 실었다.

부욱~

공기가 째질 듯 갈라지는 굉음과 함께 진근양의 주먹이 다가오자, 천공의 가슴은 벌써 답답해졌다.

하지만 조금만 버티면 될 일이었다.

조금만 더. 자신의 동생이 승리할 때까지만…….

천공은 이를 악물고는 다리를 버티고 곧 밀려올 막대한 경력을 막기 위해 두 손바닥을 천천히 앞으로 향했다.

"호옷!"

답답한 마음을 모두 풀어버리겠다는 듯 지공이 단심십이수 안으로 파고들었다.

이미 빠르게 끝낼 결심을 굳힌 지공의 발은 단심십이수의 요혈을 노렸다.

단심십이수 또한 이 싸움이 어떻게 흘러가는지 너무도 잘 알고 있었다.

어찌 됐든 자신들이 끝까지 견뎌야 하는 것이다.

진근양이 천공을 물리칠 때까지, 아니면 명교쌍사가 뇌공 여랑을 꺾을 때까지.

무릎뼈가 부서져 쓰러져도, 머리가 박살나 허연 뇌수를 땅에 뿌리더라도 끝까지 견뎌야만 하는 것이다.

"하압!"

굳은 의지가 담긴 기합성이 단심십이수의 네 입에서 똑같이 도해져 나왔다.

"이익!"

문성천의 검은 머리가 뒤로 확 젖혀졌다.

어느새 앙상한 뼈마디만 남은 손바닥이 조금 전까지만 해도 문성천의 머리가 있던 공간을 쒸잉~ 하는 소름 끼치는 소리와 함께 긁어갔다.

"후욱~"

문재천이 정말 오랜만에 문성천의 마음에 드는 행동을 했다.

흰 머리카락을 휘날리며 방금 전 들어난 혈공 임서의 옆구리를 재빠르게 베어갔기 때문이다.

하지만 뛰쳐 들었던 속도만큼이나 빠르게 문재천은 뒤로 튕기듯 빠져나와야만 했다.

그럴 줄 이미 알고 있었다는 듯 임서의 무릎이 문재천의 복부를 향해 날라왔기 때문이다.

"곤란하군! 곤란해!"

문성천이 문재천을 위기에서 구하기 위해 검을 혈공 임서의 얇은 목뼈를 향해 날리며 크게 외쳤다.

"맞아! 확실해! 곤란한 거 확실해! 때릴 데가 별루 없어! 너무 앙상해!"

문재천이 흰 대가리를 끄덕이며 크게 화답했다.

'제기랄 놈!'

문성천은 모든 내력을 쥐어짜 내어 검끝에 담으면서도, 지금 이 상황에서도 별 시답지 않은 말로 계속해서 '확실해!' 를 연발하는 문재천이 정말 마음에 들지 않았다.

하지만 이번만큼 문재천의 말이 가슴에 다가온 적이 없었다.

마른 뼈다귀 위에 그저 가죽만 얹혀져 있는 듯한 혈공 임서의 몸은 정말이지 공격하기엔 난감할 정도로 면적이 좁았던 것이다.

'어떻게든 견뎌야 하는데, 만약 단심십이수보다 우리가 먼저 무너지면 안 되는데⋯⋯.'

문성천의 마음은 더욱 초조해졌다.

"넌 띤금행보다 더 못땡긴 놈이야! 넌 띤금행보다 더 띠랄맞은 놈이야! 넌 띤금행보다 더더더더 개때끼란 말이다! 카학!"

마 총관의 입에선 연신 뇌공 임서의 정신을 못 차리게 만드는 주술이 흘러나오고 있었다.

너무도 절묘하고도 절절한 주절거림이었다.

어떤 무당의 주문도 지금 마 총관의 긴 혀를 나불대며 지껄이는 위력을 따라오진 못하리라.

마 총관의 주문 아닌 주문은 첫째, 뇌공 임서의 정신을 혼미하게 만들고 있었고, 둘째, 진금행을 계속 떠올림으로 인해 마 총관의 혈압을 높이는 효과를 가져오고 있었다.

제정신을 차릴 수 없는 혈공 여량과 정말로 진금행을 상대하기라도 하듯 길길이 뛰어대는 마 총관의 싸움은 이미 기세가 한쪽으로 기울고 있었다.

그 중간중간 이쪽저쪽에서 허깨비처럼 불쑥 나타는 문추룡의 재주는 기울어가는 싸움의 결과를 점점 더 가깝게 만들고 있었다.

'빨랑 끝내고 여댜 띤금행과 남댜 띤금행이 만나는 꽝경을 봐야 하는데… 텁텁.'

마 총관은 급해진 마음으로 혀를 들락날락거리며 매섭게 뇌공을 몰아치고 있었다.

결말은 작은 데서 시작해서 점점 더 큰 원을 그리며 퍼지다 파국으로 치달아 버렸다.

맨 처음 신음성이 터져 나온 건 모두의 예상대로 단심십이수으로부터였다.

애당초 기세를 지공에게 빼앗긴 단심십이수는 제대로 중심조차 잡을 수 없었다.

지공이 끊임없이 펼쳐 대는 진각(振脚)에 땅이 흔들릴 때마다 아랫배에서부터 목구멍으로 핏줄기가 치솟았기 때문이다.

"크윽~"

억지로 목구멍에서 치밀어 오른 핏줄기를 신음성과 함께 삼킬 때, 그 틈을 지공이 그냥 놔두고 보진 않았다.

쉬웅~

지공의 발이 일직선으로 펴져 모든 것을 쓸어버릴 듯 휘몰아쳤다.

회선각(回旋脚)!

그 한수가 단심십이수 중 한 명의 관자놀이에 내리꽂혔던 것이다.

"아우!"

단심십이수장의 피 끓은 단말마가 울려 퍼질 때 잔인한 미소와 함께 지공의 요선각(窈跣脚)이 두 번째 먹이를 노리고 매섭게 파고들었다.

진근양은 천공을 끊임없이 몰아붙이면서도 항상 주의를 단심십이수에게 두고 있었다.

자연 잘 익은 박이 터지듯, 아끼던 단심십이수 중 한 명의 머리가 쪼개지는 것을 보고 가만히 있을 수만은 없었다.

천공의 양 손에서 뻗어 나오는 무서운 압력을 한 올 한 올 풀어가던 진근양의 손이 되돌려졌다.

그리고 오므라든 진근양의 손가락이 흡사 매의 부리처럼 변해 지공의 발뒤꿈치를 살짝 내려쳤다.

진근양의 한 수는 충분한 가치가 있었다.

무서운 위력과 함께 절묘하게 배합한 사량발천근(四量撥千斤)의 수법이 발휘되자 무섭게 회전하던 지공의 몸이 허공에 붕 떠올라 구석에 처박히고 만 것이다.

"킥~"

목이 꺾어지며 둔중한 충격이 발뒤꿈치에서 시작해 온몸에 퍼지자 지공이 괴상한 신음을 질렀다.

그리고 충격에 빠져 있던 나머지 세 녕의 단심십이수가 가까스로 정신을 차릴 틈을 마련해 주었다.

하지만 가장 중요한 것은 바로 천공이 이 빈틈을 이를 악물고 기다려 왔다는 데 있었다.

"흐으읍!"

탁한 공기를 뱉어내고 청량한 공기로 가슴을 가득 채운 천공이 이윽고 몸을 허공에 떠우며 쌍장을 천천히 뒤집어 아래를 향해 내리눌렀다.

진근양의 대춧빛 얼굴이 시뻘겋게 변했다.

이미 한 수가 뒤져 버린 후였다.

'늦었군. 어쩔 수 없어 후발선지(後發先至)!'

진근양이 뒤늦게 손가락을 튕겨 유혼일섬(幽魂一閃)을 쏘아냈지만 진근양의 각오와는 달리 천공의 중압수(重押手)에 막혀 뜻을 이루지 못했다.

그리고 한쪽에 처박혔던 지공이 언제 몸을 일으켰는지 킬킬거리며 웃고 있었다.

지공의 허연 눈동자 가득, 단심십이수를 보호하기 위해 이를 악물고 천공에 대항해 쌍장을 위로 밀어 올리는 모습이 비추어졌을 때 지공의 발은 진근양의 아랫배로 무섭게 짓쳐 갔다.

'으음!'

진근양은 눈을 질끈 감았다.

이미 선기를 빼앗긴 후였다.

더더군다나 상대는 인간의 한계를 벗어났다는 사대봉공 중에서도 최고수인 천공이었다.

더욱이 지금 상태는 천공에게 더욱 유리한 상황이었다.

천공은 위에서 내리누르고, 진근양은 자신뿐만 아니라 단심십이수까지 보호해야 했으니 진근양이 할 수 있는 일은 쏟아져 내려오는 무서운 압력을 밀어내는 데 그치고 있었다.

천공이 계속 노려왔던 기회를 맞자, 드디어 한 수에 결정내려 하고 있었다.

뻔히 그 모습을 지켜보면서도 도움을 줄 사람은 아무도 없었다.

서로가 서로에게 잡혀 쉽게 몸을 빼내지 못했기 때문이었다.

드디어 지공의 발끝이 어느새 진근양의 복부에 틀어박혀 들고 있을 때였다.

펑!

"킥!"

커다란 굉음과 함께 지공의 특이한 비명 소리가 굉음 사이를 비집고 날카롭게 울려 퍼졌다.

처음 천공과 진근양이 한 수 겨루었을 때처럼 모든 사람은 엄청난 충격파에 뒤로 물러설 수밖에 없었다.

"조금 늦었습니다."

윤기나는 목소리.

한 번 듣기만 해도 마음이 편해지는 목소리.

그 목소리가 들리자 왠지 진근양의 마음이 푸근해졌다.

"자네가 왔군!"

진근양이 기식을 다스리려 가슴에 한 팔을 얹으며 활짝 웃었다.

"어라리요?"

문성천의 검은 머리가 주위를 누리번거렸다.

"화, 확실하지 않아……."

문재천 역시 흰 대가리를 이리저리 움직이며 멍한 눈빛으로 무언가를 계속 뒤쫓고 있었다.

문성천은 문재천의 멍청한 말에 대꾸할 여유도, 또 꾸짖을 마음도 없었다.

그저 아무 할 일도 없어진 빈손을 쥐락펴락할 뿐이었다.

아니, 그 쥐락펴락하는 손바닥이 땀으로 축축해져 있다는 것도 잊을 정도였다.

문성천의 감탄과 문재천의 두리번거리는 눈알이 향하는 곳은 검은 그림자였다.

그림자. 그것도 선명하지 않아서 뿌옇게 흐려져 있는 거대한 그림자였다.

너무도 빨라 그것이 무엇인지 한눈에 알아보지 못할 만큼 재빠른 신법이었다.

태산만큼 거대한 검은 몸뚱이가 천공에게 일장을 먹이고는 뒤도 돌아보지 않고 믿기지 않는 속도로 다음번 먹이를 향해 달려들고 있었다.

지지직~

"크헉!"

뇌공 여량은 자신이 쏘아낸 뇌전보다 더욱 빠른 사람이 있다고는 믿지 않았다.

하지만 지금 이 순간 이후로는 너무도 절실하게 믿어야만 했다.

뇌전이 가른 그 공간을 기묘한 신법으로 피해 나오며 자신을 향해 환상처럼 너울져 울려 퍼지던 두툼한 손바닥.

간신히 두 손을 들어 막긴 했지만, 그 고통은 뼛속까지 스며들 정도로 굉장한 것이었다.

얼른 뒤로 일곱 걸음을 옮긴 후 고개를 든 여량의 눈앞엔 아무것도 없었다.

어느새 그 커다란 검은 그림자는 앙상하게 마른 혈공 임서의 해골을 쪼개가고 있었기 때문이다.

"빠, 빠르군!"

너무도 귀신같은 신법에 문성천이 입을 쩍 벌리고 신음처럼 중얼거렸다.

"빠르디? 뎡말 빠르디? 내가 말해도 아무도 안 믿더니만! 니 눈깔로 보니 뎡말 빠르디?"

마 총관이 신이 난 듯 어깨를 으쓱거리며 문성천에게 말했다.

하지만 문성천은 마 총관의 말에 그저 얼이 빠진 듯한 고개를 끄덕일 수밖에 없었다.

어찌 인간이 저토록 빠를 수 있단 말인가.

저 거구의 인간이!

육충덕, 아니, 이젠 진충덕이 된 사람.

솔직히 예전 마교에서 천하제일고수가 나타났다고 강호에 자랑스럽게 떠벌릴 때만 해도 문성천은 믿지 않았다.

하지만 이젠 확실히 믿어줄 수가 있었다.

"그런데 저 사람이 누구지? 난 모르겠어."

문재천이 믿기지 않는다는 듯이 흰 대가리를 갸우뚱거리며 문성천에게 물었다.

그랬다.

무식하면 용감하다던가? 그래서 천하에 무서울 게 없다고 큰소리치는 무림맹의 수신이위조차 제대로 알아보지 못할 만큼 진충덕의 신형은 무섭게 허공을 가르고 있었던 것이다.

사실 진충덕의 무공이 아무리 높다 한들 사대봉공 중 세 봉공을 상대할 만큼 고절하지는 않았다.

아니, 일 대 일로 겨룬다면 진근양과 천공의 대결이 그러했듯, 조금의 우위를 차지할 뿐 크게 능가한다고 보기는 어려웠다.

하지만 만만한 태도로 세 명의 봉공을 상대로 좌충우돌할 수 있었던 것은 그 빠른 신법에 있었다.

천공에게 냅다 일장을 먹인 후, 그 결과가 드러나기도 전에 뇌공 여량의 가슴을 발로 내지르고 나서 어느덧 혈공 임서의 해골바가지를 수도로 쪼개갈 때쯤 돼서야 천공이 처음 일장을 해소하곤 했으니, 아무리 천하의 사대봉공이라 하더라도 진충덕과 제대로 된 싸움을 해보지 못하고 있는 것이다.

진충덕이 예전 명교에서 마옥검(魔玉劍) 육충덕으로 불리던 시절.

육충덕의 모습을 형용한 말이 바로 '불수영(不隨影)'이었다.

하지만 '그림자도 쫓지 못한다'는 말이 나타내는 것은 흔히 생각하는 것하고는 전혀 다른 뜻이었다.

마옥검 육충덕의 신형을, 육충덕의 그림자가 미처 따라가지 못한다는 뜻이었다.

또한 미처 따라가지 못한 그림자조차 일반 사람들의 눈으로는 알아보지 못한다는 뜻이었으니, 그 가공할 빠른 신법은 이미 오래전에 전설을 만들어낸 것이다.

사대봉공 중 천공과 뇌공, 그리고 혈공은 자신 앞에 무언가 번뜩이면 정신없이 막아야만 했다.

그래서 아직 한 번도 진충덕의 옷자락조차 잡아보지 못한 것이다.

"타핫!"

결국 삼대봉공은 그저 끓어오르는 분통을 기합 소리로 뱉어내고 있을 뿐이었다.

하지만 정작 미치고 팔짝 뛸 사람은 바로 유일하게 진충덕의 손아귀에서 놀아나지 않는 지공이었다.

"이놈이 지공인가 뭔가 하는 놈인가 본데 정말 안타깝기 짝이 없군.

알고 보니······."

처음 사내의 입에서 토한 말이 다음 사내의 입에서 고스란히 이어지고 있었다.

"너무도 불쌍한 장애인이 아닌가. 이거 우리가 이런 놈을 이렇게 계속 핍박한다면······."

두 번째 사내 입에서 토해진 말꼬리가 세 번째 사내 입으로 연결되고 있었다.

"···강호에서 욕이나 얻어듣고 말지. 에이, 정말 어떻게 해야 할지 모르겠는걸! 그냥 콱!'

세 번째 사내 입에서 내뱉어진 말을 얼른 네 번째 사내가 납죽 받았다.

"···죽여 버리고 미안하다 하면 간단할까? 그냥 그렇게 콱! 죽여······."

그걸로 끝난 게 아니었다.

네 번째에서 끝나는가 싶었던 말이 다시 처음 사내 입으로 흘러가고 있지 않은가.

"···버리고 갱생의 길을 걷는 게 편할 것 같군! 이왕 이렇게 된 거······."

지공은 미치고 팔짝 뛸 일이었다.

갑작스럽게 나타난 이 괴상한 사내들 입에서 토해지는 말들이란 게 지공의 꼭지를 돌게 만들고 있는 것이었다.

뇌공 여량이 마 총관과 겨룰 때는, 마 총관의 '혀 딸븐 말'을 아예 알아듣지를 못했으니 그나마 뇌공 여량의 마음은 편한 것이었다.

하지만 지금 지공의 귀로는 너무도 뜻이 확실하게 전달되는 말이 네 사내 입에서 차례로 옮겨지니, 속이 부글부글 끓는 것도 무리는 아니었다.

거기다 더 환장할 일은 네 사내의 입보다는 그 손이었다.

아니, 그 손에서 휘둘러지는 휘영청 등이 굽은 월도(月刀) 네 자루였다.

그 네 자루 월도에 지공은 정신없이 뒷걸음질만을 쳐야 했다.

이미 아무것도 모른 채 흑월회에 침입했던 당경의 몸과 마음을 네 자루의 월도(月刀)로 손쉽게 얽어맸던 추단현예(推端玄刈)가 드디어 나타난 것이다.

당경이 어쩔 줄을 모르고 당황한 나머지 극독(劇毒)을 풀어내 함께 동귀어진(同歸於盡)을 결심할 정도로 고강한 무공을 지닌 추단현예가!

"따딕들이 키워놓으니 뜰 만하구먼. 이덴 우리같이 늙은 것들은 뒤로 물러나 있어도 되겠어. 어이~ 왜 이렇게 느든 거야?"

마 총관이 반갑다는 듯 추단현예에게 말을 건넸다.

서로 목숨을 내놓고 겨루는 흉험한 전투를 하는 사람에게 말을 거는 법은 없었다.

조금만 정신이 흐트러지면 곧바로 염라전으로 떠나야만 했으니, 아무리 친하다고 한들 긴박한 싸움에 말을 거는 놈은 미친놈이 분명했다.

하지만 미친 것과 다름없어 보이긴 하지만 마 총관은 절대 미친 게 아니었다.

또 겉으로 보기엔 흉험한 형세긴 했지만 이미 추단현예는 고개를 돌려 마 총관을 알아볼 만큼 여유가 있었다.

"추단현예가 동월주(銅月主) 어른을 뵙습니다. 정말 반갑습니……."

추단일예가 마 총관을 알아보고 얼른 인사를 차렸다.

하지만 그게 잘못이었을까?

그 말끝을 낼름 추단이예가 받아 이죽이는 게 아닌가.

" '…다' 라고 말하려니 왠지 혀가 얼얼하고 속이 더부룩한 게 속이 좋지 않구먼. 이거 어쩌다가……."

추단일예와 추단이예가 말했는데 어찌 추단삼예가 가만있을 것인가.

"…이런 개잡놈과 드잡이질을 하게 되는 것으로도 모자라, 재수없게 동월주를 만나게 될 줄이……."

뭔가 잘못돼도 크게 잘못되어 가고 있었다.

이미 뒤가 켕기고 찜찜해졌지만 불행히도 추단현에 중 막내의 추단 사예 입도 자동적으로 열리고 있었다.

본능은 어떻게든 입을 닫으려 했지만 이들이 받은 훈련에서 가장 중요하게 강조되었던 것은 '일체(一體), 일심(一心), 일념(一念), 일혼(一魂)' 이었으니 스르륵 열리는 입을 막을 수 있는 것은 세상에 아무것도 없었다.

"…야. 어이구? 저기 은월주(銀月主)도 있네? 이거 정말 재수 된통 없……."

추단일예의 얼굴이 똥 찍어 먹은 곰마냥 잔뜩 찌푸려졌다.

어떻게든 막내 선에서 그쳐야 하는데 기어코 말끝을 자르지 않고 끝내는 것이 아닌가.

어쩔 수가 없었다.

속으론 피눈물이 흘렀지만 추단일예의 아가리 역시 활짝 열리고 있었으니.

"…구나! 카악~ 퉤이! 재수없군, 재수없어!"

그나마 추단일예의 안색이 편해졌다.

이미 엎질러진 물이긴 하지만 더 이상 엎지르진 않아도 되기 때문이었다.

역시 맏이는 뭔가 달라도 달랐다.

한번 시작하면 계속 이어지는 말을 어떻게든 자기 선에서 끊는 가공할 위력을 보여주지 않았는가!

추단일예의 자랑스러워하는 얼굴을 추단현예의 나머지 세 명이 존경의 눈빛으로 우러러보고 있었다.

"내 이 개떼끼들을! 키워두니까 듀인을 무는 개떼끼들의 척추뼈를 분딜러 버리겠어!"

긴 혀를 팔락대며 길길이 뛰어대는 마 총관을 웬일인지 문추룡도 말리지 않았다.

흑월회의 동월주가 마불통이었다면 은월주는 문추룡 바로 자신이었기 때문이다.

상황은 문추룡이 낯색을 퍼렇게 변화시키며 콧구멍을 벌렁거리고, 마 총관이 길길이 마음 놓고 뛸 정도로 여유가 있었다.

진충덕은 세 명의 봉공 사이를 오가며 상대하면서도 용케 균형을 잡고 있었다.

나머지 지공 역시 추단현예의 매서운 월도 앞에서 허연 흰자위가 벌겋게 충혈될 정도로 정신없이 뒤로 밀리고 있었다.

이미 형세는 크게 기울어져 있는 상태였다.

한쪽에선 무림맹의 수신이위가 검고 허연 대가리를 연신 좌우로 흔들며 진충덕의 신위에 감탄성을 내뱉고 있었다.

　다른 쪽에선 살아남은 단심십이수 세 명이 죽은 형제의 시신을 들고 슬픔에 잠겨 있었고, 진근양은 그런 단심십이수의 어깨를 토닥이며 위로의 말을 건네줄 정도로 일방적으로 진행되고 있었다.

　흑월회(黑月會).

　진충덕이 만든 단체로 문추룡이 은월주, 마 총관이 동월주가 되어 조직한 신비의 단체.

　그 안에서 길러낸 추단현예라는 괴물은 그 능력이 무림맹주 진근양의 아래가 아니었다.

　하지만 진충덕과 추단현예가 싸움에 끼어들어 형세를 크게 바꾸어 놓은 것은 그들의 놀라운 무공 때문만은 아니었다.

　너무도 절묘한 시점에 나타났으며, 또 파고들어 사대봉공을 상대하기에 너무나 안성맞춤으로 들어맞았기에 지금의 결과를 만들어냈다고 보는 게 디당했다.

　이미 일을 그르쳤다는 것은 누구보다 사대봉공이 제일 질 알고 있었다.

　이대로 머물다가 잘못해서 진근양이 몸을 돌려 싸움에 몸을 담근다면 이미 목숨도 장담하지 못할 게 뻔하지 않는가.

　사대봉공 중 실력이 가장 뛰어난 것은 두말할 것도 없이 천지문의 대공자인 천공이었다.

　하지만 저쪽에는 이미 천공보다 더 뛰어난 인물이 둘이나 있지 않은가.

　무림맹주 진근양과 갑작스럽게 나타난 진충덕이 바로 그들이었다.

물론 천부적인 인내력과 거칠 것 없는 패기로 치자면 천지문의 대공자의 능력이 가장 뛰어났다.

하지만 초식의 정교함과 내공의 심후함은 무림맹주 진근양이 한 수위였다.

거기에 더해 적절한 임기응변과 능수능란한 변초는 거대한 몸뚱이를 지닌 진충덕이 가장 빼어나지 않는가.

거기에 괴상하게 생긴 데다가 하는 짓까지 이해 안 가는 월도를 휘두르는 네 명에게까지 생각이 미치자 천공의 판단은 빠르게 이루어졌다.

"모두들 뒤로! 이만 후일을 기약하며!"

천공이 크게 외치고는 곧 신형을 뒤로 물렀다.

눈앞에 어른거리는 허깨비 같은 진충덕을 언제까지 상대하고만 있다가는 재미없는 결과만을 낳게 된다는 걸 깨달은 뇌공 여량과 혈공 임서 역시 언제 불편한 사이였냐는 듯 천공 뒤에 버티고 섰다.

"킥! 재미는 있었어. 하지만 내가 손해 본 것 같군. 그럼 다음 기회에 보자고!"

지공이 물이 흐르는 것처럼 유연한 신법과 함께 천공의 뒤에 내려서자 천공이 무림맹주 진근양을 향해 포권을 취해 보였다.

"오늘은 이만 놀면 된 것 같습니다. 다음에 뵙도록 하지요. 그때는 오늘과는 다를 것이니 각오 단단히 해두시는 게 좋을 겁니다. 그럼 이만."

천공이 포권을 취한 상태에서 발을 가볍게 팅기자 그 자세 그대로 화살을 쏘아낸 것처럼 쭈욱 밀려 나갔다.

결코 흔히 볼 수 없는 신법.

그 신법 하나만 보더라도 당금 강호에서 천공을 상대할 인물은 없어 보일 정도였다.

의도적으로 신법을 펼쳐 보인 뜻이 분명 진근양을 향해 '계속 겨룬다면 자신들이 입는 피해만큼 당신들도 입게 될 것'이란 경고가 분명한데도 진근양은 웃으면서 배웅하듯 손까지 흔드는 게 아닌가.

"내 말은 아직도 유효하네. 생각이 바뀐다면 언제든 되돌아오게나! 나는 항상 환영이니."

뒤늦게 나타난 진충덕이 투실투실한 고개를 돌려 무슨 말이냐는 듯 진근양을 쳐다보았다.

"그런 게 있다네. 그런데 자네는……."

무림맹주 진근양이 자신의 사위인 진충덕을 향해 함박웃음을 지으며 슬쩍 말꼬리를 돌렸다.

그런 진근양을 보던 진충덕의 검미가 살짝 찌푸려졌다.

"이미 아시고 계시겠지만……."

"그래, 자넨 끈질기지. 그거 하나는 알고 있다네!"

진근양이 알겠다는 듯 다시 한 번 고개를 끄덕였다.

"그럼, 인사는 나중에 차리겠습니다."

말은 남았는데 사람은 사라지고 없었다.

자신의 빠른 신법을 자랑하듯 진충덕은 말의 여운이 끝나기도 전에 사라진 사대봉공 쪽으로 몸을 날린 것이다.

"제길, 이래서 주인을 잘 만나야 한다고 하는 것이군. 이게……."

"…무슨 꼴이란 말인가. 숨 고를 틈도 없이 혀 빼물고 내달려야……."

"…한다니. 이러다가 동월주 어른처럼 혀가 길어진다면……."

"…자살해야겠지! 그 꼴로 어떻게 살 수 있겠는가! 아아~ 혀가 길어 슬픈 짐승이여. 그대 이름은……."

마지막까지 듣지 않아도 그 이름이 뭔지 누구라도 금방 알 수 있으리라.

흡사 한 사람의 입에서 쏟아져 나오는 듯한 말들을 뒤로 남기고 추단현예가 부지런히 발을 놀리며 자신이 모시는 주인인 흑월회주 진충덕의 뒤를 쫓았다.

"이익! 이 때끼들을 가만두면 내 따람이 아니다!"

마 총관은 제자리에서 길길이 뛰어댔다.

제 손으로 모든 정화를 물려주며 뼈를 깎는 고통으로 키워온 추단현예로부터 '혀가 길어 슬픈 짐승' 취급을 받으니 꼭지가 휘까닥 돌아간 것도 이상한 일은 아니었다.

하지만 이상하게도 흑월회의 동월주가 분명 마불통, 즉 마 총관일 텐데도 진충덕의 뒤를 쫓아가지 않고 있었다.

아니, 마 총관뿐만이 아니었다. 흑월회의 은월주인 문추룡 역시 제자리에 가만히 서 있을 뿐이었다.

"저 네 명이 바로 그 사람들인가?"

진근양이 옆에 서 있는 문추룡에게 물었다.

"예, 바로 그들입니다."

"훌륭하군! 과연 훌륭해! 하지만 과연 그를 상대할 수 있을까?"

"그건 저도 모르는 일입니다."

진근양과 문추룡이 사대봉공이 사라진 곳을 향해 멀리 시선을 던지며 알 수 없는 대화를 나누고 있었다.

"그는 어떤 모습으로 돌아올까?"

진근양이 걱정된다는 듯 작은 한숨을 내쉬었다.

"……."

하지만 문추룡은 대답하지 않았다.

진근양은 문추룡의 그 같은 반응이 더욱 걱정된다는 듯 더욱 눈꼬리
가 아래로 처졌다.

"그는 오늘 우리가 꾸민 일이 단순히 사대봉공을 처치하기 위해서라
고만 알고 있겠지? 만약 우리가……."

말을 이어가던 진근양이 바짝 마르는 입술을 혀로 축였다.

하지만 끝내 하기 싫었던 질문을 문추룡에게 던져야만 했다.

"만약 우리가… 노리는 것이 바로 그라는 걸 그가 알아차린다면?"

문추룡이 고개를 들어 먼 하늘을 향해 시선을 던지며 대답했다.

"강호엔 혈풍이 불겠지요. 그리고 우리 모두……."

문추룡이 시선을 돌려 진근양의 눈을 똑바로 응시했다.

"죽어야겠지요. 모든 사람들이."

높지도 낮지도 않은 문추룡의 단조로운 억양으로 이어진 말에 진근
양이 저도 모르게 진저리를 쳤다.

"제발, 그것만은… 제발……!"

진근양은 두 눈을 감고 신에게 간절히 기도를 올리듯 중얼거렸다.

제 8 장

성윤위 —진충덕 비밀과 맞닥뜨리고, 화무흔 성윤위를 만나다

하늘을 나는 새들은 자신이 갈 길을 다른 존재에게 내주어야만 했다.

또한 깊은 산속을 누비던 작은 생물들도 임습해 오는 검은 기운을 느끼고 몸을 최대한 낮추어야만 했다.

사대봉공.

그들의 거칠 것 없는 발걸음은 과연 인세에 두 번 다시 보기 어려운 걸물들임을 증명하고 있었다.

산속의 작은 개울쯤은 우스웠다.

아니, 산에서 평생을 보낸 노련한 심마니들도 한 번은 쉬고 넘는 작은 언덕쯤은 호흡 한 번에 뛰어넘고 있었다.

아무리 아름드리 나무가 빽빽하게 막아서고 넝쿨이 그 사이에 얽혀 있다 해도 사내봉공에겐 아무런 장애가 되지 않았다.

하지만 그런 사대봉공도 이젠 도저히 떨쳐 버릴 수 없다는 것을 깨달아야만 했다.

진충덕. 예전 마교의 소교주였으며, 한때 몸을 숨긴 기인이었으며, 아젠 흑월회주로 몸을 드러낸 인물.

그 한 사람을 도저히 떨쳐 낼 수 없다는 것을 깨달은 것이다.

사대봉공은 서로 눈짓을 교환한 후 널따란 공터를 택해 신형을 멈추어 섰다.

쫓기듯 도망가지 않고 이젠 아예 기다리고 있겠다는 듯한 당당한 태도.

그리고 얼마 되지 않아 거대한 덩어리 하나가 먼지 하나 일으키지 않고 사뿐히 내려앉았다.

"……?"

진충덕은 의외라는 듯 빙긋 웃으며 사대봉공을 쳐다보았다.

쏴아아—

부드러운 바람이 진충덕의 등으로 밀려오고 있었다.

진충덕은 그 느낌이 좋았다.

익숙하게 느껴지는 기운. 바로 진충덕의 뒤를 따라온 추단현예가 자신의 등 뒤에 도착했음을 알리는 기운이었기 때문이다.

"문추룡과 마불통은 늦는 모양이군. 늙었다고 게으름을 피우다간 언젠가 나한테 혼이 날 텐데."

진충덕은 뒤를 돌아보며 추단현예에게 농을 건넸다.

아무리 자신이 담이 크다 한들 상대해야 할 인물들은 전설의 마인인 사대봉공이었다.

자신 스스로야 사대봉공과 겨루다 어려워지면 언제든 몸을 빼낼 자신이 있었지만, 추단현예는 과연 어떨지 자신이 서지 않았다.

그래서 추단현예의 긴장을 풀어주려 농을 건넨 것이었는데.

"……?"

진충덕의 눈동자에 의혹의 빛이 떠올랐다.

추단현예. 그들은 과연 진충덕의 예상대로 잔뜩 긴장을 하고 있었다.

아니, 그뿐만 아니라 월도(月刀)를 빼어 들고는 온몸을 팽팽하게 긴장한 채 잔뜩 눈을 부릅뜨고 지켜보고 있는 게 아닌가.

이상한 일이었다.

천지혈뇌 사대봉공 중 하나인 지공을 상대하면서도 여유를 잃지 않있던 추단현예다. 또한 어떤 두려운 상대를 만나더라도 위축되지 않게 힘들여 고련시킨 추단현예가 아니던가.

그런데 이토록 무섭게 긴장하다니.

하지만 진충덕의 눈을 의심케 하는 일은 그뿐만이 아니었다.

추단현예가 온몸에 솜털까지 일으키고는 잔뜩 경계하는 대상이 사대봉공이 아니었기 때문이다.

바로 진충덕 본인을 노려보고 있었다.

'이상하군.'

진충덕이 갸웃거리는 고개를 돌려 사대봉공을 보았을 때였다.

'아무래도 오늘 내가 이상한 걸 많이 보는군.'

진충덕은 쓸쓸한 웃음을 지었다.

사대봉공 또한 추단현예와 다를 것이 없었다.

잔뜩 갈기를 곤두세운 짐승처럼 두려움과 경계심을 두 눈동자 가득 드러내고 있는 것이 아닌가.

'내가 그렇게 무서운 사람이었나?

진충덕이 천공을 향해 반갑다는 듯 두툼한 손을 들어 보였다.

"이젠 힘이 빠진 것인가? 나는 아직 힘이 조금 남았는데?"

활짝 웃는 진충덕의 시선을 마주 보던 천공의 손이 천천히 들어 올려졌다.

"조심해!"

진충덕은 뒤에 서 있는 추단현예에게 전음으로 주의를 주었다.

직접 맞부딪치진 않았지만, 저 손이 들어 올려진 후 어떤 위력이 쏟아져 나올 것인지는 충분히 예상할 수가 있었기 때문이다.

하지만 오늘 벌어지는 모든 일은 진충덕의 예상을 빗나가고 있었다.

천공의 들어 올려진 손은 천천히 서로를 향해 가깝게 다가가다 드디어 포개지고 있었기 때문이다.

그렇게 포권을 취한 천공이 두렵다는 시선으로 진충덕을 보며 조심스럽게 말하고 있었다.

"피의… 주인을… 뵙습니다."

천공의 뒤로 나머지 사대봉공들이 일제히 큰 소리로 따라 외쳤다.

"혈주(血主)를 뵙습니다!"

진충덕은 무언가가 자신의 관자놀이를 쾅~ 하고 내려치는 것 같았다.

"저 사람들이 뭐라고 한 건가? 내가 듣기론……."

혹시 자신이 잘못 들은 건 아닐까 싶어 진충덕의 고개가 추단현예를 향했을 때, 진충덕은 끝내 말을 마저 잇지 못했다.

새파랗게 변한 추단현예의 눈동자가 일제히 자신을 노려보고 있었기 때문이다.

노골적인 적의(敵意), 바짝 긴장한 어깨, 팽팽하게 당겨진 근육, 조심스럽게 하나하나 골라 내쉬는 숨소리까지.

　추단현예의 모든 모습은 진충덕이 처음 보는 모습들뿐이었다.

　"이, 이게 무슨……"

　당황한 진충덕이 다시 고개를 사대봉공 쪽으로 돌렸을 때였다.

　"천잔평에서의 멋진 솜씨를 보긴 했습니다만… 진정 혈주께서 임하시리라고는… 생각 못했습니다. 진정… 저희 사대봉공을 거두러 오신 겁니까?"

　뇌공 여량이 늙어 쭈글쭈글해진 입술을 축이며 너무도 조심스런 태도로 진충덕에게 묻고 있었다.

　흡사 전설의 고검사신이 살아 돌아와, 자신들의 목숨을 요구하지나 않을까 하는 공포가 여량의 눈동자와 음성에 묻어 있었다.

　하지만 진충덕의 머리 속은 새하얗게 비워져 여량이 지금 무슨 말을 하는지 알아들을 수가 없었다.

　'천잔평의 멋진 솜씨!'

　여량이 내뱉은 말속에 들어 있던 말들이 진충덕의 머리 속에서 폭죽처럼 터지고 있었기 때문이다.

　휘청.

　진충덕의 신형이 옆으로 조금 기울어졌을 때였다.

　씨익~

　지켜보고 있던 추단현예의 눈이 더욱 새파란 빛으로 변하며 거친 숨소리를 몰아쉬었다.

*　　　　*　　　　*

무림엔 밤하늘의 별만큼 많은 방파가 존재하고 있었다.

하지만 그 어떤 방파보다 우뚝 솟은 하나의 방파가 있었으니, 바로 검과 검법, 그리고 차가운 마음만이 존재한다는 검각(劍閣)이 그것이었다.

검각의 각주(閣主)인 검귀(劍鬼) 화무흔(華無痕)은 고개를 들어 하늘을 올려다보았다.

"흐음……."

한숨처럼 보이는 깊은 신음성.

그 모습을 지켜보고 있던 도영이 조심스럽게 물었다.

"이 사람도 고수입니까?"

화무흔은 아무 말 없이 고개를 끄덕였다.

도영은 정신을 차릴 수가 없었다.

'어찌 이토록 많은 고수가 존재한단 말인가. 하긴 돌이켜 보면 그 노인 역시.'

맨 처음 재수없는 노인을 떠올리자 도영의 가슴은 답답해졌다.

잃어버린 각주의 딸 화소접을 찾으러 가던 길에 마주친 노인.

그리고 노인의 입에서 토해진 '대듀'와 '따판'.

바로 그 검각이 잃어버린 초식을 찾으러 얼마나 헤매고 다녔단 말인가.

그러다 당도한 곳이 이곳이었다.

얼마 전까지 허름하긴 해도 목옥 한 채가 있었던 게 분명한 곳. 하지만 목옥을 이루고 있던 나무들은 모두 조각조각난 채로 주위 10여 장

내에 뿔뿔이 흩어져 있을 뿐이었다.

그리고 무언가 커다란 일이 발생한 듯 여기저기 땅이 파헤쳐지다 못해 아예 커다란 짐승이 땅을 갈아엎은 듯 제 형체를 갖추지 못하고 있었다.

바로 그런 것이 검에 미쳤다는 평가를 받는 화무흔의 발걸음을 멈추게 했고, 화무흔의 얼굴에 곤혹스런 표정을 짓게 만든 것이었다.

도영은 궁금해졌다.

처음 대략 1장여 땅이 푹 파인 것을 보았을 때 화무흔의 눈은 놀라움에 커졌었다.

"고수군, 그것도 엄청난."

화무흔의 경탄은 아무나 받는 게 아니었다.

그런 사람 입에서 엄청난 고수라는 말이 튀어나오자 당연히 도영이 물을 수밖에 없었다.

"어느 정도 고수입니까?"

화무흔은 잠시 생각하는 듯하다가 입을 열었다.

"글쎄, 지금 무림맹주 정도의 화후여야 이 정도겠지. 무림맹의 진근양 맹주 정도의 무공을 지닌 사람. 그것도 두 사람이 전력을 기해 일장을 맞부딪친다면… 그렇다면 가능한 일이야."

화무흔의 말은 도영의 가슴에 불을 질렀다.

어찌 그럴 수 있단 말인가.

무림맹주 진근양. 성혈의 주인. 그런 정도의 사람이 하나는 있었다.

마교를 이끄는 교주가 바로 그였다.

그렇다면 무림맹의 맹주와 마교의 교주가 여기서 일장을 겨루었단 말인가!

머리가 아파온 도영이 고개를 절레절레 저었다.

하지만 도영은 알 수 없었다.

실제 그 구덩이를 만든 사람 중 한 사람은 정말 무림맹주인 진근양이었고, 다른 한 사람은 전설의 마인(魔人)인 사대봉공 중 천공(天公)이었단 사실을.

하지만 도영을 미치고 팔딱 뛰게 만든 것은 그 이후에 이어지는 화무흔의 말 때문이었다.

무언가 치열한 격전이 오간 흔적을 한동안 지켜본 후 내려지는 화무흔의 평가가 바로 그것이었다.

도영이 지끈거리는 머리로 대강 헤아려 봐도 믿기지 않는 일이었다.

대강 보자면 무림맹주 진근양 정도의 화후를 지닌 사람이 모두 다섯, 그리고 무림맹주 진근양 정도에 조금 못 미치는 사람이 모두 열둘이었다.

한 십 년 무림을 훑고 찾아도 쉽게 찾아지지 않는 고수들이 이처럼 한자리에 모인다는 건 불가능한 일이었다. 하지만 검각의 각주 화무흔이 그렇다고 한다면 틀림없는 사실이 분명했다.

검귀 화무흔의 눈이 틀릴 리가 없으니 말이다.

'하지만 어찌 그런 일이… 설마 예전에 있었다던 천잔평의 비사가 여기서도 벌어졌단 말인가? 아니야, 그럴 리가 없어. 그때만 해도 고수라고 해봐야 무림맹주 진근양과 마교 교주 정도지 않았는가. 물론 마교의 소교주 실력이 훌륭하다고 했지만 이미 은거에 들어가 사라졌을 텐데. 현 무림에서 다시 마교와 무림맹이 충돌하고 은거에 들어간 소교주까지 나온다 해도 초절정고수는 셋밖에 안 되는데…….'

도영은 자신의 귀를 의심해 본 적이 단 한 번도 없었다.

검각에서 길러진 검객(劍客)에게 가장 중요시되는 건 자기를 믿는 것이었기 때문이다.

하지만 무림맹주 진근양 정도의 고수가 여기서는 다섯이나 된다니 이걸 어떻게 믿으란 말인가.

"으흠, 정말 믿기 어렵군."

화무흔의 입에서 또 한 번 도영의 머리를 지끈거리게 만드는 말이 토해졌다.

"무엇이……."

조심스럽게 묻는 도영을 쳐다보지도 않은 채 화무흔의 손가락은 땅바닥을 가리켰다.

"잘 보도록 하거라, 이만한 공부도 없을 테니. 여기엔 모두 세 사람의 발자국이 있다. 서로 품(品) 자 형태로 나 있지. 각각의 보폭과 남겨진 족적의 깊이, 그리고 계속 사방 이 장 안을 돌아다니면서도 일정한 폭을 유지하는 데서 공력을 추측해 볼 수가 있지."

원래 화무흔은 이렇게 말이 많은 사람이 아니었다.

어떨 땐 석 달 열흘을 옆에 붙어 있어노 난 한 마디도 얻어듣기 힘든 게 화무흔의 말이었다.

하지만 그런 화무흔이 기이한 열기와 함께 한 번에 이토록 많은 말을 쏟아내다니!

도영은 얼른 고개를 숙여 화무흔을 감탄시킨 발자국을 쳐다보았다.

고수들의 싸움. 그것을 지켜보거나 돌이켜 보는 일만큼 공부가 되는 일도 없었다.

하지만 소용없었다.

뭔가 희미하게 찍혀 있긴 했지만 도영의 공력으론 그 안에서 무언가를 추측해 내는 일이란 너무도 어려웠기 때문이다.

하는 수 없이 도영의 고개가 다시 화무흔의 입을 향했다.

"잘 보거라. 이 사람들의 화후는 더 이상 오를 경지가 없을 정도로 높은 사람들이다. 나 역시 이 사람들과 검을 겨룬다면 쉽게 승리를 자신할 수 없을 정도의 고수이지!"

화무흔의 약간 달뜬 목소리에서 도영은 족적을 남긴 사람들의 경지를 추측할 수가 있었다.

"이 사람들 역시 화후가 무림맹주 정도 되는 겁니까?"

"그렇다! 바로 그 점이지!"

화무흔은 도영이 이전엔 한 번도 보지 못했을 만큼 목소리를 높였다.

'으흠, 무림맹주 정도의 고수가 참으로 흔하기도 하구나.'

도영은 머리가 또다시 지끈거렸다.

현 무림에서 첫 손가락으로 꼽는 사람은 당연히 무림맹주 진근양이었다.

하지만 그런 사람들과 조금 다른 길을 걷는 사람들이 꼽는 첫째 대상은 따로 있었다. 바로 마교 교주.

그리고 진정으로 검이 가는 길을 아는 사람들이 꼽는 손가락의 대상은 그 둘과는 또 달랐다.

그리고 도영의 엄지손가락 역시 그 사람을 향해 쳐들릴 것이었다.

바로 검각의 각주인 검귀 화무흔이 바로 그였다.

그런 화무흔이 크게 놀라고 있었다.

"아마도 비무대회를 한 모양이지요. 우리가 모르는 고수들이 오늘 여기서 모여 서로 겨루었을 겁니다. 모두 품(品) 자로 버티고 서서 서로 각기 다른 두 명과 함께 손을 섞어서⋯⋯."

상상의 나래를 펴던 도영의 입이 딱 벌어졌다.

정말로 대단한 광경이 아니었겠는가!

하지만 화무흔의 고개는 좌우로 흔들리고 있었다.

"세 명이 동시에 겨룬 게 아니다!"

"그럼⋯⋯?"

도영이 무슨 말이냐는 듯 되묻자 화무흔의 눈이 천천히 감기며 자신도 믿지 못하겠다는 듯 말했다.

"세 명이 단 한 명을 상대한 것이다."

"예에?"

도영은 하마터면 '농담도 잘하셔~' 란 말을 토해낼 뻔했다.

하지만 실제 도영이 그 말을 꺼냈어도 화무흔은 흔쾌히 용서해 줬을 것이다.

화무흔 스스로도 도무지 믿기지 않는 일이었으니.

"빠른 신법의 소유자다. 그 사람은 세 명을 동시에 상대하면서도 단 한 번도 땅을 밟지 않았다. 한 사람과 부딪치고 나서 그 반탄력을 이용해 다른 한 사람을 상대했다. 물론 그렇게 빠른 신법의 사람도 크게 우위를 점하진 못했지만, 나머지 세 명 또한 그 사람을 어쩌지 못했다."

도영은 어느 날 아침 일어나 바지를 까 내렸을 때 사내의 물건은 어디론지 사라지고 여자의 물건이 떡하니 자리 잡고 있는 것을 봤더라도 지금처럼 놀라지는 않을 자신이 있었다.

이게 도대체 무슨 귀신 씨나락 까먹는 얘기란 말인가.

설령 귀신이라 하더라도 무림맹주와 맞먹는 고수 세 명과 동시에 맞짱을 떠서 꿀리지 않을 수는 없으리라.

"이 사람이 도대체 누구란 말인가. 이 사람이 도대체……."

화무흔 역시 자신의 눈을 믿지 못하겠다는 듯 눈을 감고 중얼거렸다.

사대봉공 중 천공과 뇌공, 그리고 혈공과 겨루며 남긴 진충덕의 흔적은 화무흔의 가슴에 그토록 커다란 파문을 남기고 있었다.

바로 그때였다.

"허억!"

어디선가 굵은 목소리가 비명처럼 울려 퍼지고 있었다.

도영이 놀라 돌아보니 보통 사람들보다 머리통 두 개는 더 얹은 듯한 사내가 역시 제 몸집만큼이나 커다란 칼을 어깨에 둘러멘 채 부리부리한 눈알이 튀어나올 만큼 놀라 입을 떡 벌리고 있는 게 아닌가.

비록 경악 어린 표정이었지만 사내답게 시원시원하게 잘생긴 얼굴이 미워 보이진 않았다.

"이, 이 모든 것을 당… 당신들이……."

사내 역시 이곳의 흔적을 본 게 틀림없었다.

또한 한눈에 이 흔적들을 만들어낸 게 엄청난 고수라는 것을 알아본 것도 틀림없었다.

빠르게 주위를 둘러봤음에도 그 흔적들이 무시무시한 고수가 남긴 거란 걸 알아본 사내 또한 고수임이 틀림없었다.

도영과 시선이 마주친 사내는 멍한 눈으로 한동안 바라보다가 시선을 돌려 화무흔을 보고는 또 한 번 놀라는 표정을 지었다.

"검… 검귀 화무흔!"

저도 모르게 큰 소리로 부르짖은 사내가 자신의 실태를 깨달았는지 어깨에 멘 커다란 도를 얼른 내려 공경의 뜻을 나타내며 말했다.

"검각의 각주를 후배가 뵙습니다. 듣던 것보다 더 정정하시군요."

도영은 피식 웃음이 터져 나왔다.

놀라는 표정 그대로 나타내는 것으로 보아 솔직한 사내였다.

자신처럼 스스로를 얽어매고 제어하고 인간의 감정을 끊어버리는 훈련 따위는 전혀 모르는 거친 사내가 틀림없으리라.

왠지 도영이 사내에게 호감이 간다고 느낄 때 화무흔의 입이 열렸다.

"여기서 벌어진 일은 나도 모르는 일이네. 나 역시 궁금해서 둘러보고 있었지. 그런데 녹림십팔채의 총채주께선 여기 무슨 일이신가?"

도영은 자신이 모시는 각주가 다른 사람에게 이토록 길게 인사를 나누는 것을 보지 못했다.

하지만 화무흔의 말을 듣고서야 상대가 그 정도의 대우는 충분히 받을 자격이 있는 사람이란 걸 알 수 있었다.

선곤무적도 성윤위.

젊은 나이에 천하 호걸들을 모두 무릎 꿇리고 녹림의 총우두머리가 된 사람.

그의 무공도 일품이지만, 거친 사내들을 통솔하는 데 탁월한 능력을 보여 강호의 신망을 흠뻑 받는 자.

도영은 왜 자신이 처음부터 저자에게 호감을 느꼈는지 알 수 있었다.

사내 중에 사내. 호쾌함의 대명사. 한번 술을 마시면 석 달 열흘을 마신다는 쾌남아. 어려움에 빠진 자가 있으면 목숨을 내걸고 돕고 불의에 찬 자는 절대 용서하지 않는다는 강단있는 사나이.

백도와 흑도가 각각 첫손에 꼽는 인물이 무림맹주와 마교 교주이고,

검을 아는 자가 첫손에 꼽는 사람이 검각의 주인이라면 자고로 호걸이라 자평하는 자들이 첫손에 꼽는 사람이 한 사람 있었다.

바로 그 사람 건곤무적도 성윤위가 바로 눈앞에 있었기 때문이다.

"아~ 별것 아닙니다. 제가 거느리는 산채 중 한곳을 웬 냄새 나는 암컷 하나가 휘젓는다고 해서 손 좀 봐주러 가고 있었죠. 그나저나 이 모든 것이 그년이 휘저어놓은 거라면 겁이 나는데요? 그냥 이 길로 꽁지가 빠져라 도망가 버릴까 고민 중이었습니다."

어찌 보면 말이 거칠기 한이 없고, 또 무식한 단어들을 입으로 툭툭 내뱉는데도 왠지 밉지 않은 사내였다.

하기는 저 정도 매력과 능력이 있어야 수만 명의 녹림도들을 휘어잡을 수 있으리라.

"어허, 그런 여자가 있다니……."

화무흔도 도영과 똑같이 느꼈는지 냉막한 표정에 미소가 스쳤다.

"아무튼 제가 그 요망스런 암컷의 가랑이를 찢어버릴 참입니다. 아 참, 저와 함께 가시겠습니까? 처음엔 간단하게 생각했는데 어휴~ 여기 흔적들을 보니 발바닥이 간질거리는군요. 하하, 그 암컷의 무공이 높다면 제가 선배님의 도움도 얻어야 목숨이라도 부지할 것 같으니 말입니다. 선배, 함께 가십시다."

도영은 간이 조그마해졌다.

아무리 성윤위가 호탕한 사내라고 한들 얼음보다 더 차갑다고 알려진 화무흔에게 이처럼 툭 까놓고 말을 하다니.

하지만 화무흔도 사람이었나 보다.

스스로 겁이 난다고 말하며 스스럼없이 도움을 청하는 성윤위에게 천천히 고개를 끄덕였으니.

"오래는 안 되네. 그리고 내가 가는 것은 이 흔적을 만든 사람들이 누군지……."

화무흔이 몇 마디 하지 않았는데도 성윤위는 가까이 와서 화무흔의 팔짱을 냉큼 끼는 것이 아닌가.

그 태도란 게 흉허물이 없어 한 10년은 사귄 지기처럼 보일 정도였다.

"선배님, 멋지십니다. 오늘을 기념해서 제가 술 한잔을 사야겠군요!"

고수일수록 자기 주위의 경계에 민감한 법이었다. 특히 화무흔처럼 자기 절제에 신경을 쓰는 사람일수록 그것은 더했다.

하지만 성윤위는 전혀 신경 쓰지 않는다는 듯 스스럼없이 행동하고 있지 않은가.

'멋진 사람이군!'

도영은 저도 모르게 조금씩 녹림십팔채의 총채주인 건곤무적도 성윤위의 인간성에 빠져드는 것을 느끼고는, 자신이 별로 지어본 기억이 없는 미소를 띠었다.

하지만 도영의 미소가 얼마나 갈지 모를 일이다.

지금 성윤위가 커다란 도를 어깨에 메고 찾아가는 곳이 바로 녹림십팔채 중 한곳인 송가채라는 사실을 알았다면 말이다.

송가채. 도영의 얼굴에서 미소를 앗아갈 만큼 무서운 곳은 아니다. 하지만 그 안에서 제 집인 것처럼 떵떵거리며 활개 치고 다니는 서소향이 문제였다.

서소향의 삶 떨리게 만드는 공포의 안내라면 활짝 웃는 도영의 얼굴을 구겨놓기에 충분하기 때문이다.

그렇게 서소향을 향해 두 명의 무서운 고수가 발걸음을 옮기고 있었다.

서소향이 죽을지, 아니면 서소향의 암내에 두 고수가 죽을지는 하늘만이 알 일이었지만.

〈제4권 끝〉